JN170735

テロの文学史

三島由紀夫にはじまる

鈴村和成

太田出版

テロの文学史

三島由紀夫にはじまる

目次

プロローグ

テロのスパイラル——三島VSミシェル・ウエルベック

第I章

『人斬り』VS『大菩薩峠』、三島VS川端康成

（テロ第一世代の文学史）

第Ⅲ章 三島vs町田康、辻仁成、阿部和重、中村文則、上田岳弘（テロ第三世代の文学史）

第Ⅳ章
三島vs村上龍——『オールド・テロリスト』まで

第V章 三島由紀夫と11・25の秘鑰《ひやく》——『金閣寺』、『美しい星』、『午後の曳航』、『奔馬』

ブックデザイン　鈴木成一デザイン室

テロの文学史

三島由紀夫にはじまる

或ることが自分の本心であるためには、
まづ自分から催眠術にかゝつてしまふ必要があるらしい。
——三島由紀夫『盗賊』

テロのスパイラル——三島vsミシェル・ウエルベック

プロローグ

熱砂の道をアデンへ、イスラム源流の洗礼を受ける

私の個人史から始めたい。

一九六二年夏のことだった。私は十八歳。名古屋から上京し四か月ほどして、私は四谷三丁目の下宿の一室で、夜っぴてランボーを読んでいた。ガルニエ版の黄色い表紙の本が、私のテーブルに始終開かれていた。この本はいまでも手元にあるが、見返しの白いページに「1962、8、9、10、11。東京、新宿」と、読んだ時期と購入場所が記されている。新宿の紀伊國屋書店で買ったのだ。いまでは黄土色に変色して壊れかけているけれど、当時の私にとって宝石のように美しい本だった。開く前にいつも表紙を手で撫でて、その柔らかい感触を確かめたことを覚えている。

大学にはほとんど行かなかったし、フランス語に接して五か月もたたない頃だから、一字毎、一行毎に字引を引かなくてはならなかった。しかしこういう緩慢な読書が私には幸いした。一語一語、一行一行が、砂地に水が浸透するように入って来た。読むのに疲れると、深夜の歌舞

伎町をさまようこともあった。いまでも私にはランボーの本のページと、夜の新宿の荒涼とした大通りの徘徊は、どうしても切り離すことができない。

なにが私をこんなに魅了したのか。一つだけ考えられるのは、私はランボーの言葉に不思議な出発の呼び声を聴いたのだった。旅への誘いであり、ランボーの場合とりわけ、彼が最後の十年間を暮らしたイスラム世界の呼び声である。

ランボーは生涯を旅に明け暮れた男だった。〈風の足裏をした男〉とあだ名され、〈徘徊狂〉と揶揄《やゆ》された。旅といっても商用の旅で、観光旅行はしていない。二十歳で詩を書くのを止めて、二十八歳までは世界各地を放浪(一八七六年、二十二歳のときにインドネシアのジャワ島にまで足を踏み入れている)、一八八〇年からはイエメンのアデンとエチオピアのハラルの間を往復し、主にコーヒーの卸売商人として暮らした。

アデンもハラルもイスラムの商業都市で、賑やかな市場が殷賑《いんしん》をきわめている。アデンのスークでは、ジャンビーヤという短剣を腰に差したアラブの男たちが、ひねもす薬草のカートで頰をふくらませ、ハラルのマルカートでは、華やかな衣裳のムスリムの女たちが、香料や駄菓子やチャット(イエメンではカート)の前で談笑に花を咲かせている。

交易商ランボーは武器商人でもあった。一八八六年〜八七年、アフリカ東海岸のタジュラーからメネリック王の領土ショア地方(現エチオピアの首都アジスアベバ)まで、延々五百キロにおよぶ荒野の道なき道を、武器・弾薬のキャラバンを率いて遠征したこともある。

一八九一年、ハラルで足に癌を発病、担架に担がれてアフリカ東海岸ゼイラーまで砂漠を渡り、アデンからマルセイユに帰還、当地のコンセプシオン病院に入院、右足を切断手術して、いったん故郷のローシュに帰るが、その年の八月末にはふたたびマルセイユに出発、同じ病院で三十七歳の短い生涯を閉じた。

死の前日、つき添っていた妹に口述筆記させた手紙には、「私は完全に麻痺した体です。ですから早く乗船したいのです。何時に乗船すればよいか、お報せ下さい」とある（船会社宛、一八九一年十一月九日付）。彼は最期の最期まで、ヨーロッパから南方世界への脱出を試みたのだった。

十八歳の私がランボーを原書で読み始めた頃、私は詩人の伝記は断片的にしか知らなかった。私はランボーの本に没入していた。しかし振り返ってみると、ランボーが二十歳までに書いた本のページには、その後に彼が暮らしたアデンやハラルのイスラム都市と荒野の光景が、時間を巻き戻し鏡に写すように投影されていたのである。

私はその光景に引き寄せられるようにして、一九七四年、三十歳の年に、ヨーロッパからアフリカに渡る旅に出た。パリより車で一路南下、マルセイユへ。日本円にして三万円ほどで買ったオンボロのワーゲンはマルセイユ港のドックに乗り捨てた。ギリシャやイタリアを転々として、シチリアのパレルモからアフリカのチュニジアに船で渡った。私がイスラム世界にふれた最初の体験だったが、三か月以上一人旅を続け、ミネラルウォーターなどというものを買う余裕もなく、生水ばかりを飲んでいたので、チュニスに着いた頃には激しい下痢に悩まされ、精神的にも疲弊の極に達していた。カスバでは行路病者のように道路に横たわり、スークを行く群衆の足ばかり眺めているしかなかった。それでもチュニスからアルジェリアに渡ろうと汽車に乗り、車中の検札でヴィザを持たないことが発覚、国境の町アナバで列車を降ろされ、窓のない牢屋のようなホテルで一泊、翌日またチュニスへ強制送還された。こうして私のイスラム初体験は失敗に終わったのである。

イスラムとの私の出会いは、ずっと後になって、別の機会にやって来た。一九九一年、ランボー没後百年の年に、私はランボー紀行に出発した。写真家の大島洋と二人だった。アデンとハラルに行く計画だったが、当時エチオピアのハラルは内戦と飢饉で荒れて入国できなかった。パリからランボーの故郷ローシュへ。ヴェルレーヌが銃を購入し、ランボーに発砲した、有名な〈ブリュッセル事件〉の現場（現在は、11・13パリ同時テロの首謀者で、モロッコ系ベルギー人のアブデルハミド・アバウド容疑者——パリ近郊サンドニ地区の拘束作戦で死亡——の出身地であり、テロ活動のアジトにしていた、銃密売業者の巣窟として知られる）を経て、マルセイユからランボーが石切り場で仕事をしたキプロス島へ、エジプトへ、そしてアラビア半島イエメンの首都サナアから、真夏の熱砂で焼ける道をベンツのタクシーで走り、紅海沿岸の街ホデイダを経て、半島南端のアデンに入った。

紅海に面したホデイダでは、炎暑にとろけるような陶酔を味わった。アデンでは峨々《がが》たる火山岩の屹立する風景に圧倒された。

私はイスラム最深部の都市の洗礼を受けた。それはまたアラビアの荒野の洗礼でもあった。イスラムの街が私を魅した。

そのときは知らなかったが、イスラムにはしかし、もう一つの顔があった。イスラムは双面神であった。イエメンは最古のイスラム源流の国であったが、同時にまた、二〇〇一年の9・11ニューヨーク同時多発テロの首謀者、オサマ・ビンラディンの父方の故郷であり、テロリズムの巣窟でもあった。二〇一五年一月の政治週刊紙〈シャルリ・エブド〉銃撃事件も、イエメンに拠点を置く「アラビア半島のアルカイダ」の訓練を受けたグループの犯行だった。

アデンはランボーも手紙に書いている通り、死火山の噴火口の底の街で、夏の炎天下では五十度近い高温に達する。褐色の岩山に囲まれた旧市街には、イスラム教徒が礼拝するモスクの白いミナレットが立ち、ランボーが勤めたバルデー商会の建物はミナレットの前に今も残っていた。二階のベランダからは火山岩のあいだにアデン湾の青黒い海が望まれた。朝と夕にはアザーンの祈りの声が響き渡った。それはランボーの都市であり、ランボーの砂漠、ランボーのイスラムであった。十八歳の私はランボーの本のなかに、そうしたイスラムの光景をすでに見たのであり、そうしたイスラムの呼び声を聴いたのだった。

以来、私はアデンやハラルには何度も足を運び、スーダンのメロエ砂漠、トルコのイスタンブル、ハッカリ、ジズレ、ディヤルバークル、マレーシアのジョホール・バル、クアンタン、クアラトレンガヌ、コタ・バル、中国新疆《しんきょう》のウルムチ、ホータンのタクラマカン砂漠、カシュガル、カラクリ湖、インドネシア・ジャワ島のジャカルタ、スマラン、ソロ、スラバヤなど、旅に出れば決まってイスラムの諸都市に向かうようになった。

二〇一五年十二月現在、イエメンには危険情報レベル4の「退避勧告」が発出され、一般の旅行者は渡航することができない。ランボーのアデンは、〈窮極の秘境〉と化したのである。

——双面神イスラムのテロリストの顔を、私はまだ知ることはなかった。

ウエルベックはバンコク爆弾テロを予見した

私は近頃、フランスの作家ミシェル・ウエルベック（一九五八年〜）の『**プラットフォーム**』（二〇〇一年）で、私のイスラム体験を真っ向から否定する文章に出会った。

これはツーリズムをテーマにした小説である。文化相に勤務する公務員ミシェル（「僕」）は、「セックス観光」でタイのバンコクに出かける。そこで旅行社に勤めるヴァレリーという女性と知りあい、彼女の同僚のジャン＝イヴと三人で、「セックス観光とは世界の未来像なのだ」という信条の下、新たなプロジェクトを立ち上げる。

そのときミシェルはあるエジプト人の口から、激越なイスラム批判（というより罵倒）を聞くのである、——「**イスラムが現われてから、なにも生まれていない。知性なんてひとかけらもない。徹底的に空っぽだ。エジプトは虱《しらみ》だらけの物乞いの国になってしまった。〔……〕イ**

スラムというのは砂漠の真ん中で生まれたのだ。サソリやラクダ、ありとあらゆる獰猛《どうもう》な動物のあいだで生まれたのだ。私がイスラム教徒をどう呼んでいるか知っているかね？『サハラのならず者』だよ。連中にふさわしい名だ。〔……〕宗教は一神教に近づくほど——ここが肝心だよ、ムッシュー——非人間的で、残酷になる。そしてイスラムはすべての宗教のなかで、もっともラディカルな一神教を強いる。イスラムは誕生してからずっと、侵略と虐殺の戦争を繰り返してきたことで知られている。〔……〕誰だってコーランを読めば、あの独特のトートロジー、『唯一の神をおいてほかに神なし』、などといったトートロジーの醸しだす嘆かわしいムードに唖然《あぜん》とせずにはいられない。〔……〕それならカトリックはどうか？　実によくできた宗教だ。私は一目置いているんだよ。カトリックは人の本質がどういうものを好むかを知っていた。それで初期の教義が課していた一神教からすぐに離れた。三位一体のドグマ、処女および聖人崇拝、地獄の鬼が持つ役割の認識、天使という見事な発明を通して、徐々に正真正銘の多神教を確立していった」（中村佳子訳、一部改変）。

極端な偏見と言うしかないが、むろんこれは一エジプト人の意見であって、主人公ミシェル（「僕」）の考えではない。著者ウエルベックの考えでもない。ましてや最新作『服従』で、イスラム教に改宗するパリ大学教授、という驚くべき人物を造型したウエルベックにしてみれば、このイスラム痛罵の言が、作者の宗教観と同じものではないことはいうまでもない（ウエルベック自身は、本人の言明によれば「完全な無神論者」）。

同じものではないけれども、ウエルベックの思想の片鱗《へんりん》を伝えることもまた真だろう。『プラットフォーム』でエジプト人がイスラムをこきおろす演説は、カトリックを信奉するフランス作家ソレルスの歯に衣着《きぬ》せぬ毒舌を思わせる。その意味でウエルベックはソレルスに似ている。そういえばウエルベックは『素粒子』（一九九八年）でソレルスを登場させ、主人公に向かって「あなたは反動家だ。結構なことです。偉大な文学者は全部反動家なんです。バルザック、フロベール、ボードレール、ドストエフスキー、どれも反動家ばっかり」と、ウエルベックに、――そして本稿のヒーローである極めつけの反動家、「憂国」のサムライ三島由紀夫にも――当てはまりそうなことを言わせている。

ここで表題〈プラットフォーム〉の意味を考えてみよう。この言葉は次の場面で出て来る。主人公ミシェルがヴァレリーたちとパリの旅行会社のオフィスで、ツアーのプロジェクトを相談しているところである、――「そこからほんの目と鼻の先、エヴリーのショッピングセンターの路上では、敵対する二つのグループがカッターナイフ、野球バット、硫酸ビンを武器に正面衝突していた。晩には七人の死者が出ることになる。うち二人は通行人、ひとりは機動隊員。事件はラジオと全国ネットのテレビで大々的に報道されることになる。しかしその時点の僕らはそんなことを知るよしもなかった。僕らは非現実じみた興奮状態の中で、この世界の運命のための土台《プラットフォーム》を打ち立てていた」。

すぐ目と鼻の先でテロが勃発しているのに、「僕らはそんなことを知るよしもなかった」とあり、ついで「この世界の運命のための土台《プラットフォーム》を打ち立てていた」という。この〈プラットフォーム〉は第一義的にはツアーの「土台」を意味するだろうが、それだけではない。主人公はテロ事件の渦中にありながら、それを知らずに過ごしている。事件はその進行中には知ることができない、という「運命」の〈プラットフォーム〉をこそ含意していたと了解される。

タイトルのこの意味はさらに、ミシェル、ヴァレリー、ジャン＝イヴの三人が、現地調査という名目で再度バンコクに出かけ、とあるパブで大きなテロに遭遇し、ミシェルが恋人のヴァレリーを失うというクライマックスの描写において、十全に開示される。

その前に少し廻り道をして、〈三島vsウエルベック〉という本稿「プロローグ」の主題に沿って、三島由紀夫をめぐる論点をいくつかつけ加えたい。

テロに遭うパブで『プラットフォーム』の主人公が眺める、「日の名残りが仏塔の金色の屋根を照らしている」光景には、ウエルベックが三島由紀夫の『豊饒の海』第三巻『暁の寺』（一九七〇年「昭和四十五年」）に皮肉な挨拶を送った形跡が認められる。

周知のように、『暁の寺』の前半はタイのバンコクを舞台とする。三島は雄渾《ゆうこん》な筆致で夕暮れの金色の仏塔を描いている、――「日は対岸の暁の寺《ワット・アルン》のかなたへ沈んでゐた。しかし巨大な夕焼は、二三の高塔を影絵に縁取るほかは、トンブリの密林《ジャングル》の平たい景観の上の、広大な空を思ふさま鷲《わし》づかみにしてゐた。密林の緑はこのとき光りを綿のやうに内に含んで、まことのエメラルドの色になつた。舢板《サンパン》はゆきかひ、鴉《からす》は夥《おびただ》しく、川水は汚れた薔薇いろに滞《なづ》んでゐた」。

この静謐な雰囲気からは、機関銃をぶっ放す物騒なテロは起こりそうにない。タイは仏教の国で、仏教徒というのは中国のチベット自治区の場合とくにそうだが、抗議すべきことがあって、それがどうしても通らないときには、油をかぶり、自分に火をつけて、焼身自殺する。一九七〇年十一月二十五日に蹶起《けっき》した三島由紀夫も、割腹自殺という自傷的なテロ行為に及んだ。『プラットフォーム』のミシェルが旅行先にタイを選んだのも、仏教の平和で穏やかな寂滅のムードに惹かれたのかもしれない。この長篇はイスラム過激派のテロを怖れまくる西洋人が、仏教国に旅してイスラム過激派のテロに遭うという、なんとも悲惨で皮肉な物語なのである。

むろん三島の『暁の寺』の時代背景になるのは戦前の一九四一年（昭和十六年）、ウエルベックの『プラットフォーム』は現代の二〇〇〇年。時代がまるで違う。後者には「親父は二〇〇〇年末に死んだ。実に似合いの最期だ。彼という存在はそっくりそのまま二十世紀に納まったわけだ」とある。ちなみにミシェルの父の死は、『プラットフォーム』の冒頭で語られるところによると、「頭蓋はあちこちひび割れ、脳味噌があたりの床にこぼれていた。つまり、殺人事件と考えるのがいちばん妥当だった」とあり、この本のテーマが、三島由紀夫の仏教的、神道的、東洋的な自己犠牲の精神にはなく、すさまじい暴力、あるいはテロにあることは、一目瞭然である。

さらに言えば、ツーリズム（観光）は冒険と関係がある、と考えられる。ツーリズムは冒険、探険、秘境、僻地《へきち》、イスラム、エキゾティシズムと連動する、——とりわけ西側の人間にとってはオリエント、すなわちイスラムと。村上春樹は最新の紀行文集『ラオスにいったい何があるというんですか？』（二〇一五年）のなかで、「端っこの方に何かがあると、ついそこに行ってみたくなるというのも、僕の性癖のひとつだ」と、彼の冒険主義を語っている。

つけ加えると、すぐれた小説の場合しばしば起こることだが、ウエルベックの予見性ということが指摘できる。二〇〇一年刊のこの小説では、二〇一五年八月に起こった、二〇人死亡、一二〇人以上負傷のバンコク・テロ事件のことが、すでに予見されているようである。新聞に私は次の記事を読んだ、――「バンコク中心部で17日［八月］夜起きた爆発事件の現場では、救急車のサイレンが鳴り響き、警察官らの怒声が飛び交うなど騒然とした。／記者が爆発の20分後、爆発物が仕掛けられた『エラワンのほこら』に到着した際、ほこらの敷地内や近くのラチャプラソン交差点には、カバーをかけられた複数の遺体が横たわっていた。［……］／エラワンに隣接するショッピングモールの警備員チャロエンさん（37）は『最初は電気がショートしたと思ったが、外を見ると、花売りの女性が血まみれだった。エラワンの敷地内にも旅行者が血だらけになって倒れていた』とショックを受けた様子で話していた」（「読売新聞」二〇一五年八月十八日）と、さながら（十四年前に刊行された）『プラットフォーム』の一ページそのままである。

なお、このバンコク・テロには続報があり、事件の背景には中国新疆イスラムの少数民族、ウイグル族の関与の可能性が指摘されている、――「バンコクで8月17日に起きた爆弾テロ事件で、タイ国家警察の報道官は9日、タイ東部サケオ県で拘束した男が、事件当日に実行犯とみられる［防犯カメラに映っていた］黄色シャツの男に爆弾を渡したと供述した、と発表した。［……］／男は中国の少数民族ウイグル族とみられるユスフ・ミーライリー容疑者。［……］」（同紙、九月九日）。

「プラットフォーム」とは、〈イスラム原理主義vs西洋〉の断面

さて、タイトル『プラットフォーム』の解釈に戻ろう。主人公がバンコクのパブでテロに遭い、恋人のヴァレリーを失う、クライマックスの場面である。まずミシェルはのんびり東西文明論を考察している、――

「［……］僕はなにか西側世界を批判しなくてはならない理由があるだろうか？　別にない。かといって西側世界に特に愛着も持っていない。［……］西側は生活費が高い。気温が低い。売春の質が悪い。公共の場で煙草を吸うのは困難で、薬や麻薬を買うのは不可能に近い。人々はたくさん働く。車と騒音がある。公共の場の安全性はあまり当てにできない。［……］しかし僕は、ひとりの女性とともに生き存《なが》らえ、彼女に愛着を持ち、彼女を幸せにしようとすることができる。僕が再びヴァレリーを感謝の目で見たとき、右の方でカチッという音がした。エンジンの音が海から近づいてきたと思うと、すぐに止まった。テラスの前方にいた長身のブロンド女性が悲鳴を上げながら立ち上がった。そのとき、最初の連射があった。ぱちぱちという音

が一瞬鳴って止んだ。ブロンド女性はこちらを振り返った。両手で顔を覆っている。弾が一発、目に当たっていた。眼窩《がんか》はもう血まみれの穴でしかなかった。そして彼女は音もなく崩れ落ちた。そのとき僕は攻撃者たちの姿を見た。ターバンを巻いた三人の男がこちらの方向へ猛スピードで進んでくる。手に機関銃を持っているのがわかった。二度目の連射が起こった」

予感もなにもなく、すさまじいテロが突発する。ウエルベックは改行さえしていない。ベタに書いている。しかしミシェルの意識の流れと、暴発したテロのあいだには、連続性を絶ち切る非連続な線が走っている。そのめくるめく瞬間に、ウエルベックは〈プラットフォーム〉というタイトルとテーマを見たのである。

そしてこんな惨状が展開される、——「パブの入口の前にひとりの女性ダンサーが這いつくばっていた。相変わらず白いビキニ姿で、両腕とも二の腕から下がなかった。その近くに、ドイツ人観光客が店の残骸の上でへたり込み、腹からはみ出した腸を持ち抱えていた。そばにその女房が横たわっていた。胸部ははだけ、乳房がちぎれかけていた。[……]」。まるで三島由紀夫の主演した映画『憂国』の将校の割腹か、それを実演した11・25の割腹自決の現場を目の当たりにしているようである。

「僕」をさらなる悲運が襲う、——「救助隊がテラスの方へ到着したとき、僕は相変わらずヴァレリーを抱きしめていた。彼女の体は生温かかった。[……]僕は立ち上がろうとして、後ろに倒れた。床に頭をひどくぶつけた。そのとき誰かがフランス語でこう言うのをはっきりと聞いた。『彼女は死んでいる』」。

この酷薄な運命の〈プラットフォーム〉を境にして、ウエルベックの世界は真っ二つに両断される。一方には平穏な日常がある。他方には血まみれの残虐なテロがある。一方には西側世界がある。他方には東側世界がある。一方にはカトリックの信仰があり、他方にはイスラム原理主義の狂信がある。一方には恋人への愛があり、他方には恋人の無惨な死がある。ミシェルはその両世界のボーダーにいる。これは（ロラン・バルトが言ったような意味での）ニュートラル（中性、中立）というのとは違う。もっと暴力的で瞬間的で痛切なものだ。ミシェルは一瞬、理性的な判断を中断して、麻痺状態に陥るのである、――「数秒間、僕らは完全に麻痺していたに違いない」「僕はまるで麻痺しているようだった」。

本稿ではこれを〈テロのスパイラル〉と名づける。善／悪、正／邪、東／西、幸／不幸、愛／死……の別が、渦巻き、混乱し、なしくずしになり、人はついに盲目のカオスに陥る。

ミシェルは事故後、彼も企画に参加した〈セックス観光〉に対するメディアの批判にさらされ、勤め先の文化相に辞表を提出し、なんとも名づけようのない無名の存在と化する。普通なら避けるはずの忌わしいバンコク行きの飛行機に乗り、パタヤ行きのバスに乗って、繁華街から少し離れたナクルア・ロードに部屋を借りて、一人きりの生活を始める。

その彼も当初、憎悪と復讐心を糧《かて》にして生きながらえることを考える（注意したいが、これはテロで恋人を亡くしたフィクションの一登場人物の意見であり、ウエルベックの考えを述べたものではない）、

――「イスラムは僕の人生を打ち砕いた［テロの実行犯はイスラム過激派だった］」。そして、イスラムはたしかに僕が憎むことのできるなにかだった。数日間、僕はイスラム教徒に対して憎しみを覚えることに専念した。そこそこうまくいった。そして再び国際ニュースを見るようになった。パレスチナ人テロリストがひとり、あるいはパレスチナ人のこどもがひとり、あるいはパレスチナ人の妊婦がひとり、ガザ地帯で撃ち殺されたことを知る度、イスラム教徒がひとり減ったと歓喜に身震いした。そう、我々はこんなふうにして生き存《なが》らえることができるのだ」。

しかしそんな憎悪の糧も尽きるときが来る。11・13パリ同時テロで妻を失ったフランス人ジャーナリストが、悪虐非道なテロリストに向けて、「憎しみという贈り物はあげない」とフェイスブックに綴ったことを思い起こそう。愛するヴァレリーも職も失った今、ミシェルに残されたものはなにもない。憎悪と愛のスパイラルも、その旋回を止める。「このごろは一日のほとんどの時間を寝て過ごすことが多くなった」。「もしかしたら夕暮れ近くに、四つ辻に立つどれかの屋台にスープを飲みに出かけるかもしれない」。その程度の暮らしを、タイのパタヤの一隅で送るのである。

ミシェルの位置はまさに〈プラットフォーム〉にある。しかしこのプラットホームからはもう、どんな列車も出て行かない。彼が暮らすパタヤはもちろん、彼にとって禁忌であるイスラム都市ではない。しかしパタヤは西側世界からも遠く離れている。彼の精神の水準器、彼の〈プラットフォーム〉は、西にも東にも傾かない。キリスト教文明からも、イスラム文明からも、等距離に離れて、水平なフォーム *plateforme*（フランス語で「プラットホーム」「台地、草原」の意。Plat[e]は「平らな」、formeは「形」を意味する）に彼はとどまる。

ウエルベックは『プラットフォーム』で、〈イスラム原理主義vs西洋〉の断面（プラットフォーム）を描いたのである。

ムスリムへの〈変身〉のセレモニー（『服従』）

しかし、これはウエルベックの一面にすぎない。この作家は双面神ならざる多面神である。多種多様なマスクを取っかえ引っかえ顔につけて、彼は新作を発表する。

彼の小説はすべて〈仮面の告白〉である。その意味では、ウエルベックは三島由紀夫の徒であるといえる。「人は決して告白をなしうるものではない。ただ稀に、肉に深く喰ひ入つた仮面だけがそれを成就する」（『仮面の告白』「作者の言葉」）とか、「告白とはいひながら、この小説のなかで私は『嘘』を放し飼《がひ》にした」、「私は完全な告白のフィクションを創《つく》らうと考へた」（『仮面の告白』月報「『仮面の告白』ノート」）といった三島の言葉は、ウエルベックが言ったとしても、おかしくはなかっただろう。

そういうわけで、ウエルベックの最新作『**服従**』（二〇一五年。翻訳は鈴村による。以下同様）に目を転じると、しかし読者は度肝を抜かれ、一瞬おのれを疑うかもしれない。表題の『服従 *Soumission*』とはずばり「イスラム」のことで、唯一神アッラーへの絶対の帰依を意味する。

『プラットフォーム』でエジプト人によって呪詛され、主人公のミシェルも激しく憎悪する、一神教のイスラムに、主人公フランソワは拝跪《はいき》するのである。

時は近未来の二〇二二年。パリでも爆弾テロが頻発している。「テレビをつけると、戦闘が始まっていた。突撃銃や軽機関銃で武装し、覆面した男たちの集団が、素早く動きまわるのが映し出された。ウィンドーが何枚か割られ、あちこちで車が何台も燃えていた。猛烈な雨の下で画像は鮮明ではなく、どのくらい武装集団がいるのか、はっきりしなかった」。「たまたま私はぞっとするようなテレビ映像を見た。とくに恐ろしい暴力沙汰はなにもないのだが、全身に黒装束をまとった十五人ほどの男たちが、マスクで覆面し目だけを出して、軽機関銃で武装し、V字型に展開していたのである」。中国「文化大革命」の紅衛兵か、国際テロ組織「イスラム国」の戦闘員が、パリの目抜き通りを行進しているようなものだ。

主人公は一時、危険なパリを逃れ、車で南西部に避難する。しかし途中でもテロに遭遇する。とあるサービスエリアでは、レジの女が血の海に倒れているのを目撃する。マグレブ系の男が二人、機関銃を手に倒れて死んでいる。カーラジオからは不気味なノイズしか聞こえない。テレビの画像も砂嵐だけ。強大な脅威がフランス全土を覆っている。

ところでこの残酷なテロリズムの光景が、二〇一五年末に勃発した、パリ同時テロを予見していることに驚かない者がいるだろうか？　ウエルベックは水晶球をのぞき込む〈見者《ヴォワイヤン》〉（ランボー）のように、未来のカタストロフをまざまざと透視しているのだ。

逃げ場のないフランソワはパリに戻る。大統領選挙で、モアメド・ベン・アッベス率いる「イスラム同胞党」が「社会党」と組んで、マリーヌ・ル・ペン率いる極右の「国民戦線」に対し打って出る。イスラム同胞党の優勢が伝えられると、恋人のミリアムはユダヤ人であるために、家族とともにイスラエルへ亡命を決意する。去って行くミリアムにフランソワは、「自分にはイスラエルはない」と別れを告げる。この長篇のテーマは『プラットフォーム』と同じ、イスラム過激派とそのテロリズムへの恐怖だったのである。

しかし今回のウエルベックは、イスラム原理主義の支配する恐怖の新世界に、一見して幸福な解決策を見出した。大統領選で大勝利を収め、政権を取ったイスラム同胞党は、タリバンやアルカイダのようなイスラム過激派の組織ではない。「イスラム国」とはまったく違う、知的で寛容なイスラム政府の樹立を目ざす。ムスリムの党首ベン・アッベスが求めるのも、「新しいヒューマニズム」であり、その「完成された形式」である。それは「啓典の三大宗教」、すなわちキリスト教、ユダヤ教、イスラム教の統一をめざすもので、穏健なムスリム世界の実現を追求している。

実際、カトリックのデカダン派作家ユイスマンスを研究するパリ大学教授、いまはイスラム政権下で教授職を辞した四十四歳のフランソワにとって、ベン・アッベスがフランス大統領に就任して、具体的に悪いことはなにもない。むしろ、いいことづくめである。フランスのみならず世界的に権威のある「プレイアード」叢書「ユイスマンス」巻の監修を依頼されるし、一時は退職したパリ大学には、学長のルディジェみずからが乗り出して、丁重に復職を慫慂《しょうよう》される。オイル・マネーで資金が潤沢な湾岸諸王国、わけてもサウジアラビアがバックについているから、大学でも超高給で優遇される。

唯一問題があるとすれば、イスラム教への改宗であるが、『私はなぜイスラーム教徒になったのか』で中田考が言うように、「なんといっても、イスラームは入信するのがかんたんです。［……］入信にあたっては、なんの権威や組織の承認も必要としません」。とりわけ、フランソワがカトリックではなく、作者ウエルベックと同じ無神論であることが、イスラムへの改宗を容易にしてくれる。

『服従』の大団円、入信のセレモニーは、こんなふうに執りおこなわれる、――

「回心の儀式それ自体は、非常に簡単だろう。それはおそらくパリの大モスクで執りおこなわれるだろう。誰にとってもそれが便利だったのである。私の地位が比較的高いことを考慮して、司祭か、それに近い補佐する者が、立ち会うだろう。［学長の］ルディジェもまた、むろん列席するだろう。参列者の数は、いずれにしても、何人までと限る必要はなかったのだ。一般の信者もたぶん何人か来るだろう。モスクはその日のために貸し切られるわけではないのだから。私の新たなムスリムの兄弟たち、神の前に等しい者らの前で、私は一つの誓いを立てさえすればよかったのである」

これはカフカ『変身』のムスリム版である。グレゴール・ザムザが巨大な虫に変身するように、フランソワはイスラム教徒になる。その変身のプロセスにおいて、「私」は刻々に新たな〈プラットフォーム〉に立ち、刻々に新しい自分になり、刻々に古い自分を脱ぎ棄てる。すなわち過去の自分に盲目になる。

換言すれば、これは洗脳の体験といってよい。学長のルディジェによってイスラム教への入信を勧誘されたフランソワは、マインド・コントロールを受けたも同然である。回心する自分はもはや回心以前の自分ではない。そこには〈プラットフォーム〉による飛躍があり、「私」にとって見知らぬ人間が誕生して来るのである。

『ある島の可能性』に見る〈三島の生首〉

同様なことが同じ著者の『ある島の可能性』（二〇〇五年）でも、もっと残酷なプロセスを経て生起している。

この長篇は複雑な構成をしている。主人公（「僕」）は一貫してダニエルという人物。第一章では「ダニエル1」と「ダニエル24」のパートが交互に置かれ、「ダニエル1」のパートは1〜28、「ダニエル24」のパートは第一章1〜11、「ダニエル25」のパートは第二章1〜17に分割され、結末として第三章「最後の注釈、エピローグ」が来る。

「ダニエル1」は現代のショービジネスで華麗に活躍する四十歳の男。イザベル（セックスが嫌いで愛が好き。自殺する）、エステル（愛が嫌いでセックスが好き。ダニエルを捨てる）という二人の恋人を失い、「ダニエル1」の20では「捨てられる男」と自称、人生の「最後の直線コース」に入って、老いを自覚し転落する。一方、「ダニエル24〜25」は「ダニエル1」の二千年後を生きる、ダニエルのクローン人間が主人公。このダニエルは「ネオ・ヒューマン」と呼ばれ、「ダニエル1」が残した「人生記」を読む。

テーマはやはり宗教で、「ダニエル1」で描かれる現代社会のパートでは、『ランサローテ島』（二〇〇〇年）にも出て来るカルト教団「ラエリアン」が、「エロヒム教会」という名で主たる舞台になる。『服従』における同様に、キリスト教はすっかり衰退し、イスラム教が主流になる（「最後にはイスラム的な共和国の建設を願うようになる」と、ダニエル1の恋人イザベルは、『服従』を予告するようなことを言う）。「エロヒム教会」の台頭いちじるしく、この新宗教はクローニングによって膨大な信者を獲得し、アメリカのビジネス界で強力なキャンペーンを張った結果、まずスティーヴ・ジョブズ、ビル・ゲイツが改宗し、ついには教団は「財力、信者の数とも、ヨーロッパ随一の宗教団体」になる。

「ダニエル24〜25」はその二千年後の世界を描く。その間に核戦争もあり、地球は廃墟と化し、黙示録的な〈世界の終り〉のなかで（ここには村上春樹『世界の終りとハードボイルド・ワンダーランド』［一九八五年］の「世界の終り」の影響が認められる）、「ネオ・ヒューマン」と、わずかに残存する旧人類が細々と暮らしている。

ウエルベックが〈プラットフォーム〉と名づけた断絶の線は、「ダニエル1」と、その二千年後を生きる「ダニエル24～25」のあいだに走っているが、もっとも顕著で決定的な〈プラットフォーム〉は、ネオ・ヒューマンと「野人」のあいだに開く断絶である。ネオ・ヒューマンにとって旧人類は、最悪の場合、猿のような暮らしを営む「野人」なのだ、――『服従』でイスラム教に改宗したフランス人にとって、かつてのフランス国民はもはや存在しないように。「最後の注釈、エピローグ」のパートに来ると、もっとも遅れた「野人」の生活は、ネオ・ヒューマンによって、こんなふうに描写される、――「熱狂が高まるにつれ、彼らは直接敗者の体にかぶりつき、舌を鳴らして血を飲みはじめた。血の臭いが、ますます彼らを酔わせるらしい。数分後、先ほどの太った剣闘士は、もはや血まみれの残骸となり、数メートルに亘って野原のあちこちに散らばっていた。頭部だけは刺された片目以外、無傷なまま、横向きに置かれていた。側近の一匹が、その頭を拾い、族長に差し出した。族長は立ち上がり、それを星空に掲げた」（中村佳子訳）。

少し極論かもしれないが、この「頭部」には、辛辣な毒舌家ウエルベックの手になる、11・25の市ヶ谷台で割腹し介錯《かいしやく》された三島由紀夫の生首への、――ソレルスかボードレール、シュルレアリストのブルトンかマルグリット・デュラスにもふさわしい――黒いユーモアによる露悪的な諷刺があると見なすことができる。あるいは本稿「エピローグ」で扱う三島の初期短篇、「縄手事件」の生首を参照してもいい。

そしてラストでネオ・ヒューマン「ダニエル」が到達する境地は、『服従』のフランソワ

（と三島の『豊饒の海』最終巻『天人五衰』フィナーレの月修寺における本多繁邦――本稿V章参照）に、きわめて近しいものになる、――「歩を進めながら、次第に僕は静かな夢想に入っていく。そのなかで、修正されたネオ・ヒューマンの、夢想よりも微かで、儚《はかな》い、ほとんど抽象的といってもいいイメージと、ずっと以前、ダニエル24の時代に、マリー23［ダニエルの恋人］が神の不在を示すためにコンピュータ画面上に示した、絹のようなビロードのようなビジョンを思い出す」。

――〈三島vsウエルベック〉の比較・対照の論点は尽きないのである。

〈洗脳〉は完了した

さて、『服従』のフランソワ改宗の場面に戻ろう、――

「午前中に、普段男性には入れないハンマーム［イスラム式の蒸し風呂］が、私のために特別に開かれるだろう。アーチを頂く列柱と、極度に繊細なモザイクで飾られた壁のある長い廊下を、バスローブを着て私は渡って行くだろう。それから、やはり洗練されたモザイクで飾られた、さらに小さな部屋で、青味がかった照明に浸された私は、生暖かい水がゆっくりと、非常にゆっくりと、体が清められるまで、私の体に流れるに任せるだろう。ついで私は再び服を着るだろう。私は新しい衣服を用意しておくだろう。そして私は礼拝に捧げられた、大きな広間に入って行くだろう」

そしていよいよ問題の回心の瞬間が来る、――

「私のまわりに沈黙がかたちづくられるだろう。星座の、超新星の、渦巻星雲の映像が、私の精神を横切って行くだろう。泉の映像も、鉱物質で未踏の砂漠、大きな処女林の映像もまた。一歩一歩、宇宙の大きな秩序に、私は足を踏み入れて行くだろう。それから穏やかな声で、私が音声で諳《そら》んじた、次の章句を唱えるだろう、——『アシュハドゥ　アン　ラー　イラーハ　イッラー　ラフ　ワ　アシュハドゥ　アナ　ムハマダン　ラスールーッラーヒ』。これは正確には、次のことを意味するのである、——『我は誓う、アッラーのほかに神なし。ムハンマドはアッラーの使徒である』。そして儀式は終わり、私は、爾後《じご》、ムスリムとなるであろう」

ここでは現在形が完全に脱落していることに注意したい。不可知の現在は〈プラットフォーム〉のうちに失われている。いっさいが未来形（条件法）で進行する。回心の瞬間は次々と先送りされてゆき、その現在は〈プラットフォーム〉に陥没する。そこで「音声で諳《そら》んじた」アッラーに捧げる章句が、マントラのように唱えられる（学長ルディジェによれば「コーランはそのすべてがリズム、韻、リフレイン、半階音で構成される」）。フランソワは空洞と化し、マントラの祈りとともにムスリムに変身するのである。

ついで「ソルボンヌ・イスラム大学」（パリ大学の新名称）のレセプションがおこなわれる。ルディジェはいまでは外務大臣のポストに就いているが、彼がフランソワの教授就任式の演説をしてくれる。大学の同僚たちも全員出席する。フランソワがプレイアード叢書の監修に携ることは大学人に知れ渡っており、もちろんこの有力な人物をなおざりに扱う者はいない。出席者全員がトーガ（長衣）を身にまとっている。資金を出すサウジアラビア当局が、盛装の着用を義務づけたのである。

エンディングは例のごとく、ウエルベック得意のエロティシズムで染められ、それが今回はイスラムの一夫多妻制の色づけがなされている（『ある島の可能性』にも、「結局、一夫多妻というのが、正解だったのかもしれない……」というダニエル1の言があった）。笑いながら恐怖に震え上がる場面である、――

「数か月して、講義が再開されるだろう。そしてもちろん女子大生たちも――愛くるしく、ヴェールをして、おずおずとした女の子たちも、やって来るだろう。教授の知名度についての情報が、どんなふうにして女子学生たちのあいだに知れ渡るのか、私はつまびらかにしない。しかしそれはいつだって知れ渡るのであり、避けがたいことであり、事態がそんなに変わったとは私は考えない。女子大生の一人ひとりは、どんなに愛らしくても、私によって選ばれたことに誇りを抱き、幸せに感じるだろう。私と褥《しとね》をともにすることを名誉とするであろう。彼女らは愛されるにふさわしいだろう。私のほうでも、彼女らを愛するにいたるであろう」

こんなふうに『服従』の最後の数ページでは、もっぱら儀式的《セレモニアル》な言語が運用される。女子大生とのセックスにおいても、この教授は格式張った言葉遣いをする。彼はもはや何も考えないように見える。空っぽの人形になったかに見える。堅苦しい制度の言葉だけが彼の身体を通り抜けて行く。〈洗脳〉は完了した。彼はもはや別人（『ある島の可能性』でいえば「ネオ・ヒューマン」）

である。

新体制の下で「ソルボンヌ大学」の教授に任用され、プレイアード叢書の「ユイスマンス」編纂を託された碩学、イスラムの一夫多妻制に従い、何人もの美しい女子大生をベッドに侍らせる艶福のカサノヴァ、このイスラムに服従した〈隷属状態の幸福〉（『O嬢の物語』にジャン・ポーランが付した序のタイトル。フランス的恋愛の精華と言われるこの本は、女性が男性に「服従」する聖典［性典?］として、学長ルディジェによって、言及され、評価され、讃美される）のフランソワは、幸せといえるだろうか？　めでたし、めでたし、と本を閉じればいいのだろうか？

赫々《かくかく》たる成功と、その背後で進行する黒々とした悲劇が、背中合わせになっている。ふしぎな成功者の物語。何人もの妻たちの主人であり、絶対主アッラーにひざまずく僕《しもべ》である者の、倒錯した淫楽に耽る至福の境地。

これはまたフランスという国の悲劇――その危急存亡の物語なのである。フランソワ一人の問題ではない。フランス国民全員が洗脳され、ムスリムになったとしたら、フランスという国は果たして存続しうるのか？

――真の恐怖《テロ》がこれから始まるのだ。


11・13パリ同時テロ、あるいは「シャルリ・エブド」の旧称は「ハラキリ」だった

なお、この作品はパリで〈シャルリ・エブド〉事件と称されるテロのあった日（二〇一五年一月七日）と奇《く》しくも同じ日に、フラマリオンから出版された。諷刺週刊紙「シャルリ・エブド」の表紙に使われたイスラムの預言者ムハンマドの諷刺画が、イスラム過激派の怒りを呼び、一二名のテロリスト兄弟によって十二人の編集員等が殺害された。ちょうどその七日に発売された「シャルリ・エブト」の表紙には、〈魔法使いウエルベックの預言〉と題した諷刺画が掲載され、戯画化されたウエルベックが、「二〇二二年に、吾輩はラマダン［イスラム教徒の断食］をおこなう」とうそぶき、『服従』もパリのテロ事件を扱っているため、またしてもウエルベックの〈予言〉が取り沙汰される結果になった。パリではテロリズムに反対する一六〇万人のデモ行進が繰り広げられ、イギリスのキャメロン首相やドイツのメルケル首相のスクラムを組む写真が、新聞等で報道された。

それから九か月後、二〇一五年十一月十三日金曜日に、パリで同時多発テロが起こり、世界を震撼させることになった。このテロでは死者は少なくとも一三〇人に上り、負傷者は三五二人、そのうち約九九人は重傷だという。

犯行は午後九時から一時間に集中して発生、武装グループが市内各地に分散して無差別同時テロに及んだ。市内のバタクラン劇場では、「アッラー・アクバル」と叫ぶ男たちが自動小銃で銃撃をくり返し、観客八九名が射殺された。武装グループはその後、体に巻きつけたシャヒド・ベルトを起動させて自爆した。現場は、一月に襲撃された週刊紙「シャルリ・エブド」のビルからも近く、パリ市民がテロに抗議するデモ行進を行った場所だ。

カンボジア料理店では、テラスで食事中の客に激しい銃撃が浴びせられた。パリ郊外の競技場スタッド・ド・フランス近くでは、武装グループのメンバーによる自爆テロが起きた。同スタジアムでのフランスとドイツのサッカー親善試合を観戦していたオランド大統領は、テレビ演説で「『イスラム国』というテロリストの軍隊が犯した戦争犯罪だ」と明言した。

一方、「イスラム国」の傘下組織「フランスのイスラム国」は、シリアで続く「イスラム国」を対象にした空爆作戦に対する「報復テロ」である、との犯行声明をインターネットに流した。フランスのル・ドリアン国防相は、「イスラム国」の拠点への空爆強化のため、地中海東部に派遣した原子力空母シャルル・ド・ゴールが作戦を開始することを明らかにした。

フランスのテレビやラジオは、自爆テロを「カミカゼ」と呼んで非難する声明を出した。三島由紀夫が神風特攻隊の兵士たちに「英霊の声」を聴いたことはよく知られている。そういえば、週刊紙「シャルリ・エブド」の前身は「ハラキリ」というのだった。むろん三島の一九七〇年11・25割腹自決にちなんだタイトルである。「ハラキリ」と「カミカゼ」。あれから四十五年して、パリの11・13同時多発テロにミシマの生首が召喚されているようである。

＊

「イスラム国」は三島の生首を模倣する

二つの映像が私にとり憑いて離れない。二つの生首が、といってもよい。一つは11・25自決テロの現場に残された三島由紀夫の生首。もう一つは、「イスラム国」がシリアの荒野に野ざらしにした、数知れぬ捕虜（人質）たちの生首。

両者の生首はパラレルになっている。まるで「イスラム国」は三島由紀夫の生首を模倣したかのようである。あるいは三島の生首が「イスラム国」の生首のプロトタイプにあるのか。

斬首された首が荒野に放置されている。死体のそばに転がされた生首もある。青草の上に並べられたいくつかの生首もある。笑っているように見える生首を二個、両手に提げて、自身も笑っている「イスラム国」兵士の映像もある。右手で口をふさぎ、左手のナイフを首に当てて、いままさに喉をかき切る、黒衣の死刑執行人の映像もある。首のない死体の腹に自分の生首をのせた映像もある。

生首の映像であって、生首の絵画ではない。この違いは決定的である。これらの生首は現物の実在を証明している。斬首という虐殺の行為を証明している。その血を実際にその荒野の砂は吸ったのであり、その首を実際にそのナイフは切断したのである。それはこの世界で現実に起こった凄惨な事件であることを、過酷に、あまりにも過酷に、指し示している。ここには新種の暴力、新種のリアルがある。とはいえそれは限りなく〈絵〉になるように演出されている。

それはホラーの演出である。よく出来たハリウッド映画のように演出されている。映画『セブン』のラストでブラッド・ピットは、宅配便で送られて来た箱のなかに妻の生首を見て絶叫するけれど、映画では映されなかった生首を、イスラム過激派の戦闘員は、実物として公開して見せたのである。

「イスラム国」のテロは「洗練されている」といわれる。これらの画像はきわめて洗練された恐怖《テロ》をネットに配信している。メディアの時代の劇場型テロリズムである。「イスラム国」がこうした残虐な画像(動画)を投稿するたびに、驚異的な数のフォロワーが暴発し、ネットがたちまち炎上する。これこそが今日のテロの新しい光景である。仕掛けたのは「イスラム国」である。既成のメディアは完全にその術中にはまっている。

二〇一五年一月二十四日深夜、「イスラム国」に殺害された湯川遥菜さんの写真を持つ、後藤健二さんの音声付き画像がネットに公開された。後藤さんとみられる音声は、自らの身柄釈放と交換に、ヨルダンで収監中のサジダ・リシャウィ死刑囚の釈放を要求した。シャヒド・ベルトを腹に巻いた女性テロリストの映像が世界に流れた。二十九日には、日没までにリシャウィ死刑囚がトルコ国境まで移送されなければ、「イスラム国」が人質に取ったヨルダン軍パイロットを殺害するとの声明が出た。多くのジャーナリストがシリアとのトルコ国境地域に押し寄せた。テレビの視聴率は急激に上昇した。全世界の人々がテレビ画面に釘付けになった。

後藤さんの殺害された映像が出たのは、二月一日早朝だった。ヨルダン軍パイロットは檻のなかで火を放たれ、焚刑《ふんけい》に処された。リシャウィ死刑囚も即座に処刑された。目には目を、歯には歯を。テロのスパイラルが勃発した。

じつはこの時期からトルコとシリアの国境地帯は、窮極のツーリズムの秘境と化したのだった。ウエルベックが『プラットフォーム』や『ランサローテ島』でテーマとした観光ということの功罪が、ここに集約されている。シリアの「イスラム国」が実効支配する地域にはもはや誰も入れなくなった。文字通りの秘境であり、禁断の荒野である。『ランサローテ島』に収録された、月世界に似た荒野の写真を参照しよう。この小説が描く「ラエリアン教団」は、ランサローテ島を主要な基地として、人間のクローン化を謀《はか》る、おそるべきカルトを打ち立てる。「イスラム国」もまた、恐怖によって荒蕪の地を支配する悪のカルトである。各国のテロリスト予備軍の人たちが競って、トルコからシリアの「イスラム国」に潜入する。彼らはその後、ジハーディスト（ジハード［聖戦］を主唱するイスラム過激派）の洗脳集団となって、各国に散らばって行った。ここには「イスラム国」情宣活動の巧まざるユーモアがある。

「イスラム国」が斬首の映像を公開して以来、多くのアイコンが世界に流布した。オレンジ色の囚人服、全身黒づくめの処刑人、そこにのぞく冷酷なまなざし、首にあてがわれるナイフ、そして〈斬首の光景〉。これらのアイコンとともに、テロリストのおそるべき星座constellationがかたちづくられた。9・11ニューヨーク同時多発テロのオサマ・ビンラディンはその巨魁《きよかい》である。「イスラム国」のカリフを名乗るバグダディ最高指導者はその領袖《りようしゆう》である。

こうした星座のジェネシス（源流）にはしかし、市ヶ谷自衛隊駐屯地に蹶起した、11・25自決テロの三島由紀夫と〈楯の会〉隊員たちがいる。

テロの定義

ここで本書における簡単なテロの定義をしておこう。テロは戦争にも犯罪にも姿を変える。オランド仏大統領は先の11・13パリ同時テロを「戦争」と呼んだ。しかし戦争とテロのあいだには一応の区別がある（はずである）。一般にテロを起こすのは組織であり、戦争を起こすのは国家である。とはいえ〈テロ国家〉という指定がなされるケースもある。（オランド大統領のように）テロを戦争と呼ぶケースもある。ここにはテロと戦争をめぐる混乱が生じている。

そうはいっても、テロ＝組織、戦争＝国家の弁別は、ある程度有効である。パリ同時テロを起こしたのは「イスラム国」だが、「イスラム国」とは自称であって、これは「国家」として認められていない。それゆえ「イスラム国」は紛れもないテロリスト集団と称されるのである。コッポラの映画『地獄の黙示録』でカンボジアの奥地に王国を築き、多くの生首を掲げるカーツ大佐（マーロン・ブランド）の場合、彼の王国は国家として認められないがゆえに、この秘境のカリスマも真正のテロリストと称されるのである（実在の事件とフィクションを混同しているようだが、これはフィクションが現実を、現実がフィクションを模倣する、シミュレーションの時代を考慮した意図的なものである）。

テロは分散型で全世界に散らばっている。戦争は集中型で、その範囲が国境で限定できる。テロは始まりと終わりが明確ではなく、果てしなく続く趨勢《すうせい》にあるが、戦争は開戦と終戦がある程度はっきりしている（とはいえ「百年戦争」のように、十四、五世紀にイギリス・フランス間で断続的に百十数年続いた戦争もある）。テロはまず正当化されえないが、戦争はほとんど常に正当化される（少なくとも戦勝国によっては）。歴史的にみると、テロリストが正当化された先例としては（とりわけ三島由紀夫によって）、二・二六事件（一九三六年［昭和十一年］）に蹶起した皇道派青年将校たちが挙げられる。戦争が犯罪視された史上最大の先例は、いうまでもなくヒットラーのナチス・ドイツの場合である。こうした善悪のスパイラル（反転）現象にも、テロと戦争の弁別の難しさが存する。

最小限言えることは、テロが戦争をシミュレートすることはあっても、戦争がテロをシミュレートすることはない。ドゥルーズ流の区別をするなら、戦争はメジャーな暴力であり、テロはマイナーな暴力である。

最終的には、テロリストが〈［テロリストの］声明〉をネットなどに出さない限り、どんなに残虐な犯罪行為があってもテロリストと断定はできない、ということになるが、これはテロリストはテロリストであるという類いの、無意味なトートロジーの謂《い》いにすぎない。テロの〈声明〉をもって、ある犯行をテロであるとする判断は、テロの定義としては不正確であるといわなくてはならない。

次に、もっとも判別が難しいのが、テロと犯罪である。テロの動機は社会的、政治的、宗教的なものだが、犯罪の動機は個人的なものである。テロにはなんらかの主義・主張があるが、犯罪にはそれがない。したがってセックスや金銭を目的とする犯行はテロではない。そのもっとも分かりやすい例が、『羊たちの沈黙』の食人鬼レクター博士（アンソニー・ホプキンス）で、連続殺人犯ハンニバル・レクターは、その犯罪の思想というべきものをＦＢＩ訓練生のクラリス（ジョディ・フォスター）に語るがゆえに、このサイコパスのシリアルキラーもまた、主義に殉じる稀代のテロリストと呼ばれてしかるべきなのである。

三島由紀夫の場合、この主義・主張は〈大義〉というべき大がかりなものになったが、本稿第Ⅰ章で扱う机龍之助（『大菩薩峠』）のように、大義の存しない、無節操な〈人斬り〉も見出される。机がテロリストと呼ばれなかったのは、江戸時代にはそんな呼称がなかっただけの話である。机は名辞以前のテロリストである。三島は机流の暗殺者を「アメリカ製の［……］ニヒリスト」と蔑《なみ》した。とはいえ、アメリカ製であろうと、日本製であろうと、イズムである以上、それが主義・主張であることには変わりがない。おそるべきニヒリズムによって人を無差別に斬る、冷酷無惨な机龍之助が本稿でテロリストに取り上げられるゆえんである。

本稿第Ⅲ章に登場する中村文則『銃』の主人公は、突発的に殺人に及ぶけれども、彼は男を銃で撃つ瞬間、「この男は人間の屑であると、その時決めた」という、（突然であるとはいえ不退転の）決意を抱く。この決意、主張を持つがゆえに、彼は危険なテロリストに生成する徴を帯びるのである。

通り魔とテロの相違も、この〈主義・主張〉の有無にかかってある。上田岳弘「太陽」の「通り魔」は、ながながと〈通り魔の哲学〉を開陳することからも知られるように、彼はきわめて精神的な通り魔であって、色欲や金銭欲にかられて、女性を誘拐し、人質に取るのではない。思弁を弄する〈通り魔〉ほど物欲とは無縁の精神的な犯人の種族はいないといえる。この極度の精神主義に、（一般の犯行とはことなる）テロリストの紛れもない表徴を見ることができる。

　この精神主義は三島由紀夫のように自決にいたることもあれば、「イスラム国」のテロリストのように自爆にいたることもあるが、そこには死に至るまでに純粋な自己犠牲の精神主義があることは否定できない。自決、ないしは自爆が、極端な自己犠牲の精神なくして為《な》されえないことは、いうまでもない。急いでつけ加えるが、「純粋」とか「精神主義」という語を私は必ずしも良い意味では使っていない。「人間は、天使でも、獣でもない。そして、不幸なことには、天使の真似をしようと思うと、獣になってしまう」というパスカル『パンセ』の箴言《しんげん》を噛みしめよう。鷲田清一は「朝日新聞」の「折々のことば」でこれを引いて、「愛と正義を掲げて残虐な行為をくり返す人たち［パスカルの言う「天使たらんとして獣になる」、「純粋」で「精神主義」的な人たち］を、私たちは歴史の中で何度も見てきた」と書いた。

　テロリストの標榜する主義・主張はこのように、三島由紀夫から机龍之助まで幅広い振幅を描く。しかしそこに一貫して流れるのは、現世否定の終末論である。終末論とは端的にいえば世直しの思想で、現世は根底から変革すべきものであるから、いったんこの世界に終末をもたらし、〈その日〉の到来に期するという、救世主《メシア》信仰に由来するものである。これはキリスト教にも、イスラム教にも、ともに底流しているもので、「イスラム国」の過激なテロリズムが今日、少なからぬラディカルな若者を引き寄せるのは、そこに彼らの心の琴線にふれる〈世界の終り〉の思想が背景にあるからである。イスラム原理主義の場合、これが西欧、わけてもアメリカの覇権の終焉を希求することになる（アルカイダはアメリカをテロのターゲットとして、9・11ニューヨーク同時多発テロを敢行したが、「イスラム国」は必ずしもアメリカのみを特化して攻撃するわけではない）。三島由紀夫はいうまでもなくこの終末論と無縁ではなく、『金閣寺』の主人公が抱懐する「その日が来た」という述懐は、文学や宗教や哲学の基底をなす黙示録の言明に他ならない。テロリズムとは黙示録が暴力と結ばれた壊滅の思想なのである。

良きカルト、悪しきカルト

私たちもまた、祖父や父から受け継がれた、先の大戦の黙示録の記憶を持つ。そこにはつねに回帰するカルトの誘惑がある。人は信仰《カルト》から完全に自由になることはできない。オウム真理教を改称した教団「アレフ」の信徒数は今や千人を超える。ヨーロッパ各地から「イスラム国」に流入する戦闘員の志願者も跡を絶たない。ウエルベックの『ランサローテ島』には、カルト教団「ラエリアン」に入信して破滅する人物の身に起こったことは、「私たちのだれの身にも起こりうることだった。もはやだれも安全ではなかった」とある。良き信仰があれば、悪しき信仰がある。良き預言者がいるように、悪しき預言者がいる。イスラム法学者の中田考は、良き預言者についてこう述べている、――「イスラームの深いレベルでの理解は、預言者の後継者にふさわしい知行合一のイスラーム学者に師事して長年にわたる学問の研鑽を積まなくては得ることができません」（『私はなぜイスラーム教徒になったのか』）。

三島由紀夫はそんな「預言者」にふさわしい「知行合一」の文学者であった。三島が（良き）カルトであるように、「イスラム国」は（悪しき）カルトである。三島の自決テロとイスラム過激派の自爆テロには、共通するカルトの誘惑がある。カルトの誘惑、その洗脳を免疫にする新たな抗体を、いかにして見出すか。三島由紀夫から今日の若い作家にいたるテロの文学史に、その処方を学びたいと思う。

第I章

『人斬り』vs『大菩薩峠』、三島vs川端康成

（テロ第一世代の文学史）

演技の天才か、化石の演技か？

三島由紀夫の予見性はおそるべきもので、彼は今日のテロの時代を確実に先取りしている。この欠陥多き天才は、欠陥ゆえに時代と未来を見通す眼力を持った。その欠陥と天賦の才は最大限の振幅を描いた。これほどの大きな振幅には、彼の強靭な身体をもってしても、耐え得なかったのかもしれない。それが11・25市ヶ谷自衛隊駐屯地における蹶起《けっき》と自決の悲劇を招いたといえる。これは彼にとって受難であったが、この受難から学ぶことができるものも、受難の大きさに比例して巨大である。いまこそ私たちは「この人を見よ」といざなうニーチェの提言に従って、三島由紀夫という稀代の怪物から目を放すことができないのである。

「この人」はピエロであったかもしれない。道化だったかもしれない。ジュネについてサルトルが言ったように「コメディアンにして殉教者」であったのだろう。しかし、このコメディアン、この殉教者はたいへんなサービス精神の持ち主で、三島ほど興味をそそり、おもしろい人物はいないのである。この人はわれわれをおもしろがらせるために、いろいろと奇矯な振舞いに及んだきらいがある。

映画の出演一つを取ってみても、端役として自作の『純白の夜』、『不道徳教育講座』、『黒蜥蜴』、主役として自作の『憂国』や他作の『からっ風野郎』、『人斬り』と、スター並みの活躍だった。なかでも『憂国』にいたっては、原作、製作、脚色、監督、主役と、一人五役のワンマンショーであった（この映画にはセリフがないから、さすがに脚本は書いていない）。

もっとも、『からっ風野郎』の演技は評判が悪く、同時代的に三島の年少のライヴァル作家として活動した石原慎太郎『三島由紀夫の日蝕』によれば、監督の増村保造にさんざんしごかれたという（石原によれば「いびられた」）。「あれは大変」と石原は若いスタッフの言を引用する、――「監督も三島さんも見ていてほんとに可哀そう。そりゃあ台詞は誰でも少しやれば出来ますよ、でも演技の動きが全然ちぐはぐでどうにもならないんです。／この間も三島さんが情婦の若尾文子に持ってた灰皿をぶつけるシーンがあったんですが、それだけで一日かかっちゃった。とにかくまともに物が投げられないんです、あの人」。

三島の運動神経の鈍さについては、没年の一九七〇年に下田の東急ホテルのプールで三島と会った、織田《おりた》紘二（国立劇場）の次の感想がある、――「どうでも良いことだが、先生は泳げたのだろうか。当時としては珍しい通信販売でカナダから取り寄せたというスイミング・パンツを自慢されたが、今どう記憶を辿ってみても先生が泳いだシーンは浮かんでこない」（『決定版三島由紀夫全集』〔以下『全集』〕第13巻月報「最後の夏」）。

『からっ風野郎』出演は失敗だったが、三島の主演した『人斬り』の田中新兵衛の名演技を見ると、三島は時代劇となると水を得た魚で、剣客として凄みのあるテロリストぶりを発揮している。武市半平太《たけちはんぺいた》役で共演した仲代達矢は、「作家なのにどうしてボディービルをしているんですか」と聞くと、「筋肉にしておかないと、切腹してさ、脂身が出ると嫌だろう」と答え、そのときはまさか実際に切腹するとは思っていなかったので、映画で切腹シーンを演じる三島の神技に、いたく感心したという、――「『人斬り』の中で、三島さん演じる田中新兵衛は切腹します。上半身が見事で、この肉体自身も、三島さんの表現の一つなのだろうか、と思いました」（「読売新聞」連載「時代の証言者」20「三島由紀夫　肉体の美学」）。

映画の演技は石原の言う運動神経だけで決まるものではないようだ。『人斬り』でメガホンを取った五社英雄もその点を認めていて、「私は三島さんの演技指導、アクション指導をしたが、三島さんはテレ屋で運動神経はない」と石原と同じ評価を下しながら、「気持の反応、感情のつかみ方、相手の感情に切りこむ能力、これらは天才的」と評価している。

映画だけではない。芝居の演出もすれば（『サロメ』、『椿説弓張月』など）、写真のモデルにもなる（細江英公写真集『薔薇刑』一九六三年など）と、八面六臂《ろっぴ》の活躍であった。

『薔薇刑』は薔薇を咥《くわ》えた三島が筋骨逞しい裸体を披露する、野卑な露出度のきわまったもので、そのナルシシズムとSM趣味が全面開花した写真集。細江の「撮影ノート」によれば、――「いざ撮影に入ろうとすると、自分の特技は、何分間でもまばたきしないで眼を見開いていられることだという。それではその姿勢でレンズを強く凝視して下さいと言うと、実に眼を見開いたそのままで、ぼくが35ミリフィルムの1本36枚を撮り終えてもまだまばたきしない。すぐにフィルム交換して同じ位置から再び撮り続けたが、まだ眼を見開いたままである。カメラアングルをわずかずつ移動しながら、もっと強く見つめて、もっと強くと叫ぶうちに2本目の撮影を終えた」。

36枚撮りのフィルムを二本撮り終えるまで、まばたきしない三島由紀夫というのは、もうすでに市ヶ谷台で割腹後、介錯された生首と化しているようだ。

そんなわけで三島はボディビルにも打ち込めば、（三島本人の言によると）「［ボクシングという］もっとも困難な、もっとも激しいスポーツ、三十歳に達した男の大半がおぞ毛をふるうスポーツ」にも、手を出したりした。剣道はというと、やはり石原の『三島由紀夫の日蝕』から引くと、「三島氏が居合というスタティックな剣の様式に入っていったのは当然のような気がする」とは三島論として核心を突いたものだが、「つまり最早肉体の触れ合いのあり得ぬ化石化した技のただの様式というところだろう」と手厳しく、歯に衣着せぬ悪口でこきおろしている。

「ならず者」（デリダ）とは誰のことか？

毀誉褒貶《きよほうへん》があるかもしれないが、三島は二十世紀最大のスターであった。いや、毀誉褒貶があるがゆえに、彼は戦後日本の最大のカリスマであり、カルトの地位を揺るぎないものにした。

今日に至るまでも、なおそのオーラは衰えない。石原同様、三島はfamousというよりnotoriousというべきかもしれない。彼は好んで令名ではなく悪名を選んだ。悪名こそ勲章であることを誇示した。

フランスの哲学者デリダは、9・11ニューヨーク同時多発テロを論じた『ならず者たち』で、「強者の持ち出す理屈がいつでも正しいことになる」という十七世紀のモラリスト詩人ラ・フォンテーヌの箴言を引いて、こう言っている、――「サダム・フセインのイラクは、一九九八年の危機の際、ワシントンとロンドンから、ならず者国家*rogue State*にして『無法国』（*outlaw nation*）と宣告された」が、「ならず者国家のうちでもっとも倒錯的で暴力的なのは、もっとも破壊的なのは、［……］第一にアメリカ合州国であり、そして、ときに、その同盟国であることになろう」（鵜飼哲・高橋哲哉訳）。

「ならず者」といえば、近頃封切られたトム・クルーズ主演『ミッション：インポッシブル』の副題が「ローグ・ネイション」だった。「ローグrogue」とはまさにデリダの言う「ならず者」、すなわちテロリストである。イーサン・ハント（クルーズ）はＣＩＡの下で働く諜報機関ＩＭＦの敏腕スパイ。しかしＣＩＡはＩＭＦの解体を指示し、クルーズは国際手配の「ならず者」扱いされてしまう。彼は多国籍スパイ組織〈シンジケート〉と戦っている。この極悪のrogue nationから派遣されて来たのが、ヒロインの謎の女イルサ（レベッカ・ファーガソン）である。彼女はクルーズを救うかと見せかけ、〈シンジケート〉の情報をコピーしたメモリーを奪い取る。敵にも味方にもなる神出鬼没の活躍だ。

敵・味方、善・悪がスパイラルをなして循環する。これを本稿では〈テロのスパイラル〉と呼ぶ。デリダによれば、善悪の「逆転」が起こる。『アンダーグラウンド』や『約束された場所で』でオウム真理教団による地下鉄サリンのテロを主題にした村上春樹も、毎日新聞のインタビューでこう言っている、――「先日『アルジェの戦い』という1960年代に作られた映画を久しぶりに見ました。この映画では植民地の宗主国フランスは悪で、独立のために闘うアルジェリアの人たちは善です。僕らはこの映画に喝采を送りました。でも今、これを見ると、行われていること自体は、現在起きているテロとほとんど同じなんですよね。それに気づくと、ずいぶん複雑な気持ちになります」（二〇一五年四月十九日。インタビュアーは「共同通信」編集委員・小山鉄郎）。

『アラビアのロレンス』に苦言を呈する三島

もっと古典的で有名な『アラビアのロレンス』を例にとってもいい。一九六二年のイギリス映画で、デヴィッド・リーン監督、ピーター・オトゥール主演の名画だが、イギリス陸軍少尉だったT・E・ロレンス（一八八八～一九三五）の史実を追ってフィクション化した長尺の超大作。

三島由紀夫は二度にわたってこの映画にふれている。それだけ彼にとって重要な映画だったのだろう。まず『第一の性――男性研究講座』で「いかに英雄ローレンスが変り者であつたか」、

『アラビアのロレンス』といふおそるべき偶像破壊映画」を語り、ついで、『目――ある芸術断想』で「英雄の病理学」と題し、この映画に長い論評を加えるが、「全く女ッ気のないエクセントリックな映画」、と全般的に低い評価を与えている。そういえば「プロローグ」で取り上げたウエルベックも、イスラムフォビア（イスラム恐怖症）のエジプト人の口を借りてだが、「いったい砂漠に惹かれるような人間がいるかね？　そんなのはホモか、冒険家か、無頼漢ぐらいだ。かの変わり者、頽廃的ホモセクシャル、悲壮ぶった気取り屋のロレンス大佐だとか」と、クソミソにやっつけている（『プラットフォーム』）。

三島がとくに問題視するのは、ロレンスが男色の犠牲になる場面。ロレンスがオスマン帝国のトルコ兵に捕えられ、軍政官《ベイ》に「夜の伽《とぎ》を命ぜられ、肯《がへ》んじないと、拷問を受けて血まみれになる。鞭打ちと足蹴がいよいよ激しさを加へたとき」、「拷問の中にひそむ受苦の快楽」を味わった、そのSM的な描写に三島は、フロイト的な精神分析の痕跡を見てとり、これがホモセクシャルの三島には生理的な拒絶反応を引き起こしたのである。

三島はこうした「受苦」は、彼の愛読する『葉隠《はがくれ》』の著者なら、「一切汚ない言葉を使はず」、「英雄的」に「忍苦」したはずだとロレンスを断罪し、『葉隠』が「古来の既成的表現で片付けたことを、一そう美しいと思ふ」と称賛するのである。「ロレンスは何もかも喋りすぎた」と。英雄は英雄の「類型」にとどまるべきで、「映画『アラビアのロレンス』は、この種の類型性を逸してゐるところに、大きな欠点がある」と批判している。

砂漠に舞う、華やかなロレンス

冒頭、オートバイ事故で不慮の死を遂げたこの偉人について、登場人物の一人で、ロレンスの今でいう〈追っかけ〉をやっていたジャーナリストのベントレーは、若い駆け出しのジャーナリストにコメントを求められると、「彼［ロレンス］は詩人であり学者であり偉大な戦士だった」と述べ、かたわらの男に小声で、「同時に彼は恥知らずな自己宣伝家だった」。

そのやりとりを聞いたスーク（市場）の商人は、「ダマスカスで彼と握手したことがある」と自慢する。つまりロレンスは著名なスターなのだが、彼のアラビアにおける行動は、立場を変えると極悪なテロリスト以外の何者でもない。

オスマン帝国（トルコ）とアラブ（ベドウィン）の戦争が主題で、イギリス軍はトルコと戦い、アラブを支持する立場に立っている。ロレンスの大義はむろんイギリスの大義、それが目下においてはアラブの大義となり、彼の犯すどんな残虐な犯罪行為も、イギリス軍の大義によって正当化される。

アラブ軍とともにアカバやダマスカスを攻略するロレンスは、いまならさしずめ国際テロ組織「イスラム国」の旗と言ってもよい黒い旗を掲げ、砂漠に唸る「オレンス！　オレンス！」の喚声とともに、血に塗《まみ》れた剣を振りかざし、テロリスト然とした狂気の目を血走らせて敵地に突っ込んで行く。デリダに言わせれば文句なしに「ならず者」の典型である。

しかしこのロレンスは何と魅惑的な「ならず者」だろう。アラビアの砂漠をラクダで行く場面など、今日ではオリエンタリズム（サイード）とかエキゾティシズムと批判されるところだが、白いアラブの長衣の裾を風にひるがえして砂漠に舞うロレンスは限りなく美しく、ブルーの瞳をした女性的なシルエットは、この武人のホモセクシャルな側面をうかがわせるに足る。そこに、そう、われらが三島由紀夫が呼び出されるのだ。三島の武張った益荒男《ますらお》振りとは裏腹な、あの華のある繊美なホモセクシャリティを思い起こそう。すると三島とロレンスを結ぶ、「ならず者」の優美な伝統が浮かび上がるのである。

この優雅は、三島においても、ロレンスにおいても、凄惨な暴力と結ばれる。三島の場合、その暴力は、飛び道具（銃）ではなく真剣（刀）だから、三島好みの血まみれの場面になる。

『人斬り』と天誅のテロリズム

澁澤龍彥によれば、「三島にははっきり嗜血癖があったと断言できる。あんな血みどろが好きだったひとを私は知らない」（『三島由紀夫おぼえがき』）。

『**命売ります**』（一九六八年［昭和四十三年］）という三島が書いた最後のエンタメ系の長篇小説には、美しい吸血鬼の夫人が出て来るが、彼女が主人公（羽仁男《はにお》）の血を吸う場面にも、この作家の嗜血癖は明らかだ。羽仁男が女吸血鬼と同衾《どうきん》すると、——「女の咽喉が何かを嚥《の》み込む、つつましやかな音がした。それが自分の血だとはつきりわかつたとき、羽仁男は戦慄《せんりつ》した。／

『おいしかつたわ、ありがたう。今夜はこのくらゐにしておくわ』／と、スタンドの灯りの下に、接吻を求めて近づいて来た女の唇には、血が乱れてついてゐた」。

これはいうならば手弱女《たおやめ》振りの血だが、映画『**人斬り**』（監督・五社英雄、一九六九年上映）には、剣客たちの益荒男振りの血が溢れている。これほど血まみれの映画はないといってよい。三島を狂喜させただろう流血の大盤振舞いである。

時は幕末、文久二年（一八六二年）。土佐の勤皇党の面々が高下駄で砂利を踏みならし闊歩して来る。どこからともなく、この「ならず者たち」をほめそやす声が聞こえる。世間の評判である。

これがあるので、映画はまわりのうわさに包まれた、メディアによって成り立つ風聞の世界の消息であることが明らかになる。先頭に立つのは、土佐の勤皇党の旗頭・武市半平太（仲代達矢）。主役は岡田以蔵《いぞう》（勝新太郎）。薩摩の田中新兵衛（三島由紀夫）と並び称される剣客である。

まわりから〈以蔵vs新兵衛〉の両横綱とはやされて悦に入る以蔵は、勇壮でもあり、あわれでもある。

やがて舞台は暗転して、刀剣が入り乱れて暗夜にひらめく殺陣《たて》になる。雨に打たれながら物影で必死に凝視する以蔵。彼の目はT・E・ロレンス同様ものすごく血走っている。その「邪剣」ゆえに主君の武市半平太によって刺殺、つまりテロを禁じられた以蔵は、歯嚙みしながら、

「天誅《てんちゅう》か」と憑かれたようにつぶやく、「斬る前には天誅って言うんやな。天誅、天誅、天誅……」。

天誅とは天の誅罰の意だが、以蔵にとってこの言葉は呪文かマントラと化している。人斬りに魅せられた以蔵を演じる勝新太郎のかっと見開かれた目。「俺が斬ってやる。俺が斬って……俺が斬って……」。とはいえ、実をいうと、この刺客《テロリスト》にとっては、（三島と違って）「天」はなんであってもよい。彼にテロの動機を与えてくれるものなら、なんでもいい。ただ剣で人を斬ることが出来さえすればいいのだ。彼のせりふに、——「右へ行ったり、左へ行ったり、おりゃ、どうすればいいんだ」という自己批評がある。

この点について三島が『人斬り』に出演したとき受けたインタビューにおもしろい意見がある（「ぼくは文学を水晶のお城だと考へる」）。インタビュアーの「いま『昭和維新』なんていはれてますね。考へてみると、幕末と現代［インタビューは一九六九年におこなわれた］には似たイメージがある。三島さんの立ち場は幕末だとすれば、どういふ立ち場ですか」という質問に、三島は言下に「勤王の志士だね。（笑ひ）」と答えている。この「（笑ひ）」は例の有名な三島流の豪傑笑いだろう。

次のやりとりが重要である。「勤王とは倒幕ですね」という質問に、「勤王倒幕みたいなものだけど、そのへんをごまかしてあるだけで……。で、ぼくは『人斬り』をやつてて、おもしろくなつちやつてね。幕末の本を読んだんですよ。そこでおもしろかつたのは、明治維新が近づくにつれて、いろんなイデオロギーが紛糾し、どつちがどつちだか、わからなくなつてくることですね」。保守と革新が「だんだんわからなくなつてきた。一九六〇年と七〇年を比べて、そこに大きな違ひがある」。今日ではその「紛糾」はもう自明のことかもしれないが、「幕末をみると」と三島は続ける、「尊王攘夷、佐幕開国、それらが順列組み合はせになつちやふ。『勤王とは倒幕ですね』といふのは、とらはれてる。変革の精神といふのは、順列組み合はせなんですよ。／だから攘夷開国もあつたし〔これは「さすがに」「なかつた」、と三島は別の場所で訂正している。本稿「エピローグ」参照〕、勤王佐幕もあつた。それから尊王佐幕もあるし、もちろん尊王攘夷もある。尊王開国もあつたし、佐幕開国もあつた。そして、イデオロギーのシッポと頭が、みんなくつついてきちやつた」。三島は流行の言葉は使わないが、いわゆるメビウスの帯かウロボロスの環である。「だれが敵か、どれが味方かわからない。ちやうど洗濯機の中にシャツを入れて、ガーッと回り出すやうな……。それが変革期の特徴なんですよ。それは、維新が近づいてゐることを意味する」。

三島が予感した「維新」は不発に終わったが、テロがスパイラルする今日、左右両翼はむろんのこと、敵も味方も、保守も維新も、善玉も悪玉も、洗濯機に入れて「ガーッ」と掻き廻した現状である。

節操という点でいうと、三島由紀夫は（立て前として）、『人斬り』の以蔵のような右往左往はしなかった。先のインタビューにも、「思想的には節操は大切だと思ひますけど」とある。

彼は一貫してポーズとしての〈右〉を堅持した。まあブレない人だったのである。

その意味で以蔵は同じテロリストでも、（後に論ずる）『大菩薩峠』の机龍之助タイプの剣客なのかもしれない。机も尊王についたり、佐幕についたり、政治的な定見がない。

『人斬り』のインタビューはしかし、スカトロジックな比喩を用いて、「つまり節操の正しい人は」と巧みな論点ズラシを見せる、――「どんなクソの仕方をするのか。いつもまつすぐなクソがでてくるかといふと、そんなものぢやない。節操の正しい人でも、トグロを巻いちやふ。節操の曲がつた人でも、まつすぐなクソが出るかもしれない。そんなこと関係ないですよ」と、最後は笑わせている。トグロを巻くクソ、とは、「節操」のスパイラルを語って、けだし名言だろう。

テロリストは知名度を競う

以蔵は世直しに走る義賊でもあれば、磔《はりつけ》獄門に処される極悪人でもある。「俺と武市は同じ罪であの世行きか？」ラストの場面で以蔵が処刑人にこう訊ねると、「武市は政治犯。お前はならず者の所業」と、デリダが書いたように、以蔵は「ならず者」の烙印を捺《お》される、――「武市は切腹、お前はこのとおり磔獄門だ」。

映画のラストで、以蔵は磔になり、無惨にも胸を槍で刺されて、血を噴き出しながら息絶えてゆく。勝の顔が銅版画のように薄らいでフェイドアウトする。以蔵にあって重要なことは、彼が世の語り草になり、後世に名を残すことである。ラストのセピア色に刻まれた彼の顔は、すでに伝説と化した偶像の肖像である。彼はそのことを知っている。いや、この映画に登場する主役たちはみな自分が伝説的な存在になることを意識している。酒場のおかみも、以蔵に向かって「あんたはんがいてくださるから、お店が繁盛しますがな」と、まわりに聞こえるような声でおだてる。

岡田以蔵は勝新太郎であることの、武市半平太は仲代達矢であることの、田中新兵衛は三島由紀夫であることの、坂本龍馬は石原裕次郎であることの、人の口の端に上る有名性を競いあっている。その意味で彼らは誰も二重の演技をしている。勝は勝と以蔵の演技をしているし、三島は三島と新兵衛の演技をしている。彼らは自分の人気を映画のなかで誇らかに語る。

それは今日のテロリストたちがメディアにおける知名度を競いあうのと同じである。「イスラム国」は彼らテロリストの残酷なことを、ネットに動画を投稿することによって、全世界にアピールする。宗旨を異にする者の生首をさらすことは、戦国時代の日本の侍が敵の首《しるし》を挙げるのと同じ、誉れの勲《いさおし》となる。

イスラムのテロはメディアの戦争である。これはテロであるかどうか微妙だが、先だってパイロットをコックピットからシャットアウトし、日本人二人を含む乗客乗員一五〇人を道づれに、ドイツ旅客機墜落テロを敢行した副操縦士は、テロを決行する前に、「誰もが自分の名前を知り、記憶にとどめることになるだろう」という予告を、ある女友だちに遺している。

三島由紀夫『金閣寺』のヒーロー、溝口（「私」）も、金閣に火を放つ前に女郎買いをして、「一ト月、……さうだな、一ト月以内に、新聞に僕のことが大きく出ると思ふ。さうしたら、思ひ出してくれ」と、思わせぶりな予告を女にする。三島自身も、市ヶ谷台の自決テロを決行する半年ほど前、母の平岡倭文《しずえ》重の部屋にやって来て、「もう僕は決心した。どえらいことをやるけど決して驚かないでくれ。たとえお母様が止めたってもう止まらない［三島が母親を「お母様」と呼んだことは語り草である。「お母さまあ」と三島の声色を真似てからかわれても、彼は腹を立てなかったという（川島勝『三島由紀夫』）］。道は一本しかないのだから、決して驚かないでくれ。五十年先、百年先になれば、今の僕の気持を世間の人はわかってくれると思う。誰もがやることはやらないつもりだ。今は皆で笑うかも知れないが、必ずいつかは分かってくれる筈だから止めないでくれ」（平岡倭文重「暴流のごとく」）。

『「三島由紀夫」とはなにものだったのか』の著書もある橋本治の、「とめてくれるな　おっかさん　背中のいちょうが泣いている　男東大どこへ行く」のコピーを思い出す人もおられるだろう。これが東大駒場祭のポスターに出て話題になったのは、一九六八年（昭和四十三年）のことだから、当然、蹶起の前年の六九年に東大駒場に乗り込んで「三島由紀夫vs東大全共闘」のバトルをやった三島は知っていただろう。

それ以上に興味深いのは、三島の七回忌に「新潮」一九七六年十二月号に発表された、上記の平岡倭文重の文章「暴流のごとく」に、橋本のコピーがエコーのように反映していることである。三島由紀夫ともあろう大作家が、当時まだ学生だった橋本のコピーを受け売りするとは思えないから、先の文章には倭文重の創作も入っているだろう。三島の母も当時流布した橋本のコピーの影響を受けた、メディアの時代の人だったということの証左である。

すでに死者、すでに生首

『人斬り』最大のテロリストは、なんといっても田中新兵衛だ。監督の五社英雄も「田中新兵衛の性格、テロリストのムードは三島さん以外には出せなかった」と絶賛した。私小説で知られる車谷長吉は三島のファンでもあるが、「私も『人斬り』って映画で、薩摩の田中新兵衛に扮した三島が切腹する場面を見たけど、あの衝迫力は凄かったですね」と切腹シーンを称賛している（『白痴群』）。

新兵衛を三島は自決の一年前に演じている。もはやこれは死を決意した男の入神の演技である。市ヶ谷台に乱入するテロリスト三島由紀夫が、すでになまなましい肉身をあらわしている。そのなまなましさはおそろしいほどだ。三島の生首を見ているような気がする。石原慎太郎が「スタティック」と形容した、様式美を誇る武士の張りつめた肉体である。すでに生首、すでに死人といってもよい。

静の田中新兵衛と動の岡田以蔵。アポロの三島とディオニュソスの勝。三島の虚点と勝のカオス。しかし、この虚点、この静謐《せいひつ》、このすでに死人がいなければ、映画はただの以蔵が暴れまわるだけのアクション巨篇になってしまう。

このことが一番はっきりするのは、近江の石部宿における大立ち回りの場面である。そのハネ上がりを嫌われて、武市・仲代の命により、以蔵はこの「大天誅」から外されてしまう。そのことに気づいた以蔵は、京から石部まで九里十三丁の長丁場を走りに走る。六〇年代末の時代の熱気がスクリーンからじかに吹きつけてくるような勝新太郎の名演だ。『三島由紀夫・昭和の迷宮』の出口裕弘も、「六〇年代の特殊性」、「あの異常に悲愴好みだった潮流」を語り、「時代の空気というものは怖ろしいものである」と言っている。

大殺陣はもう始まっている。「土佐の岡田以蔵だぞー！」と大音声《だいおんじょう》で名乗りを上げる以蔵。この殺人マシーンぶりがまた武市の怒りを買うことになるのだが、そんなこととは露知らず、斬って斬って斬って斬りまくる。

三島新兵衛は、というと、彼の出番は非常に少ない。この大天誅でもほんの数秒しか姿を見せない。その貴重な出現に三島ファンは痺れる。作家は新聞にこんな映画出演記を載せている、――「無上の興奮から全員子供に返り、血みどろの運動会がはじまる校庭のようになってしまう。私も大よろこびで十数人を斬りまくったが、……」。

たしかに出血大サービスだが、三島の登場する場面に瞳を凝らすと、そこだけしいいんと静まりかえったような魔の通過を感じる。示現流で青眼に構える三島、敵を袈裟懸けに斬った後、半身になって〈見返り美人〉を演じる三島、その暴力のエロティックなこと、どの場面でもそこに三島がいるだけで妖気が漂う。

〈三島vs裕次郎（慎太郎）〉の決闘

新兵衛登場の場面はこれ以外に三回ある。第一回は「吉兆」という提灯の下がる飲み屋である。龍馬＝裕次郎が以蔵＝勝新太郎に教訓を垂れている。いかにも裕次郎流の退屈な説教が終わると、裕次郎は勝のことを、「いいやつだが、……バカにつけるクスリはない」と独白。勝も裕次郎のことを、「ったく、バカにつけるクスリはない」とぶつぶつ。以蔵が暖簾をはねのけて酒場を出ようとすると、スクリーンには黒い背中が大映しになる。剣豪三島のうしろ姿である。

勝と三島が鉢合わせする。以蔵vs新兵衛、龍馬vs新兵衛、裕次郎vs三島、三つ巴の危機一髪に、おかみが驚き、固まってしまう。

以蔵に向かって「お出かけ？」と三島の声。「ああ、ちょっとな」と勝。「手伝おうか」「いや。これは土佐藩だけでやる仕事だ」「なるほど、土佐藩だけでな。いや、お互いにそういうこと」こう言って三島は椅子に掛け、「近いうちに、拙者ひとりで片づける仕事があるが、かまえて手出しは無用だぞ」「いったい何をやろうってんだ」「土佐藩には坂本龍馬ちゅう変節漢がおるそうだが、……そいつは拙者が」。

そこへ奥の部屋から話題の主の龍馬、というより裕次郎が、――「おかみ。勘定だ」。裕次郎は最前の三島のせりふ、「そいつは拙者が［斬る］」を聞いていたのである。思わず観客が、（おかみといっしょに）息を飲む瞬間だ。

石原慎太郎vs三島由紀夫、ならざる、裕次郎vs由紀夫の決闘である。おかみは怯《おび》えて、「へえ、岡田はんに……」。勘定は武市鍾愛の岡田以蔵が持つと言うのである。机から転がり落ちるお銚子。一触即発、剣呑《けんのん》な雰囲気だ。

「待てエ」と三島のドスの効いた低い声が掛かる。「いずれの藩中か？　ご姓名を」（橋本忍の脚本は時代劇に現代語を使って成功している。黒澤明の何を言っているのか分からないせりふより、よほど聞きとりやすい）。「土佐藩の浪士、坂本龍馬。何か用か？」「ああ、お藩か。拙者は薩摩の田中新兵衛。口の悪かやつは、人斬り新兵衛と吐《ぬ》かしよる」「薩摩の人斬り新兵衛か。覚えておこう」。

きっと振り返る三島。その首はすでに生首である。青い月代《さかやき》が心なしか不気味だ。

龍馬・裕次郎が退場した後、勝が三島に懸命に龍馬のことをとりなす。「……やつはな、根っからの勤皇党だ。武市先生に俺をくっつけたのもあいつだし……だいたい、あいつが人を裏切るなんてことは……」三島はじっと勝を見て、杯を口に運び、あたかも裕次郎ならざるその兄の慎太郎のことを言うかのように、「さあて、そいつは、どうかな」独特のアクセントで返す。

切腹の死化粧

最後から二回目の三島新兵衛登場の段は、やはり同じ飲み屋である。武市の不興を買い、啖呵を切って主人の屋敷をおん出たはいいが、荒ぶる以蔵を使ってくれるところはどこにもない。以蔵が口探しに奔走する先々に、武市が手をまわしたのである。のみならず、吉兆の飲み代さえ土佐藩ではもう持たないというお達しだ。

はらわたの煮えくりかえる以蔵は、銚子を手でガリリと砕いてしまう。血まみれの手を伸ばす先に、三島新兵衛があらわれる。「はあ、岡田以蔵、ひどく荒れちょるな」。以蔵は机に突っ伏したまま、泣き崩れている。「よか、よか、何も言うな。ここの勘定まで止めるとは、武市も阿漕《あこぎ》な……。お互いに相身互いの身の上、お藩が飲み代ぐらいは、いつでもこの俺がな……」。

以蔵は大泣きに泣き、号泣して「……いいやつだな……」と呻く。三島は以蔵の肩を抱いて、背中を叩いてやる。「分かっちょる、分かっちょる。何も言うな」。男気《おとこぎ》の三島、最高の見せ場である。

「以蔵がかわいそうというより、勝ちゃんそのものがかわいそうな気分になっちゃってねー。思わずもらい泣きするところだった」と三島は週刊誌で振り返っている。そう、この映画では、生身の人間が俳優を食ってしまう場面がある。三島の登場する最後の段が、それである。

このシーンには伏線がある。武市は以蔵に攘夷派の急進的公卿・姉小路公知《あねがこうじきんとも》の暗殺を命じる。驚く以蔵に武市は、「どうした？　何をそのような？」空とぼけた質問をしかける。「姉小路公知は勤皇とは切っても切れぬ……」言い淀む以蔵の逡巡を絶ち切るようにして、武市はさらに畳みかける。「ただし、この仕事にはちょっとした細工が必要。得物《えもの》はお前の肥前忠吉《ひぜんただよし》ではなく、殺《や》るのは、この刀だ。そして仕事が終われば、これはその場に残しておく」。差し出された刀を見て、「これは……」と、以蔵はぎょっとする、――「薩摩づくり。鞘《さや》にも見おぼえがある」。武市は容赦なく、以蔵にとっては絶体絶命の裏切りを命じる、――「薩摩の田中新兵衛のものだ」。

以蔵は姉小路暗殺に走り、その場に田中新兵衛の剣を棄てて置くのである。

三島のラスト・シーンは顔のクローズアップから始まる。花のように美しい紅顔である。三島はすでに「切腹の死化粧」を顔にほどこしている。「男は死んでも桜色。切腹の前には死んでも生気を失はないやうに、頰に紅をひき、唇に紅をひく作法があつた」。三島が『葉隠入門』に引いた『葉隠』の一節を顔に描いたようだ、――「写し紅粉を懐中したるがよし。自然の時に、酔覚か寝起などは顔の色悪しき事あり。斯様の時、紅粉を出し、引きたるがよきなりと」。

そういう顔のなかから、「俺も田中新兵衛」と、今では耳に懐かしい三島の声が聞こえる。「殺ったのなら殺ったちゅう。ましてだな、姉小路卿は我々にとっては、血のつながりにも等しか勤皇党。殺るはずがなかじゃなかか」「では、どうあっても貴殿ではない、と」所司代が問う、「では、これはどなたの差し料かな？」刀を見て、三島は「拙者のものだ」間をおかず所司代が、「それが落ちていたのだ。姉小路卿暗殺のそばにな」。

剣を受けとり、怪訝《けげん》な表情をつくって、一瞬とぼけた顔になり、一瞬の間があり、右手をふところに入れるや、間髪入れず抜刀し、ヤアッと叫び、もろ肌脱いで、仲代達矢もたいそう感心した筋肉を見せながら、腹に剣を突き刺し、深く抉《えぐ》る。

面を上げた三島の目は、もはや人間というものを超えた獣か虫のまなざし、切ない恋闕《れんけつ》のまなざしである。ここでまた『葉隠入門』に三島が引いた『葉隠』の一節を引こう、――「本気にては大業はならず。気違ひになりて死狂ひするまでなり。又武士道に於て分別出来れば、はや後るるなり」。

なぜ？　も、なければ、どうして？　も、ない。理屈はない。三島はただ後《おく》れることだけを怖れている。何に対してか？　大義に対してである。あたかも彼は『葉隠』の数行のなかに血を吐いて、突っ伏したかのようである。


火の勲（『奔馬』）、水の龍之助（『大菩薩峠』）

ところで、三島由紀夫が準主演格で演じた田中新兵衛その人が登場する長大な小説がある。中里介山の手になるコロッサルな大作『**大菩薩峠**』（一九一三年［大正二年］～一九四四年［昭和十九年］、作者死去のため未完）である。

ここではもっぱら論創社刊の「都《みやこ》新聞（現「東京新聞」）」版『大菩薩峠』をテキストに、田中新兵衛にスポットを当てて論を進める。

まず第二巻二十章に「今の京都は怖ろしい処《ところ》」とあり、舞台は映画『人斬り』と同じ京都と紹介される。「龍之助は好んで其処《そこ》へ行くのである」。ご存じ本邦文学史上最大のテロリスト、「水が流れるように」剣を遣う机龍之助のお目見えである。

龍之助は本篇の主人公だが、長篇の魅力は虚実とりまぜて無慮何百人という群像が登場する多彩な顔ぶれにある。

むろん机龍之助が虚構の人物であり、田中新兵衛が実在の人物である。この章に姿を見せる新兵衛も、主人公格というわけではなく、こんな大物であるのに、ちらっと姿を見せるだけで消えてゆく。こうした点景的登場が『大菩薩峠』のおもしろさをかたちづくる。

「追分へかかろうとする時、ふいに、後《うしろ》から呼び止める声がする。／『それへお出《い》での御仁、暫《しばら》く』／顧みれば、筋骨逞しい武士が一人、静々と歩んで来る、外に人もないから呼び留めたのは自分の事であろう」。これが問題の田中新兵衛なのだが、そう早々と名乗りをあげないところが味噌である。

「筋骨逞しい武士」とは、ボディビルで鍛えたサムライ三島の隆々たる筋骨を思わせる。まるで『人斬り』で三島由紀夫が、「待てエ」と龍馬・裕次郎に声をかけたようだが、それ以上に、こうして読者の関心が高まるところで章を変えるのは、新聞連載ということを考慮した苦肉の策とはいえ、いつもながら介山が読者の関心をつかんで離さないエンターテインメントの妙技である。

そしてページをめくると、二十一章。「お一人旅とお見受け申す」と、いきなり会話で始めるのも新鮮で映画的な技法である。最初にせりふを流しておいて、後からその場の映像に移るのは、いまではハリウッド映画定番の手法だろう。

龍之助の背後からやって来たのは、「黒の衣類に、小倉《こくら》の袴《はかま》で高足駄《たかあしだ》を穿き、鉄扇を持った壮士です、小刀《しょうとう》の短い割に、刀は四尺もあらんかと思われる大きなのを横にさし、頭の頂辺《てっぺん》から、龍之助を見下ろして、進んできたので、……」

当時のテロリストは、今日の「イスラム国」やそのシンパのテロリストたちでもそうだが、だいたいが黒装束であった。『大菩薩峠』では単に「黒」と呼ばれることがある。「黒」は昔も今もテロリストやアナーキスト、ニヒリストのファッションなのだ（パリ同時テロの実行犯は、「イスラム国」への空爆を実施したオランド仏大統領を口々にののしりながら、黒づくめの服装で自動小銃を乱射する狂気の沙汰に及んだという）。

相手の出方をうかがいながら敵の正体をさぐる丁々発止のやりとりのうちに、敵の壮士が「剣道は何の流儀を究《きわ》めなさるな」と問う。龍之助はうるさく思いつつ、「貴殿の御流儀から承わりたい」「如何にも、拙者は先ず自源流を学び申した」。『人斬り』では「示現流」とあった、「薩州の流儀である。「して、貴殿は鹿児島の御藩でござるか」と龍之助がたたみかけると、「薩摩武士の高名が知りたくば――」ここで両者は突如身を躱《かわ》す。「ハッと思う間に、密着《くっつ》いて居た二人の身が、枯野の中に飛び退《の》いて、離るること正《まさ》に三間です」。

一触即発の瞬間だが、ここで改ページ、二十一章へ転調する。相互の睨みあいがつづくなかで、机龍之助の風貌が示される。これはリフレインのように反復される『大菩薩峠』のハイライトだ、——「蒼白い皮膚の色に、真珠のような光を見て、切れの長い眼は、すーっと一文字《もんじ》に冴える、人を斬らんずる時の龍之助の表情は、いつもこれです」。「顔色青白く、眼は長く切れて、白い光を帯びた人ではありませぬか」（第三巻三十六章）。あるいは、「蠟のように冷たく光る白い面の色、水色がかった紋のない着流し、［……］その人の身体の何処《どこ》からか腥《ちなまぐ》さい風が吹き出して水のように流れた」（同四十章）。

ここで本稿のメインテーマである三島由紀夫と比較すれば、龍之助と新兵衛の真剣勝負に匹敵するのは、三島の短篇「剣」（一九六三年［昭和三十八年］）のヒーロー、国分次郎のこんなポートレイトだろう、——「彼が正上段に構へるとき、剣は彼の頭上に大きな威嚇する角のやうにそそり立ち、夏空の入道雲のやうな旺《さか》んな気が天に冲《ちゅう》して見える。それは晴れやかな傲慢に充ちてゐる。面金《めんがね》がかがやいて、剣はさうしてゆつたりと天を指したまま、相手を見下ろして休んでゐる。それが撃ち下ろされるとき、空は二つに裂け、こちらの頭上を襲ふのは、空のその一瞬の黒い裂け目だ」。

『大菩薩峠』では、壮士新兵衛は驚くべき長い刀の鞘を払い、「一方、龍之助は、同じく抜き放って、これは、気合もなく、恫喝もなく、縦一文字に引いた一流の太刀筋、久しぶりで『音《おと》無《な》しの構《かまえ》』を見た」。

「音無しの構」というのだから、ともかく龍之助の剣は無言、無声、無音である。他のページからいくつか、この音なしの剣の例を拾ってみると、「龍之助の構は、例の一流、青眼音なしの構えです、その面は蒼白く沈み切って居るから、心の中の動静は更にわからず、呼吸の具合は平常《ふだん》の通りで、木刀の先が浮いて動くように見えます」（第一巻二十七章）、「殊《こと》に、あの太刀先が難剣じゃ、じっと青眼に構えて、些《ちつ》とも動かず、相手の出る頭《かしら》を待って打つという流儀」（第三巻三十七章）、「此《こ》の時、水を割るようにスーッと打ち下ろした龍之助の刀」（第四巻八十六章）、「音なしの構を取った時に見る真珠を水の底に沈めたような眼の光」（第五巻三百六章）、「逆袈裟で、ほとんど水を斬るようにたった一太刀」（第七巻六百九十五章）、「壮士は、上段の刀を振かぶったなりで頻《しき》りに気合と恫喝とを試みて、龍之助の陣形を伺《ねろ》うて居るが、其《そ》の静かなること林の如《ごと》く、冷やかなること水の如しです」（第二巻二十三章）。

最後の引例は、いま話題の〈龍之助vs新兵衛〉の決闘の場。「壮士」とは新兵衛のこと。新兵衛の動と恫喝に対して、龍之助の静寂と寂滅のコントラストが鮮やかだ。

介山が龍之助の「音無しの構」の剣を水に喩えるとすれば、三島は国分次郎（「剣」）の剣を太陽や火や天に喩える。『豊饒の海』第二巻『奔馬』の飯沼勲《いさお》がテロの後で割腹するときにも、「正に刀を腹へ突き立てた瞬間、日輪は瞼の裏に赫奕《かくやく》と昇つた」と、これは11・25の割腹と介錯の関連でしばしば引かれる、『奔馬』の有名なラスト・シーンである。同じテロリストであっても、龍之助は水のように蒼ざめて冷たく、勲は火のように「赫奕と」燃えて熱いのである。水の龍之助、火の勲といえる。

三島の大義と龍之助の不義

三島が『人斬り』で田中新兵衛を演じたのは正解であった。『人斬り』のスタッフたちは、俳優三島の一年後の自決を、それとなく予感していたのかもしれない。新兵衛は自殺するが、龍之助は生き延びる。これが両者の違いだが、この違いは三島と龍之助、新兵衛と岡田以蔵（彼の死は自裁ではなく刑死である）の違いでもあろう。

天誅組の一党がいよいよ追いつめられ、「それも、どうやら望みが絶えた――」「どうだ諸君、腹を切ろうではないか」（第三巻七十章）という窮地に陥ったとき、「拙者一人だけは――」と異を唱える者がいる（同七十一章）。介山の筆によれば、「ヒヤリと人の咽喉を剃刀の刃で一撫でしたような声」。「誰かと見れば、さきほどから隅の方に黙々として居た机龍之助です」。一同が机に目を注ぐと、「切腹は御免を蒙る――」「ナニ、何と云わしゃる」「拙者は、まだここで死にたくないから、一人でなりとも生き残って、落ちて見るつもりじゃ」「死にたくない！」天誅組の残党たちの「眼から電《いなずま》が発するようですけれど」――このページに視線を凝らす三島由紀夫も、同様に瞋恚《しんい》の怒りに燃えたことであろう。〈三島vs介山〉の見せ場である。しかし――「龍之助の眼は、少しく冴えて居るばかりで、その面は例の通り蒼白い」。面々が「武士らしい最後を遂げようではないか」とか「ここで腹を切るのが、最上の武士道じゃ」と、建武の昔、楠正成が刀折れ、矢尽きて、湊川のほとりで一族郎党と膝を交えて、七生までと忠義を誓った志に思いをいたしているときに、「龍之助には忠義の心などはないのです」（七十二章）。『大菩薩峠』がおもしろいのは、しかしそういう異端分子にも詰め腹を迫るわけではなく、「も、早や、机龍之助の方は誰も相手にしなかった」と放っておくことである。介山は右にせよ、左にせよ、過激な連中が対立することの愚かしさを知っているのだろう。「龍之助が、こんな風につむじ曲りの人間であることは、この連中が、もうよく呑み込んで居るものと見えて、一旦は憤激して見たけれど、今は取合ませんで、龍之助は黙って、自分だけは遺書《かきおき》もしなければ辞世もつくらず、介錯をしてやろうとも云わず、元より頼まれもせず」。

さて、『大菩薩峠』の第三巻四十五章から四十七章にかけて、『人斬り』で見た田中新兵衛が濡れ衣を着せられる姉小路公知の暗殺と、新兵衛の不可解な自刃の件が話題になる箇所がある。この場面を『人斬り』の〈三島新兵衛〉と較べてみよう。

龍之助はある旅籠屋で隣室の話声を耳にする、――「拙者は、田中新兵衛の仕業に相違ないと思う」。龍之助は「田中新兵衛という名前は聞いたような名前である」と思う。「ああ、そうだ、京都へ上るときに大津を出て、逢坂山の下の原で、後から不意に呼びかけて、自分に果し合いを申込んだ薩州の浪人――あれが田中新兵衛であった」。隣室の噂はつづく。「田中でなくば、あれだけの事はやれぬ、第一証拠がある」「いや〳〵、田中なら、あんな事はやらぬ、刀を捨てて逃げるような慌わてた真似をする者でない」「というて、その刀は田中の外に持つべき品でない」「さあ、それが拙者にも解せぬ、田中は何とも云わず腹を切った事だから、どうも解らぬわい」。

新兵衛が姉小路少将を斬ったという、その剣がかたわらに落ちていたいきさつは、こう説明される、——少将がその日、提灯持ちを先に立てて、御所を出て朔平門外に来たところ、御所に水を入れる堰《せき》の陰から、ものも言わず跳り出た人影がある。面も体も、全身真っ黒に包んだ暗殺者《アサシン》、すなわちテロリストだった。斬られた少将は瀕死の重傷を負いながら、襲いかかる兇漢の刀を奪い取った。「その勢いの烈《はげ》しさにさすがの刺客が、刀を取りかえそうともせず、鞘までも落した儘《まま》で一目散に逃げてしまった」というのである。「何者が殺したか、残された刀が物を言う」。その章は次の一行で閉じられる、——「刀は縁頭が鉄の鎖で、そこに『田中新兵衛』と持主の名前が明瞭に刻んであった」と。

次は新兵衛の割腹死になるが、呼び出して調べてみると、「左様な事は存ぜぬ」と首を横に振るばかり。役人は例の捨てて逃げた刀を持って来させる。「新兵衛、この刀に覚えがあるか」「これは拙者の差料に相違ない」。そこで問題の切腹の場に移る。『大菩薩峠』の記述はこうである、——「ここに至って、潔《いさぎよ》き新兵衛の白状ぶりを期待して居ると、新兵衛は其の刀をスラリと抜くが早いか、我が脇腹へ突き立てた。／『や！』／並み居る役人も、番卒も一同に仰天した。支えに行く間も遅く、新兵衛はキリキリと引き廻して、咽喉笛をかき切り、咄嗟の間に美事な切腹を遂げてしまった。／あまりの事に、一同の開いた口が暫《しば》らくふさがらなかった」。

新兵衛の突然の割腹に呆れ返り、「開いた口が暫らくふさがらなかった」『大菩薩峠』の中里介山から、新兵衛の死をあくまでもクリプト（封印）して、謎として示した『人斬り』の三島由紀夫へ。両者の違いがこれほどはっきりとあらわれた場面はないだろう。

石原慎太郎の誤解

完結する死と〈遅延〉する死と。その微妙な差異を、三島由紀夫と川端康成のうちに見出すことができる。次は『大菩薩峠』から目を転じて、三島とは因縁の深い川端の自死の謎にふれてみたい。

割腹、介錯による三島の劇場型の自決と、静謐の極みのような川端のガス自殺は、その対照において逆に、三島の死の劇的な身振りを照らし出すのである。

まず両者の没年を較べると、三島は一九七〇年十一月二十五日、市ヶ谷台で自裁した。昭和でいうと四十五年、享年四十五であった。川端は二年後の一九七二年四月十六日、逗子マリーナの仕事場でガス自殺を遂げた。享年七十二。三島が昭和の年号に、川端が西暦の年号に、年齢が重ねられるのはさることながら、二十六歳もの年長の老大家が、年齢からすればまだ若々しい作家に、二年だけ死に遅れたということである。

両人の死について石原慎太郎の証言が残っている、――「あの日、七〇年十一月二十五日は、ホテルニューオータニで仕事をしていた。そうしたら、秘書から『大変です。大事が起こっています』と電話が入って、市谷の現場に駆けつけた。すると、川端さんがどこか近くの宿屋か何かで仕事していたのか、先に来ていた。／僕が着いたら、バリケードが張られていて、警察が『石原さんですか。まだ検証は済んでいませんが、現場をご覧になりますか』と訊かれたけど、先に川端さんが現場に入ったと知らされて、僕は断ったんだよ。／なぜかそのときに遠慮して、現場に入らなかった。入らなくてよかった。その日の夕刊で三島さんが割腹しただけじゃなくて、首をはねさせていたことを知ったんだ。僕はやっぱり、転がっている彼の首を見たら、何かを感じたと思う。見ておけばよかったという気もするけど、やはりあのとき見なくてよかった。あれを見た川端さんは、あれから変になっちゃったからね」(インタビュー「三島さん、懐かしい人」「中央公論」特別編集『三島由紀夫と戦後』)。

ここには重要な間違いがある。川端は三島の生首を見ていないのである。川端の三島追悼の文章、「その人の死に愕《おどろ》き哀しむよりもその人の生に愕き哀しむべきであつた」で始まる「三島由紀夫」と題した追悼文に、「私がそこで三島君の遺骸と対面したと、ある新聞に出てゐたのはあやまりである。すでに警察のしらべがはじまつてゐて、総監室には近づけなかつた」とある(「新潮」一九七一年一月号)。したがって以下の記述は、新聞記事だけを見て書いた石原の誤解ということになる。

「川端さんは明らかに、胴体から離れた三島さんの首を見て何かを感じとったんだろう。川端さんも、ある意味では怖いものを書いてもいたけど、あんな耽美的な人が、自分の美的な世界とは異なる、まったく異形なものを見たわけでしょう。/もともと睡眠不足でノイローゼ気味の人だったけど、事件の後、人と話しているときに『あ、三島君が来た』とかいったりして、おかしかった。川端さんもそれからまもなく死んじゃったからね」

三島が川端に幽霊のように憑いたのである。この二人には、その出会いからして、類は友を呼ぶ類いの黙契があったのではないか。「はじめて川端康成に会ふの記」の副題を持つ、雑誌にも単行本にも未発表のノート、「1946 1.27日」の日付を持つ「川端康成印象記」における、三島が川端邸を初めて訪問した時の印象、――「川端氏のあのギョッとしたやうな表情は何なのか、殺人犯人の目を氏はもつてゐるのではないか」は、川端の本質を射抜くと同時に、川端に自分の同類を見出した三島の、テロリストとしての自分の本質を言い当てたものであった。『赫奕たる逆光――私説・三島由紀夫』の野坂昭如も、「三島はしばしば、自分には殺人者の血が流れているというようなことをいった」と伝えている。

同じ死に憑かれながら、三島に濃厚で、川端に薄かったのは、この殺人者《テロリスト》の血であった。

ノーベル文学賞が〈三島vs川端〉を死の淵へ

石原はふれていないが、川端と三島の関係を考える場合、ノーベル賞の問題は避けて通れないと思う。村上春樹は最近出した『**職業としての小説家**』のなかで「文学賞について」語り、「ノーベル文学賞まで行ってしまうと、話がいささか面倒になります」と言っている。その「面倒」な話をしてみようというわけである。もちろん、『不可能』という小説で八十歳を越えて延命した三島由紀夫をフィクションに書いた松浦寿輝も言うように、「ノーベル文学賞が川端のところに行ってしまったことについて何やかや言う人もいるけれど、そういうつまらない心理の穿鑿は三島ほどの人に対する侮辱だと思う」（インタビュー「三島という大きな謎」『三島由紀夫と戦後』聞き手・構成＝山内則史）という礼節を重んじた意見はあるが、人間の卑小さと作品の天才性が共存することがあるのは、モーツァルトの例を引くまでもない。大義に殉じた三島の自決と彼の通俗性を切り離して考えないほうがいい。彼は聖と俗の矛盾を生き、その矛盾に引き裂かれた人間だった。「いちばん崇高でもあり、つぎの瞬間にいちばん下劣でもあるのが人間なんです」と、彼はあるインタビューで言っている（「ぼくは文学を水晶のお城だと考へる」）、――「人間は崇高であると同時に下劣。だから、ぼくのことを下劣だと思ふ人があれば、それでもかまはない」。

ヘンリー・スコット＝ストークスの『三島由紀夫　死と真実』（一九八五年、ダイヤモンド社）の新版が一九九八年に清流出版から『三島由紀夫　生と死』と題して出たとき、巻頭に置かれた「三人の友――三島由紀夫を偲んで」というドナルド・キーンの対談が、ある種の真実をのぞかせてくれる。

「もしノーベル文学賞を取っていれば、三島さんの運命は変わったとお思いですか」という質問に、キーンは直截に「思います」と答え、「大岡昇平さんが後に言いました。もし三島が取っていれば、いまごろは三島も川端もまだ生きていただろうと。川端さんは、ノーベル賞を取ったことが非常な重荷になりました。何か凄いものを書かなければならないと思い、あらゆる手を尽くしました。それが思うように書けず、もう何もできないと絶望して自殺したのでしょう」。

実際、川端はもともと寡作ではあったが、一九六八年のノーベル賞以後、遺作になった短篇集『竹の声桃の花』以外、重要な小説は一篇も書いていない。それも校了間際に、短い掌篇の原稿を一枚ずつ編集者に渡したほど、無類の遅筆ぶりであった。

その点について次の逸話が残っている。担当編集者の伊吹和子『川端康成　瞳の伝説』によると、「電車の中吊り広告の校了ギリギリになった十月二十六日［一九七〇年、すなわち三島自決の一か月前］、ようやく『竹の声桃の花』の題がきまった。／［……］その日から執筆を始める、と、先生は言われたが、出張校正室では皆が殺気立っていて、全体の進行を取り仕切っているデスクは、中吊りも目次も校了になって、もう刷り始めるというのに、一行も原稿が入っていないのはどういうことか、と、眼が血走っていた。／その日［二十八日］、指定された午後三時に、鎌倉［の川端邸］に着くと、いつもの座敷の雨戸が、ほんの二十センチばかり開いているだけで、あとは全部閉っていた。［……］今日も駄目なのか、と思った途端に、突然、その二十センチ程の隙間から、原稿用紙を一枚、ひらひらと下げた片手が突き出されて、秀子夫人［川端夫人］の声が聞えた。／「今日はこれだけ。［……］」。

ノーベル賞作家川端の名声が轟いていた七〇年と今日の文芸の退潮と、隔世の感があるが、川端は当時の文壇の頂点に立つ者の重圧に、ほとんど一行も書けなくなった時期があるのである。

キーンの話は続く、――「つまり［川端の］自殺の原因はノーベル文学賞です。一方の三島さんは、川端さんへの授賞で『次の日本人は二〇年後だ』と思ったはず［「次に貰うのは大江［健三郎］だよ」と三島は語ったという高橋睦郎の証言もある］。もう待てない、というのが彼の結論だったのでしょう」。

同じ対談のなかで、もっと生々しい（「トゲのある」）裏話が提供されている。「三島さんとノーベル賞の話をしましょう。一つの秘話があるんです」と切り出して、――「『川端康成・三島由紀夫　往復書簡』（新潮社）という本が出ました。そこに一九六一年に三島さんが川端さんをノーベル文学賞に推す英文の手紙が収められています。文学賞選考委員会宛に送ったものです。その年は日本の本命は谷崎潤一郎だったが、結局ユーゴの作家が受けました。川端さんは三島さんへの礼状の中で、『まああなたの時代まで延期でせう』と書いています」。

ここで少し余談をさしはさむと、前掲往復書簡集の巻末に収められた佐伯彰一・川端香男里の対談「恐るべき計画家・三島由紀夫」には、次の川端香男里の「秘話」が紹介されている、

――「ところで本当は四十五年七月六日付の手紙［「時間の一滴々々が葡萄酒のやうに尊く感じられ、空間的事物には、ほとんど何の興味もなくなりました」で終わる有名な三島の川端宛書簡］は、最後の手紙ではないのです。この後にもう一通受け取っているのです［佐伯は「えっ、そうでしたか」と驚いている］。鉛筆書きの非常に乱暴な手紙です。［……］私も内容を忘れましたが、文章の乱れがあり、これはとっておくと本人の名誉にならないからとすぐに焼却してしまったんです。［……］焼却された鉛筆書きの手紙。富士の演習場から出された手紙なんです。私は今でもとっておかなくてよかったんだろうと思っています」。

家人による一種の焚書《ふんしょ》autodaféといってもいいが、この手紙が残されていれば、三島と川端をめぐる真実の一端が明らかになっただろう。

対談の引用を続ける、――「ところが私の親しい編集者が、それとは別の推薦状の話を知っています。それは三島の父親である平岡梓氏（故人）からの直話です。息子の一周忌が来る前からトゲのある回想記を雑誌に連載し［『伜・三島由紀夫』一九七二年刊のこと］、話題になった方です。／梓氏によると、川端さんが珍しく午前中に例のコロニアル風の三島邸に来て、昼食をはさんで夕食までいた。帰った後、三島さんは同じ敷地内にある両親の隠居所に来てポツリと『とうとうサインさせられちゃった』と言いました。ぼくはいいから、ノーベル賞を川端さんに上げてくださいという手紙にサインしちゃった』と言いました。当時は川端氏はまだ存命中だったので、さすがの梓氏も書けなかった。だが『これを書かねば死んでも死にきれない』と言ったそうです」。

『伜・三島由紀夫』の続篇『伜・三島由紀夫　没後』（一九七四年）にも、梓はこの「秘話」を公開しないまま、二年後の一九七六年、八十二歳で故人となった。

ドナルド・キーンはＮＨＫ「ニュースウオッチ9」の「ノーベル文学賞明らかになる〝秘話〟」で次の証言もしている。一九六三年、スウェーデン・アカデミーのノーベル賞選考委員会から極秘の問い合わせがあり、谷崎、川端、三島、西脇（順三郎）の四人のなかで誰を推薦するかと問われて、自分は三島だと思ったが、三島を推すと、年功を重んじる日本人が納得しないだろう。そこで自分はまず当時七十六歳の谷崎を、次いで六十三歳の川端を、三番手に三十八歳の三島を推薦した、と。

ジョン・ネイスンは「昭和四十年の二月の初めのこと、三島は私にははっきりとノーベル賞が欲しいと語り、その上私に助力をも依頼した」（『三島由紀夫―ある評伝―』野口武彦訳）という。

当時新聞記者でバンコクに特派員として赴任していたＴ氏は、エラワン・ホテルでの「プールサイドの会話」で、「翌年［一九六八年］の川端康成の［ノーベル文学賞］受賞によって三島さんのチャンスは潰えた。しかしバンコクで吉報を待ちながら滞留している間、三島さんは太宰［治］のようにジタバタできるものならしてみたい心境だったのではないか」と記している。

ノーベル賞が川端にいったことが三島の自殺の原因になったとはいえないが、死の方へ一歩背中を押したことはありうるのである。

一方、川端の側から言えば、石原が証言したのとは違って、三島の生首は見なかったけれど、それを見ようとして、市ヶ谷の自決の現場に駆けつけ、「年少の無二の師友」と追悼文「三島由紀夫」で偲んだ年下の友の葬儀委員長をつとめたことが、「葬式の名人」と称され友人たちの死に親炙《しんしゃ》した川端を、最終的に死の方へ追いやったことは否めない。

「自分の美的な世界とは異なる、まったく異形なものを見た」と石原は言ったが、三島と同じように死に憑かれた作家でありながら、川端ほど三島的な血みどろのものから遠い作家はいなかった。

三島の実質的なデビュー作『仮面の告白』（一九四九年［昭和二十四年］）には、流血の惨事が溢れている。幻想の場面だが、ある少年が食卓に供されて、「私は心臓にフォークを突き立てた。血の噴水が私の顔にまともにあたつた。私は右手のナイフで胸の肉をそろそろ、まづ薄く、切り出した。……」とか、あるいは、美少年を捕えて処刑にする、こんな残酷な情景、――「生贄は弓なりに身をそらし、孤独ないたましい叫びをあげ、刺された腹の筋肉を痙攣させる。ナイフは鞘にはめられたやうな冷静な様子で波打つ肉に埋まつてゐる。血の泉が泡立つて湧き上り、滑らかな太腿のはうへと流れてゆく」といった残虐な記述、――これは川端には無縁であった。

同じ犯罪者、暗殺者、テロリストの心性を持ちながら、川端は実際の殺人や傷害の場面を詳細に書くことはなかった。にもかかわらず、石原は三島の死の現場から「遠慮して」遠ざかったが、川端は現場をそば近くで見ようとした。見ようとしただけではなく、魅入られた。

〈三島vs川端〉のノーベル賞をめぐる確執について後一つ付け加えると、三島没年の昭和四十五年三月に刊行された『川端康成全集』13の月報「末期の眼」で三島は、以下のような奇怪な川端観を明らかにしている。これまで抑えに抑えてきた師への怨恨が仄見える文章である、――まず、「芸術上の勝利の鍵を知つた者の敗北への明察」と、自分を踏み台にして川端がノーベル賞を受賞したことに言及、さらに、「自殺を否定した不気味な永生の人」と川端の長生を暗になじり、結語として、「芸術的才能が、或るもつとも強靭な臓器のやうに、死に際して一番あとまで生き残るといふ話の不気味さは、その『生き残る』といふことにあるのではなくて、芸術的才能を臓器と同じやうに扱ふその没価値的な目の怖ろしさにある」と、その死体愛好《ネクロフィル》的文学を難じて、川端全集に付した月報でありながら、突っ込んだ川端批判を展開している。三島の自決後二年を「生き残る」川端は、当然この三島の最後の川端論「末期の眼」を読んで、感じるところがあっただろう。

三島から川端へ、前後して二人の作家を捉えた死を通じて、何かが受け渡された。何かしら幽体のようなものが手渡されたのである。

三島は自死によって川端に先行し、川端を越えようとした。七二年の川端の自死に七〇年の自分の死の後を追わせようとした。逗子マリーナにおける川端のガス自殺は、市ヶ谷台における三島の自決テロの追悼の行為のように思われる。そこにも、憑く者が憑かれるという、憑《ひょう》依《い》のスパイラルが認められる。

第Ⅱ章

三島VS村上春樹、桐野夏生、髙村薫、車谷長吉

（テロ第二世代の文学史）

深夜の大都会に渦巻くテロの予兆（『アフターダーク』）

夜の十二時から朝の七時まで、渋谷か新宿と思われる都会の深夜に起こる物語。白川という名のサイコパスが不気味な姿をあらわす。この男はラブホテル「アルファヴィル」で中国人の娼婦を殴打し、深い傷を負わせ、身ぐるみ剝いで、部屋代も払わず逃亡した、きわめて兇悪な危険人物である。そんな歴《れつき》とした犯罪者が、何食わぬ顔をして都心のビルのオフィスに戻り、深夜一人でコンピュータに向かい仕事をしている。

村上春樹、二〇〇四年の長篇小説『**アフターダーク**』。二〇〇九、一〇年に刊行されて大きな反響を呼んだ長篇『1Q84』を予感させる、テロリズムを主題とした作品である。

白川の姿はホテル玄関の防犯カメラに映っていて、この映像がやがて彼の命取りになる。「アルファヴィル」の従業員（カオル、コムギ、コオロギ）が防犯カメラの映像を見て交わす会話が、このコンピュータおたくのエリート・サラリーマンの印象を端的に伝えている、――「なんかやたら普通っぽいやつですね、こいつ」とコムギ。「普通っぽいやつがいちばんおっかないんだよ」とカオル、「ストレス抱えてっからな」。

カオルは画像を静止画面にし、男の姿が映っている部分を拡大して、プリントアウトする。中国人娼婦の所属する組織にリダイヤルし、こう持ちかける、――「あのね、ホテル『アルファヴィル』ってとこのもんだけどさ、今晩11時頃におたくの女の子が客に呼ばれてうちに来て、それでぼこぼこにされただろ？　で、その相手の客の写真が手元にあるんだよ。防犯カメラで撮ったやつ。あんたらひょっとして、それ欲しいんじゃないかな？」。

カオルは「キンタマの腐ったサイコ野郎」への報復を考えているのである。「あいつら［中国人マフィア］、いったんやると決めたらとことんやるぜ。こういうことになると、性格しつこいからな。そのへんの素人にコケにされたままじゃ、使ってる女たちへのしめしもつかないし、仲間うちでの面子《メンツ》も立たない。面子が立たねえと、やっていけない世界だ」。

十分後、黒いホンダの大型バイクに乗ったマフィアの男がやって来る。カオルはプリントした顔写真を渡す。その見返りに、「もしあんたたちがそいつをみつけ出したら、ひとことうちに教えてくれるかな？」と頼む。その後のやりとりがハードボイルドだ。「今でも耳は切るのかい？」「命はひとつしかない。耳は二つある」「そうかもしれないけどさ、ひとつなくなると眼鏡がかけられなくなる」「不便だ」。

バイクが走り去ったあと、「なんか、お化けみたいなやつですね」とコムギ。「お化けのでる時間だからな」とカオル。「おっかないですね」「おっかないさ」。

この「おっかない」白川がテロリストなら、「おっかない」中国マフィアもテロリストである。どっちがこわいか。やる者がやられる。テロのスパイラルである。

そういう暗黒世界について、コオロギはヒロインの浅井マリに、こう教える、――「私らの立っている地面いうのはね、しっかりしてるように見えて、ちょっと何かがあったら、すとーんと下まで抜けてしまうもんやねん。それでいったん抜けてしもたら、もうおしまい、二度と元には戻れん。あとは、その下の方の薄暗い世界で一人で生きていくしかないねん」。

これを昨今の新現実の事件に照らせば、過激派テロ組織「イスラム国（ＩＳ）」へ流入する人たちに関する、次のような週刊誌の記事に当てはまる。ある日本人女性とアルジェリア系フランス人の夫妻に関して、公安関係者はこう伝えている、――「夫妻は都内在住のイスラム教徒で、台東区内にあるモスクに頻繁に通っていたことが確認されており、夫は『イスラム国に参加したい』と話していました。そのため、何度も当局の事情聴取を受けています。また、フランス大使館は夫妻に渡航自粛を要請したのですが、『難民救助などの人道支援がしたい』などと言って聞かなかった。そして、結局二人は出国。シリアとの国境の街・［トルコの］ガジアンテップに向かったことまでは確認ができていますが、その後、消息が途絶えたため、イスラム国の支配地域に入ったと見られています」（「週刊文春」二〇一五年二月五日号）。

この記事には11・13パリ同時テロ以後、次の続報がある。シリアでの取材経験もあるフリージャーナリストの鈴木美優によると、――「ＩＳの戦闘員らは、イラクの少数宗教のヤジディ教徒を組織的に性奴隷として扱う事例が報告されていますが、彼らは欧米や日本の女性も好むのです。夫が戦闘員としてISに入ったのであればともかく、仮に観光目的だったとすれば、夫は拘束され、奥さんは〝強制結婚〟させられる可能性もあると思います」（同、二〇一五年十二月三日号）。

この夫妻は善意から、白川は悪意から、〈向こう側〉のブラックホールへ入って行くのだが、そこにテロのスパイラル現象というべき、善悪の反転する事態が発生していることには変わりがない。

「サイコ野郎」白川の末路は、小説では暗示されるだけだが、彼が中国女から奪った携帯電話をコンビニの棚に捨てたために、深夜の店内で鳴っている携帯を、マリの友人で客の高橋や、店員のような無関係な人が、たまたま手に取ってしまい、中国人マフィアと思われる男からのこんなメッセージを受けとる破目に陥る、——「逃げ切れないよ」「わたしたちは、あんたの背中を叩くことになる。顔もわかっているんだ」「あんたは忘れるかもしれない。わたしたちは忘れない」。

これは報復テロの警告、その声明として聞くべきだろう。「イスラム国」も、その他のテロ集団も、こういうメッセージをネットでグローバルに流すことで、その脅威と恐怖、知名度を競い合うのである。

中国マフィアの黒いホンダのバイクと、午前三時すぎにタクシーで家に帰る白川や、深夜の街路で語りあう高橋とマリのカップルが――それとは知らず――すれ違う場面は、一見して無関係な両世界《パラレル・ワールド》が急接近し、ニアミスを起こす瞬間を示して、鬼気迫るものがある。『アフターダーク』は深夜の大都会に渦巻くテロのスパイラルを描くのである。

三島のボディビル、春樹のマラソン

村上春樹と三島由紀夫。これは水と油の作家である。少なくとも一般には、そう思われている。まず文章が違う。シンプルでクールな春樹と、華麗な文体を駆使し、規矩《きく》整然をよしとした三島と。

ライターとしての戦略も違う。テレビにいっさい登場しない春樹と、メディアに出ずっぱりで、露出過多の三島と。

しかし共通する点も多い。両人とも、原稿の締め切りに決して遅れないこと、約束の時間を守ること、などは共通している。人と手をつなぐことが嫌いで、三島は神輿《みこし》はかついでも、デモには加わらないし、春樹もデモ行進などはしたことがない。二人とも、個人的な関係でべたべたすることが嫌い。三島は文壇の悪口をさんざん言ったし、村上も文壇とは関わりを持とうとしない。

エンターテインメントと純文学の区別を設けないのも、大きな共通点だ。何よりもベストセラー作家で、時代をリードするカリスマであり、カルトであることが、両人を共通項で結ぶ。

とりわけ三島のエンタメ系長篇はシリアスな文芸評論家に軽視されているきらいがあるが、『恋の都』（一九五四年〔昭和二十九年〕）、『幸福号出帆』（一九五六年〔昭和三十一年〕。三島のいいところが一番出ている。「こんなに怖ろしいことを言ひだす兄さんの残酷な表情が、私の目に美しく見えるなんて、何といふことでせう。私の本当に好きなのは、かういふ瞬間の兄さんなんだわ。でもそんなことを口に出したら、私の負けだ」）、『愛の疾走』（一九六三年〔昭和三十八年〕。カルヴィーノ顔負けのメタ・フィクション）、『肉体の学校』（一九六四年〔昭和三十九年〕。「男にしろ女にしろ『愛される』といふことは、よほど『愛する』といふこととちがふのだ。といふ認識は、千吉を知つてから妙子の中にはじめて芽生えたものであつた。それはまるで別の宇宙のやうにちがふのだ。これまで彼女はこんな怖ろしい人生の真相に直面したことはなかつた。愛される人間の自己冒瀆の激烈なよろこびは、どこまで行くかはかり知れない。愛する人間は、どんな地獄の底までもそれを追つかけて行かなければならないのだ」。妙子＝由紀夫＝女の真実が抉り出されている）、『複雑な彼』（一九六六年〔昭和四十一年〕）、『命売ります』（一九六八年〔昭和四十三年〕。自決の二年前、間然するところのない名作）などのエンタメ系小説は、いわゆる純文学系に優るとも劣らない傑作群で、文体に凝って厚化粧の観もある三島の純文学作品と較べると、村上春樹の簡素で平明な文章に通じる斬新な今日性を持っていて、今後再評価の気運が高まると予想される。エンタメ小説が純文学を〈脱構築〉してゆく、——そのことを三島は予見し、春樹が実現したのである。

ある時期から体を鍛え始めたのも、両人はそっくりである。スポーツにしても、団体競技を嫌い、春樹はマラソンや水泳、三島は剣道、柔道、空手、ボディビルやランニングに精励する。

春樹のマラソン好きは半端じゃなくて、フルマラソンやトライアスロンに毎年出場し、一〇〇キロ（！）を走るウルトラ・マラソンにまで挑戦、『走ることについて語るときに僕の語ること』（二〇〇七年）という本まで出した。

最近出版された『職業としての小説家』にも、「作家は贅肉がついたらおしまいですよ」という自ら立てたマントラに従って、「僕は専業作家になってからランニングを始めたのは『羊をめぐる冒険』を書いていたときからです）、それから三十年以上にわたって、ほぼ毎日一時間程度ランニングをすることを、あるいは泳ぐことを生活習慣としてきました」と言っている。

春樹が走ることに専念すれば、三島も負けていない。剣道は五段の腕前といわれるし、ボディビルで鍛えた筋骨は隆々たるものがある（「正面から見ると立派な筋肉がついているけれど、後ろ姿は貧相」という河野多恵子の意地悪な評もあったが）。ここでも春樹と比較すると、やはり『職業としての小説家』からだが、「『健康維持』というと、多くの人は筋肉むきむきのマッチョを想像するみたいですが、健康維持のために生活の中で日常的におこなう有酸素運動と、器具を使っておこなうボディー・ビルディングみたいなものとでは話がずいぶん違います」と、三島のボディビルとは（「ボディー・ビルディング」と書いて略語を使わないことによっても）、はっきり一線を画しているようである。同書によると、「有酸素運動」とは「最近の研究によれば、脳内にある海馬のニューロンが生まれる数は、有酸素運動をおこなうことによって飛躍的に増加するということとです。有酸素運動というのは水泳とかジョギングとかいった、長時間にわたる適度な運動のことです」。「長距離ランナー的な体質」の春樹にとって、長篇小説を書くには、この有酸素運動を一定時間、定期的におこなって、「基礎体力を身につける」必要があるというのである。

春樹にこういうスポーツ論があるとすれば、三島には「太陽と鉄」（一九六五年）と題した、肉体の哲学ともいうべき、比類のない身体論がある。「精神の縁《へり》へ、もつと縁へ、もつと縁へと、虚無への落下の危険を冒しながら、にじり寄らうとする。その時、（ごく稀にだが）、精神も亦《また》、それ自身の黎明を垣間見るのだ」とか、「私はランニング・シャツとパンツだけで走つてゐたので、朝風は骨をゆるがし、手は何も感じないやうになつた。東側の観覧席の前の薄明をとほるときには、ことのほか寒さが加はるが、すでに旭が射し入つてゐる西側は凌《しの》ぎ易かつた。私は四百メートルのトラックを四周し、五周しつつあつた」といった「太陽と鉄」の文章は、春樹が書いてもおかしくないし、「長い長い半島状になった最後の原生花園のコースに入ってからは、そんな気持ちがとりわけ強くなっていった。瞑想状態にも似た走り方になった」とか、「75キロのあたりで何かがすうっと抜けた。そういう感覚があった。『抜ける』という以外にうまい表現を思いつけない。まるで石壁を通り抜けるみたいに、あっちの方に身体が通過してしまったのだ」といった『走ることについて……』の文章は、三島が書いてもおかしくない。

荒野の呼び声

とくに最後の一文はかなりアブナイ精神状態を語っていて、「太陽と鉄」の「荒野から迎への来たことが私を歓ばせてゐた。それは非常の任務であり、遠くから呼んでゐる旺《さか》んな呼び声だつた」——これなども、オウム真理教団の「アレフ」や「イスラム国」に参加する人たちそのままだ。

三島は〈向こう側〉へ行ってしまった人、春樹はその一歩手前に踏み止まる人、その違いはあるけれど、どちらも遠い呼び声を聞いたことには変わりがない。

「荒野より」（一九六六年）という三島の短篇は、「最高級の私小説」と出口裕弘が折り紙をつけた名品だが（『三島由紀夫・昭和の迷宮』）、馬込の三島邸に闖入《ちんにゆう》して「本当のことを話して下さい」と迫る侵入者の若者に、当主の三島は自分の影か分身を見出している。その「異様な訪客」は「私の心の都会を取り囲んでゐる広大な荒野」からやって来たのであり、そこを「私」も「又いつか再び、訪れなければならぬことを知つてゐる」。

この「荒野」は、本稿「プロローグ」で主題としたイスラムの砂漠、あるいはランボーの砂漠から、そんなに遠いところにあるのではないだろう。英語では荒野も砂漠も同じdesertなのである。

『孤独の洗礼』でポール・ボウルズがサハラ砂漠について語るところを聞こう、——「いったん広大で光り輝く静寂の土地の魔法にかかると、ほかのどの場所にも十分に惹きつけられなくなってしまう。ほかのどんな環境も、絶対的なものの真ん中にいるという最高の満足感を与えてはくれない。どんなに安楽な暮らしと金を失っても、旅行者はどうしてもここに戻ってくる」（杉浦悦子訳）。

中国新疆ホータンのタクラマカン砂漠やスーダンのメロエ遺蹟の砂漠で、私はたしかにこの「光り輝く静寂の土地の魔法」を経験したのだった。

「荒野より」を書いた三島も、「あっちの方に身体が通過してしまった」春樹も、その身体感覚のどこかに、荒野あるいは砂漠の経験を持っているはずである。

村上春樹は彼のもっとも重要な最初期の短篇、「中国行きのスロウ・ボート」（一九八〇年）のコーダに書いている、――「東京。／そしてある日、山手線の車輛の中でこの東京という街さえもが突然そのリアリティーを失いはじめる。……そう、ここは僕の場所でもない」。あるいは、ずっと先のことになるが、二〇〇一年の『村上ラヂオ』に、――「昔、僕がまだ学生だったころ、新宿の西口には何もなかった。［……］ほんとうに、文字どおり何もなかったのだ。あるのはただがらーんとした広い野っぱらだけだった」。村上春樹の東京には、いつでもこんなふうに「突然リアリティーを失いはじめる」場所、三島の「荒野より」に繋がる「がらーんとした広い野っぱら」が幻視されているのだ。

11・25〈三島vs春樹〉のバトル

三島と春樹、両者の出会った情景が思い浮かぶ。〈三島vs春樹〉のハイライトの場面である。もちろん、「会ったことがないからわからないけど」と春樹が言うように、生身の出会いではない。小説のなかの出会いだ。

いや、出会いではない。映像の内と外とのすれ違いだ。三島はテレビのブラウン管のなかにいて、春樹の「僕」はガールフレンドと一緒にＩＣＵキャンパスのラウンジにいる、——「午後の二時で、ラウンジのテレビには三島由紀夫の姿が何度も何度もくりかえし映し出されていた。ヴォリュームが故障していたせいで、音声は殆んど聞きとれなかったが、どちらにしてもそれは我々にとってはどうでもいいことだった。我々はホットドッグを食べてしまうと、もう一杯ずつコーヒーを飲んだ。一人の学生が椅子に乗ってヴォリュームのつまみをしばらくいじっていたが、あきらめて椅子から下りるとどこかに消えた。／「君が欲しいな」と僕は言った。／「いいわよ」と彼女は言って微笑んだ」（『羊をめぐる冒険』一九八二年）。

もちろんテレビのなかでは、市ヶ谷の自衛隊駐屯地のバルコニーに立つ、楯の会の制服姿の三島由紀夫が、檄文を広場に撒き、鉢巻きして右手を振るって演説をしているところである。あと数分するとテレビの三島は奥へ引っ込み、画面から消えて、古式に則り割腹し、介錯されることになるが、「僕」とガールフレンドは、そんなことは知らない。三島の生首が床に落ちることも知らない。しかし、作者・春樹はそれらすべてのことを知りながら、あえて小説の主人公に「それは我々にとってはどうでもいいことだった」と独白させる。

この無関心は、どんな関心より強度な、作者と主人公「僕」の三島由紀夫に対する明確な態度を表明している（インタビューなどで周知のように、春樹は三島・川端を評価せず、谷崎・漱石を評価した）。三島の演説するテレビ画面が、女友だちとのセックスをめぐる会話へ、切れ目なしに移行する。これも、なんともいえず春樹調である（『村上さんのところ』には、「『ハルキスト』という呼び方が好きではありません」、「『村上主義者』という方が好きです」とあり、私も一貫してそうなのだが、本稿は村上龍と区別する必要上、「春樹」を使わせていただく）。

背を向けるのとも違う、否定するのとも違う、ただやり過ごすだけという姿勢は、三島の死を賭したパフォーマンスに対する、春樹のこの上なくクールな意志表示をあらわしている。

両者を繋ぐものとしては、「1970／11／25」という第一章のタイトルになっている、英数字とスラッシュからなる一つの日付しかない。数字と斜線、きわめて薄い一片の時間の表層しかない。

三島自決の日という日付の上で、まるで薄明に浮かぶ蒼ざめた映像の切片のように、〈三島vs春樹〉という世界に冠たる両雄が対決し、鋭利なペンの刃で、〈音無し〉（机龍之助）の鍔迫《つばぜ》り合いを演じているようである。

『1Q84』、あるいはクールなテロ

『アフターダーク』に続く春樹の三部作長篇、『1Q84』稀代のテロリスト、青豆の肖像、――「身長は一六八センチ、贅肉はほとんどひとかけらもなく、すべての筋肉は念入りに鍛え上げられているが、それはコートの上からはわからない」。

これは写真などでよくお目にかかる三島のそれと言っても通用する。

青豆の請け負った仕事は〈必殺請負人〉のそれで、「柳屋敷」の女主人の依頼を受けて、確実に殺人を履行することである。青豆はテロリストの「禅」を会得している。こんなふうだ、――「首の後ろのどのポイントをどの角度で、鋭い針で刺せば相手を瞬時に死に至らしめることができるか、彼女はその知識を持っていた。［……］彼女は工具を揃え、時間をかけて、小さな細身のアイスピックのように見える特殊な器具を作り上げた。その針先は容赦のない観念のように鋭く冷たく尖っていた。［……］躊躇なく、冷静に的確に、王国をその男の頭上に到来させた」。

「王国」とは死であり、終末の世界を意味する。青豆はジハードに走るイスラム過激派のテロリストに似た、黙示録の使徒であり、狂信者なのである。

緒方静恵という七十代の資産家が、自分の娘がDV（家庭内暴力）の犠牲になって自殺したことから、DVで苦しむ女たちのためのセーフハウスを立ち上げ、同じように親友をDVで失った青豆を、同志のテロリスト要員として雇い入れる。緒方は青豆と同じ〈隠れカルト〉で、

「マントラかお祈りみたいに」、「何ひとつ心配しなくていいのよ。私たちは正しいことをしたのだから」と、青豆に向かっても、自分に向かっても、くり返し言い聞かせる。

しかしその女主人が、不寛容でファナティックな狂信者の顔をのぞかせることがある。「この人は間違いなくある種の狂気の中にいる」と青豆は気づく。とはいえ「そこには見慣れた光景があり、長く忘れていた匂いがあった。優しい懐かしさがあり、激しい痛みがあった」。

青豆は少女のころ受けた、「証人会」という新宗教のトラウマを持つ。彼女は十歳のとき激しい葛藤の末、その宗教を棄教する。しかし、二十年後の今、「柳屋敷」の女主人を前にして、青豆に一種の回心が起こり、彼女はふたたび転ぶ。そして「老婦人と秘密を分かち合い、使命を、そして狂気に似た何かを共にすることになった」。

ここで三島を引き合いに出せば、父の平岡梓が『伜・三島由紀夫』で伝える、自決の三年前、一九六七年のある日、三島が同志たちと交わしたこんな血盟が思い出される、――「みんなが安全剃刀で左の小指を切り、これをコップにしたたらせて血が六分通りたまったころ、毛筆を使って各自が署名をしました。［……］中には脳貧血を起したものも、嘔吐を催したものもいましたが、無理からぬことです。／血書が終ると、伜は、『血書しても紙は吹けば飛ぶようなものだ。しかしここで約束したことは永遠に生きる。みんなでこの血を呑みほそう』といい、まず自分が血のコップを口に持っていき、『おい、この中で病気のある奴は手をあげろ』といいました。これでみんなの緊張がとけましたが、『それにしても消毒しなければならないな、誰か塩を持って来い』ということになり、食塩を入れてみんなで呑み合いました。倅はみんなの歯が真赤に染まったのを見て、大きな声で、『みんなドラキュラのような面相になってしまったな』といって例の大声笑をしました」。

三島の父親が描いた由紀夫の「ドラキュラのような面相」は、青豆の「クールな顔立ち」とそんなに隔たったものではない、――「[青豆が顔をしかめると、彼女の顔は] 劇的なまでに一変した。顔の筋肉が思い思いの方向に力強くひきつり、造作の左右のいびつさが極端なまでに強調され、あちこちに深いしわが寄り、目が素早く奥にひっこみ、鼻と口が暴力的に歪み、顎がよじれ、唇がまくれあがって白い大きな歯がむき出しになった」。

これは青豆をつけ狙うカルト教団「さきがけ」の探偵、牛河の次のポートレイトと双璧をなす。殺される前、牛河は何かの予感に迫られてか、自分の顔を鏡で検討してみる、――「洗面所で歯を磨くついでに、大きく舌を出して鏡に映してみた。自分の舌を眺めるのは久しぶりだった。そこには苔のようなものが厚く生えていた。本物の苔と同じようにそれは淡い緑色を帯びていた。彼は明かりの下でその苔を詳しく点検した。気味の悪い代物だ。そしてそれは舌全面にしっかりと固着し、もうどうやっても落とせそうになかった。このままいけば俺はそのうち苔人間になってしまうかもしれない、と牛河は思った」。

三冊からなる長篇『1Q84』は、青豆と牛河、二人のテロリストの死闘の物語として読めば、その複雑な構造がクリアになる（牛河は実際にテロを行うわけではないが、テロ組織「さきがけ」の使用人として暗躍するという意味では、テロリストの呼称にふさわしい）。

最後に青豆は「柳屋敷」の用心棒タマルを使って牛河を惨殺するが、ハリウッドが量産するヴァイオレンス映画でも、これだけインパクトを持った暴力シーンには滅多にお目にかかれるものではない、――「牛河の縛りあげられた丸い体軀が、地上に放り出された巨大な魚のように畳の上で激しくのたうつのを、タマルは目の隅で見ていた。身体が後ろに反る形に縛っていたから、どれだけ暴れても音が隣室に届く心配はない。その死に方がどれほど苦痛に満ちたものか、彼にはよくわかっていた。しかし人を殺すには、それが一番手際よくクリーンな方法なのだ。悲鳴も聞こえないし、血も流れない。彼の目はタグ・ホイヤーのダイバーズ・ウォッチの秒針を追っていた。三分が経過し、牛河の手脚の激しいばたつきが止んだ。〔……〕微かな小便の匂いがした。牛河がもう一度失禁したのだ。膀胱が今度は完全に開いてしまった。責めることはできない。それだけ苦しかったのだ」。

青豆がアイスピックを使って暗殺するときと同様、タマルの処刑もサイレント映画のように無音のうちに執行される。「悲鳴も聞こえないし、血も流れない」。それだけに両人の殺人の冷酷さが浮かび上がる。机龍之助の〈音無しの構《かまえ》〉である。

〈青豆vs牛河〉。それでも牛河はカルトの使い走りで、望遠レンズを装着したカメラで青豆の行動を盗撮したとはいえ、人は一人も殺してはいない。一方、青豆は非情な連続殺人犯である。法的には彼女は極刑に値する。しかし、小説の読者としては、フェイ・ダナウェイのように華麗なアサシン青豆の味方をし、暗闇に潜んで暗殺の手引きをする陰惨な牛河を敵視してしまうことは、避けがたい人情というものである。

牛河か、青豆か。いったい、どちらがデリダの言う「ならず者」なのであろうか。

『1Q84』は1984年という普通の世界が、1Q84年という〈月が二つある〉異常な世界に移行するプロセスを描くのだが、青豆が長篇の冒頭のシーンで味わう「ねじれに似た奇妙な感覚」、あるいはラストで首都高速3号線から国道246に移動して、「1Q84」からの脱出に成功する際に見た、エッソの石油スタンドの看板の「虎の姿」が「反転している」光景は、善と悪が反転する、テロのスパイラルを指し示すものにほかならない。

『アフターダーク』から『1Q84』へ、五（六）年の間隔をおいて発表された春樹の長篇小説は、ともにカルトの恐怖が渦巻く東京を舞台として、テロが蜂起する寸前の世界の鼓動を伝える、もはや誰も避けられない今日の破局《カタストロフ》の予感をシャープにさし示す作品となったのである。

政治の季節と〈シックスティーズ・キッズ〉

ここでテロ〈新現実〉の作家として取り上げる、村上春樹、村上龍、桐野夏生から上田岳弘まで、という十人の〈テロ文学〉のサムライについて考えると、比較的若い辻仁成（一九五九年生）、町田康（一九六二年生）、阿部和重（一九六八年生）、中村文則（一九七七年生）、上田岳弘（一九七九年生）を別にすると（本稿ではこの五人をテロ第三世代と名づける）、春樹、龍、桐野、髙村、車谷の五人（テロ第二世代と名づける）は、その生年を見ただけでも、ある共通性があることに気づく（「プロローグ」で扱ったウエルベックは一九五八年生まれで、辻より一歳上、テロ第三世代の最年長）。

車谷は一九四五年生で最年長、春樹が四九年生、龍が五二年生、桐野が五一年生、髙村が五三年生と、年齢の差が僅々八年間に集中していることである。ところが、彼らに先行するテロ関連作家となると、一九二五年生の三島とは、およそ二十年以上の開きがあり、大江健三郎や石原慎太郎と比較しても、十五年ほどの年齢差がある（先人の中里介山［一八八五年～一九四四年］、川端康成［一八九九年～一九七二年］から、三島［一九二五年～一九七〇年］、石原［一九三二年～］、大江［一九三五年～］にいたる五名を、テロ第一世代に括る）。

なぜであろうか。なぜこれらの五人の（車谷から髙村にいたる）テロ第二世代の作家たちが、時代的にこんなに集中しているのであろうか、と考えてみたところ、こんなことが分かった、――すなわち、テロ第二世代の作家たちは、一九六〇年から七〇年にいたる、戦後のもっとも激しい政治の季節にその感受性を形成した人たちなのである。

車谷はその間、十五歳から二十五歳であった。春樹は十一歳から二十一歳、龍は八歳から十八歳、桐野は九歳から十九歳、髙村が七歳から十七歳。動乱の季節のピークを告げる三島自決の七〇年、それまでの熱狂が〈瞬間冷凍〉されたと言われるその年を、全員が十七歳（髙村）

から二十五歳（車谷）の、もっとも多感な年齢で迎えたのである。

ちなみに私は車谷より一年年長で、一九四四年生まれ。七〇年には二十六歳だった。11・25の三島の自決は、当時勤めていた横浜市大の私の研究室に駆け込んで来た学生の一報で知った。

こう言うとウソつけと言われるかもしれないが、私には虫の知らせがあった。今はない「辺境」という大判の季刊雑誌に、めずらしく三島の掌篇「独楽《こま》」が載っていて、私はなにげなく読みはじめた。一九七〇年九月刊、三島自決の三か月ほど前に出た雑誌である。

ある少年が馬込の三島邸に訪ねて来る。蹶起《けっき》直前（むろん「独楽」を読んでいる私は、そんなことを知るはずもない）の三島には、あまり時間がない。「君のしたい質問がいくつかあつたら、その中で一番ききたい質問を一つだけしてごらん。何でも答へてあげるから」。少年は眦《まなじり》を決するように三島を直視し、「一番ききたいことはね、……先生はいつ死ぬんですか」。三島は少年の匕首《あいくち》で刺されたように感じる。ある意味では少年は三島を暗殺するテロリストだったのかもしれない。彼はこういう感想を書きつける。「少年といふものは独楽なのだ」。「独楽は、巧く行けば、澄む」、――「澄んでゐるあひだの独楽には、何か不気味な能力が具はつてゐる。それはほとんど全能でありながら、自分の姿を完全に隠してしまつて見せないのである。それはもはや独楽ではなくて、何か透明な兇器に似たものになつてゐる」。

いま読み返しても三島の最高作だと思うが、この文章を書いた人は、なぜか「死ぬな」と思ったことを、私ははっきり覚えている。しかしその三か月後、三島自身が「透明な兇器」になって、自分の腹を搔き切ることになるとは、夢にも想像はつかなかった。

余談に逸れたが、世代的に見ると、（私も含めて）車谷から髙村にいたる、テロリスト第二世代の作家たちは、おしなべて春樹の言う〈シックスティーズ・キッズ（六〇年代の子供たち）〉であった。彼らがその時代の政治闘争になんらかのかたちで積極的に参加したというのではない。むしろ逆かもしれない。それでも六〇年から七〇年にいたる十年間が、彼らにとって（私にとっても）もっとも重要な歳月であったことには変わりがない。

そして先駆者として、テロ第一世代の主役、三島由紀夫も同じ十年間に決定的なスティグマを受けたのだった。

地下鉄サリン・テロに透かし見る六〇年代テロリズム（『水の眠り　灰の夢』）

さて、桐野夏生。まず簡単に経歴を説明しよう。一九五一年、金沢市生まれ。『顔に降りかかる雨』（一九九三年）で江戸川乱歩賞を受賞して本格デビュー。その後の主な受賞歴をあげると、一九九八年、日本推理作家協会賞の『ＯＵＴ』でブレイク。翌年、『柔らかな頰』で直木賞。二〇〇三年、『グロテスク』で泉鏡花賞。翌年、『残虐記』で柴田錬三郎賞。二〇〇八年、『東京島』で谷崎賞。二〇一一年、『ナニカアル』で読売文学賞。

六〇年代の空気を、その臭気や熱気、どす黒い情念や、吹き荒れるテロの嵐とともに、ヴィヴィッドに伝える作品がある。『**水の眠り　灰の夢**』、一九九五年発表の長篇小説である。

九五年とは日本における最大級のテロであるオウム真理教団による地下鉄サリン事件のあった年である。もっとも、急いでつけ加えなくてはならないが、桐野の小説の時代背景は現代ではない。本の巻頭には、エピグラフのようにして「一九六三年九月」と記されている。こちらは当時世間を騒がせた草加《くさか》次郎事件というテロが連続した年である。

この小説には、作者がこれを執筆した一九九五年という時代の裏側に、一九六三年のキナ臭いテロの時代が、パリンプセストのように重ね合わされている。さらにいえば、作者はテロの時代といわれる、9・11ニューヨーク同時多発テロに始まる二十一世紀を将来に予見しながら、六〇年代の動乱とテロの時代を過去に透かし見ている。

それはノスタルジーではない。桐野にそんなノスタルジーは抱きようがない。なにしろ彼女は六三年には十二歳で、東京ではなく石川県金沢市の小学六年生であったはずなのだから。にもかかわらず、このリアルな緊迫感は何だろう。

「ふと最後部の座席下に新聞紙の包みが置いてあるのに気づき、何となく気になった」と、主人公が地下鉄の車内で気づくのが、すべての始まりである、――「そばの女の持ち物か。いや、それにしては新聞紙の包みというのが妙だし、ゴミにしてはきちんとくるんである。捨て忘れた生ゴミのような嫌な印象があった」。むろん読者は、今では忘れ去られた草加次郎事件などではなく、村上春樹が『アンダーグラウンド』(『水の眠り　灰の夢』の二年後、一九九七年刊)で、被害者のインタビューとして収録した、地下鉄サリン事件で犠牲になった人たちの言葉を思い起こすだろう、——「目の前の、右側の座席の角のところに新聞紙にくるまれた三〇センチ四方くらいの包みがあったんですよ。これくらいの大きさです（手で示す）。私はその［サリンの］現物を目の前に見たんです」。

『水の眠り　灰の夢』では、地下鉄が京橋駅構内に滑り込むと同時に、大音響とともに爆弾が炸裂する。「そのあたりは怪我した乗客が血まみれになって呻《うめ》き」——と、こういう血まみれの爆弾テロは、中東のイスラム過激派のテロからの〈引用〉だろう。〈静かな〉サリン・テロや『１Ｑ８４』青豆のアイスピックによる、同じように静かな〈禅〉のテロとは違う。『水の眠り　灰の夢』の「腕と顔を怪我して、ズボンからまだきな臭い煙が出ている若いサラリーマンらしい男」という記述など、どこか劇画的、スラップスティックでさえある。

作者は一九九五年三月の地下鉄サリン事件のテロを実感しながら、この六〇年代テロ小説を書いている。時間を整理してみると、本書の刊行は九五年十月。小説の脱稿は七月頃。サリン事件の報道に接しながら、六三年の爆弾テロのことは書けるのである。

この小説の成功の理由と切迫したリアリティの源泉は、六〇年代の政治とテロの季節の〈回想〉に耽ったり、綿密な〈取材〉を行ったりすることにはなく、草加次郎事件と地下鉄サリン事件という、三十二年間の時代を跨《また》ぐ二つの大きなテロを、ピタリと重ねた力技にある。

川端の『眠れる美女』は犯罪小説

テロの時代ということと、この小説にはもう一つの事件があって、前者はどちらかというと背景、後者がメインストーリーである。後者の事件の舞台は葉山。著名な作家の息子で、いま売り出し中のグラフィック・デザイナー、坂出俊彦にまつわる犯罪がトピックになる。

カーレーサーでもあり、夜遊びが派手、「六本木族」ともいわれる男だ。父親の公彦が「小学校の教科書にもその文章が出ているほど有名な白樺派の作家」で、「最近はほとんど書いておらず」とあれば、誰でも、ああ、そうか、白樺派なら志賀直哉（一九七一年没）のことか、と思うが、そう考えては桐野の術策にはまる。

ここには一種のズラシの手法が使われていて、葉山は同じ湘南の鎌倉からの、志賀直哉は川端康成からの、それぞれ転用である。「白樺派」というのはダミーで、かつて「新感覚派」の旗手と謳われた鎌倉文士の川端は、一九六三年の頃は、前年に『古都』、前々年に『眠れる美女』を書いた後、とみに寡作になって、「現役の、というよりは文学史上の作家になりつつ」あった。

『水の眠り　灰の夢』には、川端の実名と、事件に直接関係のある川端の問題作も挙げて、「まるで川端康成の『眠れる美女』だな。まさか、本当にこんなことをしている連中がいるとは思わなかったが、これはこれで病みつきになるのかもしれん」とあり、この小説のタイトルと、メインテーマである「眠り」（『水の眠り　灰の夢』）が示唆される。

「病みつきになる」事件とは「人形遊び」と名づけられる性的遊戯で、若い娘（川端の『眠れる美女』では「きむすめ」）を睡眠薬で眠らせ、老人たちの孤独に供するといふ、今日では実際におこなえば犯罪として処罰される悪事である。

ところが、問題の『眠れる美女』を偏愛した三島由紀夫は、「二度と浮ぶ見込のなくなつた潜水艦の内部のやうな、閉塞状況の胸苦しさは比類がない」（「最近の川端さん」）と、その閉塞感を評価し、「江口老人と娘との交渉は、男の性欲の観念性の極致であつて、目の前に欲望の対象がゐながら、その欲望の対象が意志を以てこちらへ立ち向つてくることを回避し、あくまで実在と観念との一致を企らむところの陶酔を見出してゐるのであるから、相手が眠つてゐることは理想的な状態であり、自分の存在が相手に通じないことによつて、性欲が純粋性欲に止つて、相互の感応を前提とする『愛』の浸潤を防ぐことができる。ローマ法王庁がもつとも嫌悪するところの邪悪がここにある。それは『愛』からもつとも遠い性欲の形だからである」（「『眠れる美女』解説」）と、いまから読むと「どうかな」と首をかしげざるをえない賛辞を寄せたのである。

これを桐野は（直接名指さずズラシてあるが）犯罪小説として取り上げたのだった。小説が犯罪を扱っていけないということはない。どんな残虐な犯罪小説にも傑作はある。しかし『罪と罰』にしても、『サンクチュアリ』（フォークナー）にしても、『冷血』（カポーティ）にしても、これら超弩級の殺人小説は殺人を手放しで礼讃するようなことはない。

『眠れる美女』には睡眠薬の過剰摂取によって死んでしまった少女も出て来る。相手は未成年の処女である。明るみに出れば、主人公の江口老人だって間違いなく法の裁きを受ける。フェミニズム批評の今日、批評家に指弾されることは避けられない。しかも作品は江口老人の〈超主観〉によって、三島の評言によれば「潜水艦の内部のやうな、閉塞状況」において描かれるために、外部からこの罪を裁く視線は介入しない。秘密の館のおかみも、老人が、「この子［「黒い娘」］が死んでゐる」と歯の根が合わないほど驚くのに、「お客さまは余計な御気遣ひなさらないで、ゆつくりおやすみになつて下さい。娘ももう一人をりますでせう」と答えるのみである。「『さうか。』老人が隣室への戸をあけると、さつきあわててかけものをはねのけたままらしく、白い娘のはだかはかがやく美しさに横たはつてゐた」。このおそるべき外部の遮断が、フィクションとしての『眠れる美女』の、純粋悪を結晶させた、比類のない美しさを保証するものであることは論を俟《ま》たない。

テロのスパイラルが、もっとも微妙かつ精緻なかたちで、ここには渦巻いている。『眠れる美女』は〈善悪の彼岸〉に眠るのである。

桐野夏生の『水の眠り　灰の夢』は、川端／三島を犯罪小説家と名指し、その批判を可能にしたのである。川端／三島の〈脱構築〉といってもよい。脱構築とは〈差延〉と並ぶデリダのメインテーマで、たとえば『眠れる美女』のような古典的名作に綿密な分析をほどこすことによって、批判とも批評とも異なる、解体と構築の同時進行する読解を展開する哲学の方法を言う。

〈動乱の時代〉へのレクイエム

葉山（鎌倉のメタファ）で繰り広げられる「人形遊び」は、志賀が川端のメタファであるように、〈草加次郎〉事件のメタファになっている。

一九六二年十一月に、歌手の島倉千代子の事務所に爆発物が郵送されたのを皮切りに、同年、有楽町劇場ロビーに爆発物が仕掛けられたりした。小説の背景となる六三年には吉永小百合宅に脅迫状が届けられ、これは小説でも議論されている。七八年に時効が成立、犯罪史に残る迷宮入り事件として知られる。

『水の眠り 灰の夢』はこのテロを虚実とり交ぜて題材にするのである。「マスコミが書き立てる、犯人を騙《かた》る者が出てくる、するとどれが真犯人なのかわからなくなる、検挙率が下がる、さらにまた犯人を騙る者が出る、という悪循環だ」と、ある記者がいうように、模倣犯、愉快犯、便乗犯、虚言犯……、入り乱れて、テロのスパイラル現象を起こす。これは最近作でいえば、中村文則『あなたが消えた夜に』の世界だ。犯行声明や犯行予告が飛び交うのも、今日のイスラム過激派のテロと同じである。まだネット時代が到来していないだけのことである。

ストーリーを簡単に要約しよう（なお、いわゆる〈ネタバレ〉についてひと言。すぐれた小説は〈ネタバレ〉によって損なわれることはない。ネタがバレると興味を削がれるというのは、娯楽小説のみに起こることで、新聞など新刊の書評ならいざ知らず、桐野の小説のように〈純文学〉として味読されるものは、筋や結末を知られて価値が減じることはない)。

——フリーランスの取材記者で、「週刊ダンロン　特約記者」の肩書を持つ「村善」こと村野善三が主人公。彼の甥の卓也が、葉山で「人形遊び」を主宰する大作家の息子が開くパーティに出て、村野が甥を引き取りにゆく。村野はタキという娘も一緒に連れて帰ることになる。ラストでその娘の父親の喜八が、〈草加次郎〉事件の真犯人であった、という真相が明らかにされ、〈人形遊び〉事件と〈草加次郎〉事件は、テロを照らし出す〈合わせ鏡〉の関係を結ぶことになる。

喜八は四十五歳で、「オールド・テロリスト」(村上龍)と呼ぶには「まだ若い」が、戦前には満州で戦争をしていたというのは、龍の『オールド・テロリスト』と同じ来歴の設定である。最後に喜八は放火自殺してしまう。今で言えばイスラム過激派の自爆テロだろう。「すべては灰の中に、です」と村野が締め括ることによって、「灰の夢」というタイトルが明らかになる。

これは桐野夏生による六〇年代テロリズムへのレクイエムだったのである。一九五九年に日本で初公開された映画『灰とダイヤモンド』について、こんな感想が語られる、——「特に三十四年〔一九五九年〕は安保の前年で、若いテロリスト、マチェクの気持ちが日本人の若者によく理解されたのだ。興奮した後藤〔作家志望の記者〕は帰る道すがら、ずっと主人公マチェクについて語り、それからしばらく『灰とダイヤモンド』のことばかりしゃべっていた。村野も好きな映画だったが、あの主人公が瓦礫の廃墟で死ぬシーンが他人事と思えなく辛かった。／『映画の中でマチェクと女が墓碑銘を読むだろう。「君は知らぬ、燃えつきた灰の底にダイヤモンドが潜むことを……」。美しい詩だ。覚えているか』」。

タイトルにある「灰の夢」は、この『灰とダイヤモンド』にもかけてある。そういえば、この小説には本稿Ⅰ章でテロ映画として取り上げた、『アラビアのロレンス』（一九六三年日本初公開）の看板を見やる場面がある。

三島由紀夫は「暗殺について」と題した一文で『灰とダイアモンド』にふれている、――「このごろ〔一九五九年〕の日本では、『暗殺』といふものがはやらなくなりました。最近での一等良い映画だつたといへる『灰とダイヤモンド』では、第二次大戦後のポーランドの暗殺者の動きがとらへられてゐましたが、戦前では、政治的暗殺は日本人のお手のものでした」と、『灰とダイヤモンド』を二・二六事件などと重ねて、戦前へのノスタルジーを語っている（『不道徳教育講座』）。三島がこう書いた翌年、六〇年から、『水の眠り　灰の夢』とテロの時代の幕は切って落とされる。三島は暗殺の時代の到来を予感したのかもしれない。

テロは理屈以前に起こる（『神の火』）

エンターテインメントから純文学へ、越境するテロ小説の旗手、高村薫。その略歴は、一九五三年、大阪市生まれ。本書で扱う『神の火』の主たる舞台も大阪である。これは九二年の作。翌九三年、『マークスの山』で直木賞。九八年、『レディ・ジョーカー』で毎日出版文化賞。二〇〇九年、『太陽を曳く馬』で読売文学賞。テロ小説としては、原発テロを扱った『神の火』と、カルト宗教を扱った『太陽を曳く馬』がある。本書ではこの二大長篇テロ小説を取り上げる。

『神の火』の髙村薫が描くのは、ただのテロではない。誘拐や殺人ではない。村上龍の『オールド・テロリスト』と同じ、国家にとって最大級に危険な、原子力発電所のテロである。

二年前に十五年勤めた原子力研究所を辞め、いまは大阪で出版社に勤める島田浩二が主人公。その後輩で、テロの標的になる舞鶴市の音海《おとみ》原子力発電所（架空の原発）の主任技術者の小坂雅彦という男（愛称ベティさん）が、組織内部の人間だけあって要領のよい本書のガイドをしてくれる、――警察によれば「原発脅迫マニュアル」と呼ばれ、実際は「トロイ計画」という名の謎のプロジェクトがあって、「原子力施設に対するテロリスト用の汎用破壊指南書みたいなもんやと言うんですけど、それもどこの誰がそう言うとるんか、さっぱり分からへんのですわ。この間、安全委員会の連中に聞いたら、彼らは、一種の原子力産業スパイの浸透計画やと言いましたしね。かと思うたら公安は、反核団体の妨害工作に過ぎないことが判明したとか言うて、《あれは終わりました》とくるんですわ。こういう状態やから、マニュアル自体がどうこういう段階やあらしません。テロリストと産業スパイと反核団体が全部結託してたら知りまへんけど、そんなアホな話……」。

相談を持ちかけられる島田自身が、そのマニュアルの作製にかかわっているらしい。島田は〈北〉によってその原子力工学のトップクラスの頭脳を狙われているのだが、一方、こんな評判も流れているのだ、──「島田浩二は間違いなく共産スパイです。この漏洩［島田が原研で開発に関わったコードの漏洩］が彼の手によるものであろうとなかろうと、私どもには、アメリカの法律に基づいて彼を逮捕拘束する理由は山ほどある。しかし、それは見逃しましょう。それよりも、彼をダミーにして《北》と接触させ、情報を取らせる方が、実入りは大きい。彼は原子力技術の核心部分が理解出来るのですから。原発脅迫マニュアルなどという木馬はもう必要ない。島田なら、ずばり木馬の中身に接触出来るはずだ。私どもがこの日本人スパイを動かすことを、黙認して下さい」。

大阪市内の書店に勤務、というより潜伏する島田は、時々刻々飛び交う情報戦の真っ只中にあり、警察にも、CIAやKGBの手先にも、その他得体の知れない組織にも、絶えず身辺をつけ狙われていて、「自分が何に巻き込まれているのか、なぜ見張られているのか」と自問せざるをえない、緊迫した状況に置かれている。自身もいつなんどき、テロの標的になって暗殺されるやも知れない身の上なのである。

まわりの状況が五里霧中であるように、島田という三十九歳の秘密諜報員もその正体が割れない。「確信犯のテロリスト」といわれる、ロシア人と日本人の混血の良（パーヴェル）という青年に対して、島田も同じ混血碧眼《へきがん》であるゆえか、生死を共にするほどの友情を抱いていて、良が死んだ後、その遺志を継ぐようにして、島田は良が何としてでも「見る」ことを望んだ、音海原発の侵入計画を練り始める。

島田が存命中の良に言った、——「僕が黙って君を音海に行かせるはずがない」という親身の忠告に対して、良が答えた、——「事故も、戦争も、テロも、理屈以前に起こる」は、テロリズムのもっとも重要なポイントを突いている。

ランボーの場合

彼と行動を共にする同志の日野草介が、眠る島田の瞼を撫でて言う、——「この目が見るもんは俺も見てやる」には、ランボーの長篇詩「酔いどれボート」の一行、「ときとして人が見たと信じたものを僕は見た」が、響き交わしていただろう。

あるいは同じランボーの無題の後期韻文詩、テロ詩と呼んでいい長篇詩を、ここに喚《よ》び出してみよう。少し長いが、全篇を引く（ランボー十八歳、一八七二年作と推定）、——「僕らにとって何だというのだ、わが《心》よ、この血と／炎の海、そして千もの殺戮《さつりく》、憤怒の／長く尾を曳く叫び、ありとある秩序を転覆する／ありとある地獄の嗚咽《おえつ》、残骸の上にいまも吹きまくる《北風》や／／いっさいの復讐は？　ゼロだ！……——だが、やはりいっさいに復讐を、／僕らが望むとしたら！　実業家、王侯貴族、上院議員、／滅びよ！　権力も、正義も、歴史も、くたばれ！／これは僕らの義務だ。血だ！　血だ！　黄金の炎だ！／／すべてを戦争に、復讐に、テロに、投げうて、／わが《精神》よ！　《嚙み傷》のなかにのたうとう。／ああ！　消えちまえ、世界中の《共和国》！　皇帝ども、／軍隊、植民者、民衆、うんざりだ！／／だれが狂乱の炎の渦を揺さぶるか、／僕らと、僕らが兄弟だと認める人々でないとしたら？／僕らのもとに来い、《ロマネスク》な友よ。こういうのが好きなんだ。／断じて僕らは働くまい、火の奔流よ！／ヨーロッパ、アジア、アメリカ、消え失せよ。／僕らの復讐の歩みがいっさいを占拠した、／都市も田園も！――僕らは踏み潰される！／火山は跳びはねる！　そして太洋はうちのめされ……／／わが友よ！――わが心よ、たしかに、彼らは兄弟だ！／見知らぬ黒人たちよ、僕らが行けるものなら！　行こう！　行くのだ！／なんたる不幸か！　身震いを感じるぞ、古い大地が僕の上、／ますますきみたちの一員となる僕の上に！　大地が溶けるぞ、／／なんでもない！　僕はいる！　いつもここにいる」（鈴村訳）。

ランボーのテロ、ではないが、「文学を捨て、砂漠へ去った」ことにふれて、出口裕弘は三島由紀夫の「蘭陵王」（一九六九年）の一節、「営庭の闇の彼方に、富士の裾野がひろがつてゐるのが感じられる。存在は密度を以て、息をひそめて、真黒に、この兵舎の灯を取り囲んでゐる。永年欲してゐた荒々しくて簡素な生活は、今私の物である」を引き、三島が陸上自衛隊に体験入隊して、富士学校の一室で送った「荒々しくて簡素な生活」に、ランボーの砂漠に等しい「非文学の世界」を見出している（『三島由紀夫・昭和の迷宮』）。

たしかにランボーは『地獄の季節』で「抱きしめるべき荒々しい現実」を希求したのだし、先の無題の詩で「見知らぬ黒人たちよ」と呼びかけ、「すべてを戦争に、復讐に、テロに、投げうて」と呼びかけたのだった。アフリカのハラルにあって、ショアのメネリック王に対して、次の挑戦状を書いたとき、ランボーの視界に拡がったのは、テロリズムの荒野だったにちがいない、――「ここの連中の仕業でどんな累が王に及ぶかを、だれかが王に忠言しなくてはなりません。この地域は沿岸［紅海沿岸・東アフリカのジブチやゼイラー］にきわめて近く、住民はアデン湾やその近辺の行政区域民とたえず接触があり、外国人たちも大勢います。ここで保護を受けている土着民や、フランス人、イギリス人、イタリア人、トルコ人も多数います。沿岸地方のいたるところで今や、ベドウィン人、貧乏人、交易商、領事、弁理公使、吏員などの間で、ハラルで起こっていることで持ち切りなのです。あそこでは、アデン商社員のヨーロッパ人交易商の現金が奪われているとか、あそこの住民は夜中に住居から引き立てられ、ジラフ［革のムチ］で死ぬほど引っ叩かれ、数タラリ［当時のエチオピアの貨幣］をむしり取られているとかとうわさされています！　ここでは住民はまったく武器を持ちませんし、自分たちの損得にかまけて無力になっていますから、暴動の怖れはありませんが、国の内外における精神的影響は、アムハラ［エチオピアのコプト・キリスト教の民族］の人たちにとって、土着の人たち［ムスリム］の暴動より危険なのです」（アルフレッド・イルグ［メネリック王の補佐官］宛、一八八九年九月七日付。鈴村訳）。

原子炉に燃えるのは〈神の火〉か？〈悪魔の火〉か？

そしてこれは、髙村薫のテロリストが暴動に出立する、次の光景と重ねてもよいだろう、
――「島田は六畳間を埋めた各々の品々をあらためて眺め、ライフルを眺め、電気部品を一つ一つ数えて、これでいくつ時限発火装置が作れるかと計算してみたりした。良が強迫観念に駆られつつ、具体的にどのような手順を思い描いていたのか、あらためて想像し始めると、あのおとなしげな若者の顔が瞼からはがれ落ちて、ハンドガンを肌身離さず持っていたテロリストの後ろ姿がぼんやり浮かんできた。この国に辿り着く前に、人の一人や二人は殺していたのかも知れない」。

ランボーも一八八〇年、アラビア半島南端のアデン（イエメン）にたどり着く直前、キプロス島の石切場で現場監督をしていた頃、投石し殺人を犯したといわれている。ハラルでは大量の犬を毒殺したために、「ランボーか、犬の恐怖《テロ》か」と怖れられたのである。

『神の火』のテロリズムは、決行に至るまでの島田と日野の準備に、持てる力量の九割九分までが費やされる。そして決行の日が来る。最後の場面、原子炉の格納容器の扉を磁気カードで開け、《臨界》の原子炉を前にして、善意の人ベティさん（主任技術者・小坂）と島田が交わす、――「臨界の原子炉に手はつけられしません！　帰って下さい！」「ここまで来て帰れるものか。仕事はやっていく」という場面に来て、最高潮に達する。

「仕事て、何をするんです……」「圧力容器の蓋を開ける」「蓋を……」と絶句。「そうだ。開

けたら、どうなるか君は分かってるはずだ［……］」「島田さんは気が狂ったんか……」という弱々しい嗚咽を上げて、ベティさんが必死で飛びかかって来る。島田はライフルを日野に投げ渡し、「主任を見張ってろ。逃げたら殺せ」。

「逃げたら殺せ」。これは『コインロッカー・ベイビーズ』の村上龍にもふさわしい、『神の火』のテロリストの一言である。

なお表題の『神の火』は、人間に制御不能な原子炉に燃える火を指している。「神の火」というタイトルは原子力の讃美とも取れる解釈を許すもので、二〇一一年三月十一日、東京電力福島原子力発電所の炉心溶融のカタストロフィを経た後では、「悪魔の火」の意味を持つものと解されるべきであろう。

テロリストと化した島田が解き放とうとしたものは何か？　神の火か？　悪魔の火か？　彼は「ならず者」か？　それとも義賊か？　悪魔か？　聖者か？

――ここにも善悪両面に回転する、テロのスパイラルが浮かびあがる。

サリン・テロの死の影の下に（『太陽を曳く馬』）

高村薫の次なるテロ小説『**太陽を曳く馬**』は、『神の火』から十三年後の二〇〇九年に刊行された。主人公は『マークスの山』、『照柿』などで馴染みの合田雄一郎。彼が四十二歳になった刑事として登場し、二〇〇二年の『晴子情歌』、二〇〇五年の『新リア王』、二〇〇九年の

『太陽を曳く馬』の三部からなる連作長篇の主人公・福澤彰之《あきゆき》（彰閑和尚）と対面するところで幕が開く。

『太陽を曳く馬』の主題はオウム真理教団による地下鉄サリン・テロだが、事件から六年後の二〇〇一年十一月に小説の現在時が設定してある。当然、9・11ニューヨーク同時多発テロが直近のカタストロフィとしてあり、全篇がテロリズムの死の影に厚く覆われている。

いまは東京赤坂の永劫寺の副住職に就く福澤彰之は、ほんの一月前に息子の画家・秋道を死刑という極刑によって失ったばかりである。秋道は三年前の一九九八年、大野恵美とその生まれたばかりの嬰児、そして川島大輝の三名を、騒音がうるさいというだけの理由から玄翁《げんのう》で虐殺し、死刑の判決を受けたのである。

彰之の心のなかで、おそるべきテロの加害者である息子への鎮魂が、9・11ニューヨーク・テロの犠牲者たちへの鎮魂と響き合う、まさに加害と被害の目眩《めくるめ》くスパイラルを描いて、――「世界貿易センターの地上四百メートルからの落下と、東京拘置所の地下二・四メートルへの落下と」。

オウムの地下鉄サリン・テロが直接扱われるわけではない。ここにもう一人の重要な人物として、末永和哉なる青年が話題になる。彼は一九九一年春に世田谷道場でオウム真理教に入信、在家信者となり、グルである麻原彰晃とも面識を得るが、九五年の地下鉄サリン・テロには関与していない。

癲癇を患い、広告代理店の電通を辞めた彼が、赤坂の永劫寺サンガ（梵）の雲水（僧）となるのは、九八年のことである。しかし末永の座禅は周囲の僧たちからも「異物」として受け止められる、――「末永はベッドの上でまさに行をしていましたよ。結跏趺坐《けっかふざ》に組んだ脚の両膝の上に、掌を上に向けた手を置いて、あれは坐禅ではない、ヨーガの蓮華坐です。それを見たとき、私も〈ひょっとしたら［オウムではないか］〉とは思ったが、なにしろ白目をむいて、口は半開きで、ニタァと笑っているんですから。しかも、尾てい骨の辺りに電極でも入っているような――いや、うまく言えませんが、あれこそ全身から光が出るらしい、クンダリニーの覚醒とかいうやつだったのでしょう」。

末永という青年は、二〇〇一年六月に夢遊状態で寺からさまよい出し、交通事故に遭い死んでしまう。彼がオウムの信者であったかどうか、これが末永の事故死を捜査する刑事合田の前で繰り広げられる、永劫寺の僧たちによる〈オウム論争〉の論点になる。

「グルが弟子に与える課題とは、周知のとおり誘拐、殺人、死体損壊、兵器製造、毒ガス散布といった犯罪行為の実践を指したわけだが、グルへの絶対的な帰依という原理に限って言えば、これはヨーガや後期密教が絶対条件としているものだから、奇異とは言えない」と、これはオウムを容認する一僧侶の言論だが、この論争に参加していた副住職の彰之（彰閑和尚）は、「オウムの場合、グルも信者も社会に対する強烈な疎外感がおおもとにあったと言われていますので、社会の全否定は比較的容易に起こりえたと考えられますが、問題は、全否定がなにゆえ皆殺しということになるのか、です。いつの世でも宗教は戦争をしてきたけれども、殲滅《せんめつ》思想をあらわにした宗教は一度たりとも存在したことがない。このことから、オウムが無差別大量殺人を説いたことには、聖なるものが発現するには俗なるものが死なねばならないという宗教の基本構造ではない、何か別の仕組みを考えなければならないのは明らかだ」と、これが一応のオウムに対する作者・髙村の結論といえる、――「謂《い》わば、生が虚構と直結してしまうような仕組み。いや、もっと言えば、生が自分のために死を必要としてしまうような仕組み――」、それがオウムである、と。

髙村は三島を禁忌とするか？

とはいえ、ここで生ずる疑問は、末永青年について「歩くアラヤ識」と言い、「アラヤ識が存在の噴出口を開けている」とまで断じた『太陽を曳く馬』の論者たちが、なぜ『豊饒の海』第三巻『暁の寺』で「阿頼耶識《あらやしき》」を主題とした三島由紀夫を俎上《そじょう》に載せなかったか、ということである（三島とオウムについては飯島洋一『〈ミシマ〉から〈オウム〉へ』参照）。

オウム批判が三島批判に及ぶことを避けたのだろうか？　オウムのテロと三島のテロを結ぶことの危険を察知した、髙村の窮余の一策か？　それが三島の『暁の寺』における、「輪廻転生」の証人である主人公・本多繁邦《しげくに》を黙過する結果を招いたのか？

三島はオウムのように密教の秘儀に洗脳された、カルトのグルだったのか？――髙村の『太陽を曳く馬』は、三島をそう解釈する一歩手前までいっている。

三島に関しても、「アラヤ識が存在の噴出口を開けている」ということは指摘されて然るべきなのである。それが彼の市ヶ谷台における蹶起をうながした、と考えることは可能なのだ。

「恒に転ずること暴流のごとし」とは、『春の雪』における二十歳の本多が親友の松枝清顕《まつがえきよあき》のために月修寺を訪れたとき、老門跡《もんぜき》から聞いた「唯識三十頌」の一句であった。

思えば「暴流のごとく」とは、三島の母の平岡倭文重《しずえ》が由紀夫の七回忌に「新潮」に書いた文章のタイトルであった。この「暴流」について、『暁の寺』の本多はこう考える。彼の「阿頼耶識」観を語る大切な要点である、——「大乗は、なかんづく唯識は、瞬時も迸《ほとばし》り止まぬ激湍《げきたん》として、又、白くなだれ落ちる滝として、この世界を解するのであつた」。あるいは、「唯識の本当の意味は、われわれ現在の一刹那において、この世界なるものがすべてそこに現はれてゐる、といふことに他ならない。しかも、一刹那の世界は、次の刹那には一旦滅して、又新たな世界が立ち現はれる。現在ここに現はれた世界が、次の瞬間には変化しつつ、そのままつづいてゆく。かくてこの世界すべては阿頼耶識なのであつた。……」。

「この世界すべては阿頼耶識なのであつた」とは、月修寺の門跡（聡子）が『豊饒の海』のラストで言う、よく知られた結語、——「それも心々《こころごころ》ですさかい」に通じる「寂寞《じゃくまく》」の世界観にほかならない。

『太陽を曳く馬』に戻ると、同じオウム論争で永劫寺の一僧侶は、仏教がときとして標榜した

「殺の論理」について——オウムに関して言うなら、その「テロの論理」について——次のように語る、——「たとえば歎異抄には、往生のために千人殺せと言わんにすなわち殺すべしという一節がある。〔……〕また禅門でも、究竟《くきょう》をあらわす表現として、仏に逢わば仏を殺せという殺仏殺祖《さつぶつせっそ》の教えがある」と。

しかし、なぜかこのときも髙村は、三島の『金閣寺』に出て来る、長篇のテロの核心を衝《つ》く柏木の問いに言及しない、——「君は『臨済録』の示衆《じしゅ》の章にある有名な文句を知ってるか。『仏に逢うては仏を殺し、祖に逢うては祖を殺し、……』」。

『金閣寺』で柏木と問答する「私」（溝口）は、こう続ける、——「……羅漢に逢うては羅漢を殺し、父母に逢うては父母を殺し、親眷《しんけん》に逢うては親眷を殺して、始めて解脱を得ん」。

これこそは、三島が『臨済録』を借りて語った、金閣寺放火を解明する究極のテロリズムの要諦ではなかったか。髙村は仏教の「殺」の論理に言及しながら、三島が『金閣寺』で論じる『臨済録』示衆の章のテロリズム論を避けて通ったのである。

髙村には三島を禁忌とする理由があるようだ。このことはしかし、髙村にとって三島が、彼女と近しい、近しすぎる作家であることを、証するものではないか。

三島の自刃が車谷に小説を書かせた

二〇一五年五月十七日、享年六十九で亡くなった車谷長吉《くるまたにちょうきつ》は、『白痴群』（二〇〇〇年）の

「狂」と『文士の魂』（二〇〇一年）の「二つの『金閣寺』」という二篇のエッセイのなかで、三島由紀夫と『臨済録』の一節にふれている。

『白痴群』から引くと、——「この臨済録示衆章の言葉は、三島由紀夫『金閣寺』の中で、『物の怪。』的な働きをする」と、主人公・溝口が放火を決行する動機に臨済録を上げ、「学生僧・溝口がいよいよ金閣寺に放火する段になって、三島は溝口にこの臨済録の中の言葉を思い出させ、火をつけさせたのだった。三島は、言葉（認識）が人をして決定的な行為に走らせると考えていた」、すなわち臨済録が溝口をして金閣寺に放火させた、と断じ、さらに『文士の魂』で車谷は、彼自身を文士たらしめたのが、この「佛に逢うては佛を殺し、……」の章句だったと言明するのである、——「〔この〕章句を自分の座右の銘にして来たので、こんど『金閣寺』を読んで、思いを深くした。大袈裟に言えば、私はこの言葉に出逢うて、小説を書く決心が付いたのである」。

ここで意外なのは、「私小説」の権化と称された車谷長吉が、（「荒野より」〔一九六六年〕、「蘭陵王」〔一九六九年〕、「独楽」〔一九七〇年〕を私小説に分類するなら、以上三篇を除いて）私小説は一篇も書かず、本格小説しか書かなかった三島由紀夫に、深く傾倒していることである。『白痴群』の「狂」では、——「私が両親の意に反し、文章を書きはじめたのは、二十五歳の時だった。昭和四十五年十一月二十五日、三島由紀夫が東京市ヶ谷の旧陸軍士官学校で自刃したのに触発されたのである」。

これは三島の自刃がそれだけ車谷の文学に深く切り込んでいることによるのだろう。もっとも車谷は三島の自決を一方的に礼讃するのではなく、「三島自刃の報に接した時、まず一番に私が想い浮かべたのは、余りに人工的な一枚の『造花が散った』姿だった」と言い、「これははじめに自刃ありきである。自決が自己目的化された死である」と、自刃そのものを目的とした三島の死に批判的で、「直観的にこの死は『花と散った』のではなく『造花が散った』と感じたゆえんである」と結論した（「三島由紀夫の自刃」『銭金《ぜにかね》について』所収）。

そうはいっても、『金閣寺』に引かれた臨済録の一節にせよ、三島の11・25の蹶起にせよ、それが車谷のうちに私小説作家の資質を培った、重要な動機であったことは否定できないのである。

浅沼刺殺の場合（『テロルの決算』）

ここで車谷のテロ文学をいくつか取り上げよう。まずエッセイから、――。

『白痴群』の「一番寒い場所」で車谷は、一九六〇年（昭和三五年）十月十二日、社会党委員長・浅沼稲次郎が、元大日本愛国党員・山口二矢《おとや》に刺殺されたテロにふれて、「脇差を山口は逆手に、水平に構えて、人間機関車・浅沼稲次郎に体当りした。一度目の体当りで、短刀の刃先は左脇腹を貫通し、背骨前の大動脈まで達した。浅沼は驚きだけを表した目を青年に向け、両手を前に泳がせていた。第二撃は浅沼の左胸浅く刺さり、さらに第三撃を加えようと短刀を構えた。その刃を水平に構えた姿に、あるいはその鋭い目に、私は確かに神的狂気を見た。凄い、と思うた。美しいと、と思うた」と書いている。

目の前に刺客が浅沼を刺す瞬間が出現する迫真の表現である。これは映画『人斬り』で薩摩の田中新兵衛の切腹を演じた三島の「神的狂気」の目そのものだが、次の車谷の一文は、このテロリスト青年をいっそう三島に近づける、――「山口二矢は十一月二日、警視庁丸ノ内署から練馬の東京少年鑑別所へ身柄を移された。その夜七時半過ぎ、山口は壁に粉歯磨を水に溶いたもので、《七生報国　天皇陛下万歳》と指で記し、敷布を二つに裂いて、それを天井からぶら下がった電燈の金具に掛けて、縊死《いし》した。覚悟の自殺である。／以来、この事件は私の心の傷となった。美は恐ろしい、という信仰である。私もあのような見事な死を死にたいと願うた」。

山口二矢の浅沼暗殺については、沢木耕太郎のデビュー長篇『**テロルの決算**』（一九七八年）に、綿密で詳細なリポートがある。車谷の叙述も沢木のこの著書を参考にしたものだろう。沢木は一九四七年生まれ、車谷より二歳年少で、春樹より二歳年長、〈シックスティーズ・キッズ〉の旗手というべき〈テロ第二世代〉の作家である。

いうまでもなく『テロルの決算』はノンフィクションであって小説ではないが、テロリスト山口二矢と彼に刺殺された浅沼稲次郎にW焦点を当てた本書は、事件の真相を深く抉《えぐ》って迫真の作品になった。

とりわけ一枚の写真に「決定的瞬間」を見出す論の展開には、ロバート・キャパのような戦場カメラマンの手法に通じるものがある、――「毎日新聞のカメラマン長尾靖は、瞬間的にシャッターを切っていた。仕事熱心で小回りのきく［他の］カメラマンは左側の通路に出て、激しい野次を飛ばしビラをまいた愛国党を撮っていた。だから、その瞬間を完璧なシャッターチャンスで捉えることができたカメラマンは、ずぼらを決め込んでいた長尾ら数人しかいなかった。しかも、彼には、当時は毎日新聞にしかなかった高性能の写真機があった。長尾の撮った写真のネガナンバーは十二、それが最後の一枚だった」。

「ずぼら」なカメラマン長尾靖の、最後に一枚だけ残ったフィルムによって撮られた、たった一枚の写真が、歴史的なテロの「完璧なシャッターチャンス」を捉え、その一枚が写真家に「日本人で初めてのピュリッツァー賞」を与えたというのである。

11・13パリ同時テロとその映像（編集された動画）

たしかに、われわれが山口二矢のテロを鮮烈に記憶しているのも、この長尾が撮った一枚の写真によるところが大きい。社会党委員長の巨体に体当たりする、上体を伏せて、短刀を水平に構えた刺殺者・山口二矢。眼鏡がずり落ち、上体を泳がせ、両手で空《くう》を手さぐりして、いままさに崩れ落ちんとする浅沼稲次郎。――この一瞬の光景は長尾の一枚の写真によって世界に流布し、沢木に『テロルの決算』を書かせ、車谷に『白痴群』の「一番寒い場所」を書かせ、事件後八年して、三島が『奔馬』で飯沼勲のテロによる暗殺を書くときにも、作家の記憶にまざまざと刻まれていたにちがいない。

テロは写真、映像、画像と切っても切れない縁にあることを、沢木の『テロルの決算』は教えてくれる。三島の11・25自決テロにせよ、9・11ニューヨーク同時多発テロのツインタワー崩落にせよ、「イスラム国」による斬首と生首の投稿画像にせよ、そして11・13パリ同時多発テロにせよ、テロはいつでも公開される画像とともにあった。いま世界に頻発するテロは――防犯カメラの捉えた映像も含めて、――画像に収められるべく演劇的に演出されるのではないか、とさえ考えずにいられない。

長尾のカメラが捉えた山口二矢の一枚の写真は、暗殺と映像が競合して、スパイラルを描く、ネットの迷宮に突っ込んだ新現実のテロの時代を、この上なくシャープに予言する写真となったのである。

二〇一五年八月に起こった、バンコク爆弾テロの実行犯と目される「黄色シャツの男」の防犯カメラの映像を見よ。

さらに近くは、同年十一月十三日のパリ同時多発テロの動画を見よ。

パリのテロに際しては、テロの翌十四日、AP通信によってネット上に公開された、深夜のパリ市街を撮った動画がある（読売オンライン）。――最初に緑の葉陰から撮った都市の画像が流れ、撮影者が危険な状況にあることが暗示される。銃声が轟き、サイレンが鳴る。シャッター の切られる音が断続的に入る。シャッター音は動画の他に静止画像（写真）を撮るカメラマンの存在を証明している。Boulevard Voltaire と紺の道路標識が見える。この街が、パリ十一区ヴォルテール大通りにある「バタクラン劇場」周辺、カフェやレストランの櫛比《しつぴ》する繁華街であることが知れる。八十九人の死者の出たパリ・テロ最大の被害地である。テロリスト三名が自爆、一名が射殺された。華やかなパリの一角（明るく照らし出された瀟洒な室内も見える）が、突如、こんな非日常のパニックに襲われた異次元世界に変貌するのだ。自動小銃を構えて右往左往する治安部隊の隊員。暗視灯で高層の窓が照射される。高層階の窓にうごめく人影。ヘルメットを外し、携帯を耳にして、手を振って指図する指揮官の男。頭に両手をあてがい画面を横切って行く一般市民がいる。手を腰にパリを遊歩（flâner）しているように見える男もいる。両手で顔を覆い、嗚咽しているスキンヘッドの男もいる。これはハリウッドが量産するテロ映画の一コマではない。この人たちは俳優でもなければ、エキストラでもない。たまたま未曽有のテロに遭遇したパリの市民である。しかし彼らはどんな俳優よりリアルな恐怖を表現している。現在進行形の事件の只中《ただなか》では、人々の行動は意味と目的を剝ぎ取られる。怖ろしい悪夢を写真に撮ったようである。いったい誰がこの画像を撮ったのか？　あらかじめプロのカメラマンが配置されていたのか？　まさかと思うが、そう思わせるほど、この画像には用意周到な臨場感が溢れている。「パリは美しい」、――六八年五月のパリの夜をジャン・ジュネと車で走りながら、デリダが呟いた言葉がぴったりと来る。テロは映像だけではなく、都市と連動することを実感させる。田舎ではこんな事件は起こりようがない。テロリストたちは、世界的にもっともセレブな都市をターゲットに選ぶのだ、——ニューヨーク、パリ、ロンドン、……。これは構成され、編集された画像のように見える。この画像を撮ったのは、高度な撮影技術を持つカメラマンではない。パリという都市がこの恐怖と戦慄《せんりつ》の動画を撮らせたのだ。そう思わずにいられない。パリが撮ったテロの映像なのである。次第にサイレンが高まって来る。

「アメリカ製の机龍之介」には「イノチガケ」の精神がない

ところで、三島由紀夫だが、彼は右翼青年・山口二矢によるテロについて、またその「覚悟の自殺」（車谷）についても、エッセイなどではふれていない。しかし彼が短篇「憂国」を執筆したのは一九六〇年（昭和三十五年）九月から十月のあいだであり（発表は翌一九六一年一月号「小説中央公論」）、浅沼刺殺事件とまったく同時期のことだった。

「憂国」はテロ小説ではないが、新婚早々であったために、二・二六の蹶起を呼びかけられなかった主人公が、叛乱軍の汚名を着た同志の将校たちを討つことはできない、と自裁を決意する物語であるから、その自刃は後追い自決と考えることができる。

右翼青年の「七生報国 天皇陛下万歳」は「憂国」の精神でもあった（70・11・25の自決に際しても、三島は「天皇陛下万歳」と叫んだ）。三島がこの時期、左右両翼のテロのスパイラルに触発されて「憂国」を書いたことは考えられる。少なくとも六〇年のテロを深刻に受け止めたことは間違いない。

また、こういうこともある。三島が山口二矢による浅沼刺殺にふれていないのは、このテロが起こった時期にもよる。一九六〇年に入ってから連続的にテロが頻発するようになった。これは六〇年安保闘争（六月にピーク）が近づいた影響だろう。ところが三島は、五九年（昭和三十四年）九月号の「新潮」で日記『裸体と衣裳』の連載を終了してから、日録的な文章を書いていない。山口二矢の暗殺に三島がふれなかったのは、時事的な文章を書く機会がなかったせいもあるのだろう。

そういえば、昭和三十四年十一月の「週刊明星」で連載が終了した『不道徳教育講座』に、「暗殺について」というタイトルの一文があって、「［青年たちは］テロリズムは時代おくれだとよく承知してゐる」などと、のんびりとしたことを三島は書いている。ところが、その翌六〇年六月には反安保デモが国会構内に乱入、十月には山口二矢の浅沼刺殺、六一年二月には深沢七郎の「風流夢譚」をめぐり右翼少年が中央公論社の嶋中社長宅に侵入し、家人を殺傷と、世は六〇年代の動乱へ突入していく。これ以後、十年のあいだに、三島は大きく変貌し、先鋭なテロリストの面目を明らかにする。70・11・25の三島自決は、六〇年代テロのピークを画するテロだったのである。

もっとも『不道徳教育講座』における三島の不明を咎めるのは当たらない。彼は「暗殺について」ですでに、新しいタイプの殺し屋、まるで阿部和重の小説に出て来るようなテロリストにふれて、「これらは明らかにアメリカ製の机龍之助で、ニヒリストで、人間に絶望してゐて、すでに彼自身の11・25蹶起を暗示するようなことを書いているのだから。（片仮名を多用し文体は軽いが）ガケ』といふ精神が全然なくなつてしまつたのであります」と、〔……〕」と、机を名指して語り、「ハラキリと暗殺がなくなつてから、われわれには『イノチ

三島は成婚パレードのテロにエロスを見た

さて車谷長吉に戻って、今度は左翼のテロだが、車谷は、先の山口二矢による浅沼刺殺事件の前年、一九五九年に起こった、皇太子と正田美智子嬢の成婚馬車行列に投石したテロ事件を語っている。

『文士の魂』所収の「恐怖小説」という題のエッセイで、ここでは車谷はテロリストではなく、テロに遭った皇太子と美智子嬢に焦点を当てた、――「昭和三十四年四月十日、当時の皇太子明仁親王と正田美智子さんの結婚の儀が宮中賢所《かしこどころ》で行なわれた。この儀によって、美智子さんは皇太子明仁親王妃美智子殿下となった。午後二時半から皇居から東宮仮御所まで、ご成婚馬車行列が行なわれた。私は田舎［姫路市］の中学校二年生だった。その盛大な模様を、家で買うたばかりの白黒TVで見ていた。午後二時三十七分、一人の男が沿道に詰め掛けた群衆の中から飛び出し、馬車に投石、続いて両殿下が乗った馬車に駈け寄って飛び乗ろうとした。美智子さまの顔と皇太子の顔に、一瞬、恐怖の表情が走った。男はすぐに警備の警察官に引きずり降ろされた。投石したのは、左翼かぶれの十九歳の予備校生だった」。

車谷はこの「左翼かぶれの」青年にあまり好意的ではないようである。彼の関心はもっぱら新婚の夫妻に向けられる、――「あれから四十一年が過ぎた。併《しか》しいまでも、私はその時、二人の顔に浮き出た恐怖の表情をまざまざと憶えている。ことに皇太子や皇太子妃のような高貴なご身分の方が、国民の前にあられもない、生々しい表情を見せるという風なことは、生涯に一遍あるかないかのことである」。

一方、天皇に並みなみではない関心を抱いた三島由紀夫も、この投石事件については、昭和三十三年〜三十四年の日録『裸体と衣裳』で精細に語っている。こちらは車谷のような回想ではなく、文字通り日記であり、それだけに資料的価値も高い。

前日の四月九日の日記ですでに、成婚の警備のために剣道の素振りの稽古ができなかった、とぼやく念の入れようである、――「丸の内警察へ着いてみると、連絡の行きちがひで、われわれは受附のところで追ひ返されてしまつた。警察の道場は、明日の皇太子御成婚の警備の準備に使はれてゐて、今日は稽古はできないと言ふのである。そこで又われわれは、袴《はかま》をからげ、黒胴に雨滴をいつぱい宿しながら、竹刀や面籠手を抱へて、行人の視線を浴びつつ、雨の中を駈けて帰つた」。

美智子さんの成婚が近いからか、剣道の稽古に心急くのか、三島の心情がかなり昂ぶっているのが窺われる。そして事件が起こる、――「一時半起床［三島は深夜から朝まで執筆、昼頃起床した］。庭で素振りをしてから、馬車行列の模様をテレヴィジョンで見る。／皇居前広場で、突然一人の若者が走り出て、その手が投げた白い石ころが、画面に明瞭な抛物線をゑがくと見る間《ま》に、若者はステップに片足をかけて、馬車にのしかかり、妃殿下は驚愕のあまり身を反らせた。忽《たちま》ち、警官たちに若者は引き離され、路上に組み伏せられた。馬車行列はそのまま、同じ速度で進んで行つたが、その後しばらく、両殿下の笑顔は硬く、内心の不安がありありと浮んでゐた」。

車谷以上に三島が、このテロに幻惑された様子がよく分かる。「これを見たときの私の昂奮は非常なものだつた」と、三島は告白している。「劇はこのやうな起り方はしない。これは事実の領域であつて、伏線もなければ、対話も聞かれない。しかし天皇制反対論者だといふこの十九歳の貧しい不幸な若者が、金色燦然《こんじきさんぜん》たる馬車に足をかけて、両殿下の顔と向ひ合つたとき、そこではまぎれもなく、人間と人間とが向ひ合つたのだ」。そして次が問題の一文である。「人間が人間を見るといふことの怖しさは」と三島のペンは奇怪な飛躍を見せる、――「あらゆる種類のエロティシズムの怖しさであると同時に、あらゆる種類の政治権力にまつはる怖しさである」と、エロティシズムと恐怖の権力に語り及ぶのである。

ここで三島は車谷とはことなり、襲われた両殿下の立場ではなく、十九歳の若者と「驚愕のあまり身を反らせた」美智子妃の向かい合う光景に、恐怖と魅惑、なかんずくエロティシズムを感じている。これはどういうことか?

三島は聖心女子大の卒業式で正田美智子嬢を見初めた

三島が公に結婚の意志を明らかにしたのは、このテロ事件の前年、昭和三十三年のことだが、さらにその一年前の三月十五日、由紀夫は母の倭文重とともに、聖心女子大学の卒業式を参観している（『全集』第42巻「年譜」による）。

同年同日、正田美智子は、同大学の英文科を首席で卒業、総代として答辞を読んだ。これが最初の出会いで、その後二人は、歌舞伎座でそれとなく見合いをしたという。ヘンリー・スコット＝ストークスは『三島由紀夫　死と真実』に書いている、――「［三島が］最初に見合いをした何人かの相手の中には、のちに皇太子妃になる有名な製粉会社の社長令嬢・正田美智子がいた。縁談が成立しない場合に双方とも傷がつかないよう、歌舞伎座でそれとなく会ったそうだが、三島の要求する花嫁の条件が過大だったせいか、この縁談は成らなかった」。

音楽・文芸評論家の高橋英郎は、「新劇」一九七一年七月号に発表された「優雅なる復讐『春の雪』」のなかで、こんな仮説を提出する、――「実は彼、平岡公威《きみたけ》［三島の本名］は、かつてその『さるうつくしいひと』［美智子］に思いを寄せ、失意を味わっていたのである。いま『春の雪』から詳しく引用したのは［『春の雪』のヒロイン綾倉聡子の描写の引用を指す］、その『うつくしいひと』［美智子］の面影そのままである。彼［三島］は急に［杉山瑶子と］見合結婚をした。そののち、その『うつくしいひと』は『さるやんごとなきかた』［皇太子］に嫁いだだけに、いっそう彼は傷ついた」。

成婚のパレードに投石したテロに、「あらゆる種類のエロティシズムの怖しさ」を味わった、という『裸体と衣裳』の不可思議な告白には、そんな三島の失意の秘密が秘められていたというのである。

高橋の説を要約すれば、三島は一時期、正田美智子に恋愛に近い感情を抱いた。結婚まで考えた。しかしこの縁談は正田家の側から破談にされた。それで関係は終わったはずなのに、この令嬢が皇太子妃になったとき、三島に独特の心境の変化が起きた。

普通なら皇太子妃というような、やんごとない女性は、最終的にあきらめるべきものである。ところが三島の場合、禁止された者は聖化されるという逆転が生じた。『春の雪』の松枝清顕のように、聡子に勅許が下りると突然、その女性を恋するという心変わり——それと同じ心変わりが起こった、——。

私小説の〈私〉は心中できない（『赤目四十八瀧心中未遂』）

話が三島と美智子妃の逸話に逸れたが、車谷長吉に戻すと、この侠気《おとこぎ》ある作家は、あるインタビューで理想の生き方を問われ、「司馬遷『史記』の中に出て来る暗殺者・荊軻《けいか》のような生き方」と答えた（『雲雀の巣を捜した日』。荊軻は始皇帝を刺そうとして失敗し殺されたテロリスト）。また『車谷長吉全集』（二〇一〇年）「自歴譜」の一九八三年（昭和五十八年）の項には、「文士になれなければ、自刃する覚悟をし、神田神保町の骨董屋でドスを求める」と三島由紀夫張りの決意を述べている。

なかでも直木賞を受賞し、映画化もされた**『赤目四十八瀧心中未遂』**（一九九八年）は、実際にテロがあるわけではないが、テロリストの生成を描いて成果を上げた名作である。

冒頭次の描写に出会う。ここで読者は、主人公の生島与一、車谷の「私」を小説の主人公にしたような、やさぐれた男、デリダなら「無能者《ならず》」（『赤目……』）と言っただろう男が、テロリスト以外の何者でもないことを知る、――「ある日、こんなことがあった。百貨店で私の求めた鋏《はさみ》を包んでくれた、目の前にいる女を、突然殺害したい欲望に囚われた。見た目には美しい、併しどこか顔色の悪い女だった。『どうかなさいましたか。』と問い掛けられて、往生した。それはその女の包み方がぞんざいだったとか、手渡しの仕方が悪かったとかというようなことではない。その女からじかに伝わって来る、何かきわ立ってうすら寒い感じが、私の隠された苦痛を呼び醒まし、その女もろとも私自身をいきなり奈落へ突き落としたい欲情を覚えたのだ。不条理な狂気の欲情である。私は私の中の物の怪を恐れた。併しいったん私の心に立ち迷いはじめたこの生々しい欲情は、も早いかにすることも出来なかった。『死ねッ。』と思った。私はこの顔色の悪い女を殺害する代りに、自分を崖から突き落とした」。

『赤目四十八瀧心中未遂』の生島与一とは、「暗殺を諦めた代りに、自分自身を崖から突き落と」すような男だったのである。「あなたの隠し持っていた匕首《どす》も計画書も見たんです。斬奸状も読んだんです。いかにも大時代なことが好きなあなたらしいことですがね」と評されるように、実際に三島のようなテロを計画したことのある男なのである。『漂流物』にある、「やがて姫路で旅館の下足番になり、その後、料理場の追い回し（下働き）となって、京都、神戸、西ノ宮、尼ヶ崎〔……〕と、風呂敷荷物一つで、住所不定の九年間を過ごした」という一節を地で行く生島与一は、焼鳥屋のモツ肉をさばく仕事に就いて、「尻の穴から油が流れ出るような毎日」を送る。

あたりの風景が殺気立って見え、「誰かが私を監視しているような」不穏な空気のなかで、じりじりと追いつめられてゆく生島は、五百万円の借金のカタに恋人のアヤちゃんが博多に売り飛ばされることになると、彼女と二人で「赤目四十八滝」で心中しようと思い立つ。

しかし、いうまでもなく、二人はタイトルの示唆するところに従って、心中を未遂に終わらせずにおかない。

ラストが鮮烈である。生島とアヤちゃんは電車で大阪に帰ろうとしている。ところが、――「『うち、ここで降りるッ。』／アヤちゃんは起ち上がった。／『うちは、こッから京都へ出て、博多へ行くからッ。』〔アヤちゃんが博多に行かないと、彼女の兄が組の者に殺されるのである〕／アヤちゃんがプラットフォームへ飛び出した。咄嗟に私も起ち上がろうとした。併し片足の指が、下駄の前鼻緒に掛かっていなかった。起った時、ドアが閉まった。アヤちゃんと目が合った。何か恐ろしいものを呑み込んだ、静止した目だった。電車は動き出した。私はドアのガラスにへばり付いた。手のひらが冷たかった。アヤちゃんがフォームを五、六歩、駆けて来た。見えなくなった」。

生島はアヤちゃんと決死の行動を共にしようとした。愛する女に殉じようとした。しかし下駄の鼻緒が足の指に掛かっていなかったために、一瞬起ち上がるのが遅れ、彼女の死出の旅に同行できないで終わる。

起つことができず、生きながらえてしまう生島与一。私小説の主人公にまことにふさわしい幕切れだろう。私小説の「私」はついに心中することができない。『奔馬』の勲が自刃できたのは、彼が「私」ではなく、勲と名乗って登場して来たからである。『金閣寺』の主人公、関口は「私」と名乗って登場して来たから、生き延びる運命にある。

生島も同様である。彼も車谷の私小説に殉じて、生き残る他はない。『心中未遂』とは、私小説の宿命を指さすタイトルだったのである。

第Ⅲ章

三島vs町田康、辻仁成、阿部和重、中村文則、上田岳弘

（テロ第三世代の文学史）

脱力する町田康のヒーロー（『告白』）

車谷長吉としばしば並び称される〈私語り〉の作家、町田康は、車谷より十七歳年少だが、『告白』（二〇〇五年）と題する大長篇テロ小説を書いている。本稿の分類によれば〈テロ第三世代〉の作家である。『告白』の文庫本広告として最近、お笑い芸人で芥川賞を受賞して評判になった又吉直樹が、「壮絶な叫びに魂をどつかれた。小説の極致やと思います」とキャッチコピーを新聞に書いて、「学生にすすめたい一冊！」に上げたことで、記憶にとどめた方もおられよう。

町田康の略歴、――一九六二年、大阪府堺市生まれ。彼はまずパンク歌手としてスタートした。一九九六年、『くっすん大黒』で文壇デビュー、野間文芸新人賞を受賞。二〇〇〇年、『きれぎれ』で芥川賞。『告白』は河内音頭に唄われる実在の大量殺人事件〈河内十人斬り〉に材を取った大作で、二〇〇五年、谷崎賞を受賞した。

任侠と極道をミックスした稀代のヒーローの「告白」の書であるが、町田の場合、この告白は、町田節といってよい独特の語りによってなされる。「くはっ」とか「くほほ」とか「うほほほほ。きょほほほほ」といった間投詞によって主人公が、ずっこけたり、虚脱したりするところに、その真骨頂が見出される。

車谷の場合もそうであったが、「語り」はまた「騙《かた》り」でもあって、「つまり俺は贋《にせ》の侠客というわけで」、「根ェから侠客っぽい人間が天然自然に侠客っぽく振る舞っているのではな［い］」。この主人公、城戸熊太郎にとって、天然自然などというものはない。いっさいが道化であり、演技であり、虚構である。その意味で町田康は太宰治の徒であろう。「山椒の葉陰が映って熊太郎の顔面がだんだらになった」とあるとおり、彼は「きれぎれ」の衣裳を身に纏《まと》った、アルルカンのような道化師なのである。

そのことが一番はっきりするのは、熊太郎が恋女房の縫《ぬい》を寅吉に寝取られる場面である。「おのれ亭主の留守中に男、家にあげて酒、飲ます奴あるかっ」と憤激するところは、まともなコキュの態度だが、次の場面となると、ほとんど変態的、マゾすれすれというしかない、――「熊太郎が帰ってきたのに気がついた寅吉が、『あ、熊やん、帰ってきよった。待っとたんやで』と言いながらよろよろ立ち上がると熊太郎に抱きつき、頬を舐めると同時に着物のうえから陰茎を揉んだ」というのである。間男がコキュに抱きつき、頬を舐め、陰茎を揉むとは、前代未聞の珍事だろう。対する熊太郎の対応も、およそ奇妙奇天烈《きてれつ》なものである、――「自分ばかり内向して嫉妬するというのはどうも恰好が悪いと思った熊太郎は、胸の内にぬらつく不快感を押し殺して、『おひゃひゃーん』などと意味不明の奇声を発して、寅吉の陰茎を握り返した」と、ついに互いに互いの陰茎を握り合う仲になってしまうのだ。

縫の裏切りを目の当たりにし、絶望した熊太郎は、さらに奇矯な振舞いにおよぶ。悪い予感に導かれて姦通の現場におもむく途中たまたま見かけた、神楽《かぐら》をする男の獅子頭を借りて、縫と寅吉の同衾《どうきん》する家へ暴れ込むのである、――「獅子は、尻をあげつつ、顎が地面につくくらいに低い体勢をとり、頭を小刻みに上下させつつ座敷の方へじりじり進んだ。そんな風にして框《かまち》のところまで進んだ獅子は、顔をわずかにあげると、左右を睥睨《へいげい》し、それから大きく口を開いて咆哮した」。

一見、奇態な挙動に見えるが、嫉妬に狂う男のそれと取れば、奇態でもなんでもない。獅子頭をかぶって、なるほど素の熊太郎の優柔不断はなくなった。もはや熊太郎には舞いの型さえあれば、個性はいらない。彼は獅子舞いの型通りに怒り狂う。瞋恚《しんい》の塊り、むかつく魂、怒り心頭に発する男でありさえすれば、彼はもう誰でもいいのである。

暴れまわる熊太郎にも、しかし「虚脱」のときがやって来る。なぜか。「義かな……」と彼は考える。「忠孝ともいうけど忠義ともいう。義。つまり俺は直線的な力の行使、直線的な欲望の発露、直線的なものの筋道、そんなことに抵抗する義の様態としての奇知・奇略を使っているのではないか」。直線的ではない義の奇略とは、義のスパイラルに他ならず、それは次のような姿を取る、――「突然、地面に頭を下げ、首を左右に振ってかくかくさせながら後ずさりしていき、そのまま土間に降りて寝そべった」。

妻の不倫の現場で「そのまま眠っていた」とは、ますます奇怪な熊太郎だが、獅子舞いに身を潜める男の絶望と虚脱をあらわすものと解される。町田は言う、――「これでは陰気の暗闇をスパイラル状に降下していくようなもので」と。熊太郎の憤激は動から静へ一転し、柔らかく渦を巻いて、その場でうずくまり、眠り込んでしまうのである。

「河内十人斬り」の大量殺戮《テロリズム》

金をめぐる悶着もあって、熊太郎は寅吉の父の村会議員・松永傳次郎方に乗り込み、息子の熊次郎と寅吉の悪事を洗いざらいぶちまけ、勘当させようとする。ところが傳次郎はせせら笑い相手にしない。怒った熊太郎は傳次郎に襲いかかるが、逆に何人もの若い者に袋叩きにされる。しかも土間には縫の利休下駄があるではないか。

半死半生の体で戻った熊太郎に、兄弟分の弥五郎が駆け寄る。「弥五」と熊太郎は呻《うめ》く、「わしゃ、無念じゃわい」。こうして熊太郎、弥五郎は松永家に討ち入り、「河内十人斬り」の大量殺戮《テロリズム》を引き起こす。熊太郎はいまや彼の「個人的な真言」を口にする、――「正義のために。殺す。殺す。殺す。殺す。全員殺す。殺す。殺す。殺す。殺す」。以下、この「殺す。」が数十回繰り返される。これはちょっと誰にも真似のできない刃傷沙汰だ、――「熊太郎は、『だらあっ』と喚き、戸口めがけて銃を乱射、これを蹴破って、家のなかに乱入した。家の主、熊次郎は素早く起き上がると妻子を捨て、『あひゃーん』と泣きながら裏手に逃げ」、あるいは「熊太郎は麦畑に逃げ込んだ熊次郎に追いつくと刀を一閃《いっせん》、横に薙《な》いで、熊次郎のアキレス腱を切った。／『ぎゃん』／熊次郎は哭《な》いて麦畑に倒れ込んだ。熊次郎はあまりの足の痛さに泣きわめいた。／『痛い痛い痛い痛い痛い痛い』」。恐怖《テロ》というよりダダ的爆笑の激発である（ダダといえば、トリスタン・ツァラの『ダダ宣言』に、「吠えろ　吠えろ　吠えろ」とページ一杯連呼するパートがある）。

熊太郎はラストで亡霊になり、自分のことを唄う「河内十人斬り」の音頭に熱狂する群衆のなかを漂っている。「熊太郎弥五郎はいまや有名人、時の人であった」。I章で見た『人斬り』の岡田以蔵や田中新兵衛のような、いや、勝新太郎や三島由紀夫のような、人の口の端にのぼる英雄と化した熊太郎――テロリストの魂が――、河内音頭のなかに漂うのである。

ただ町田康が三島由紀夫と違うところは、町田のヒーローの滑稽にして天晴《あっぱ》れな脱力ぶりであろう。脱力系の英雄、――これだけは、春樹にも龍にも、中村文則にも、他のどんなテロ文学の剛の者にも真似のできない、町田康（と後に見る阿部和重）の独壇場なのである。

テロの起源には戦争があった（『日付変更線』）

テロのことを考えるのに恰好の小説が近頃出版された。辻仁成の『日付変更線』（二〇一五年）である。

この一冊だけではない。二〇一五年には、村上龍の『オールド・テロリスト』、中村文則の

『あなたが消えた夜に』と、テロを主題とする優れた長篇があい次いで出版された。小説は時代を写し、時代を予見する鏡であるといわれる。二十世紀が戦争の時代であったとすれば、二十一世紀がテロの時代であることを、これらの小説ほど鮮明に予見するものはない。なかでも『日付変更線』は鮮烈にテロの命題を打ち出して注目される。

この小説は、二〇一〇〜五年と一九四〇〜五年という、二つの時代にまたがって展開する。前者は現在であり、後者は太平洋戦争の時代である。先の大戦が残した今日の傷跡を検証する小説と括ることができよう。

テロの起源には戦争があった。辻仁成の『日付変更線』にはその間の経緯が明瞭に看て取れる。この小説の特殊性は、ハワイに住む日系アメリカ人の参戦を主題とすることである。したがって舞台はおおむねハワイに設定される。ハワイ時間では一九四一年十二月七日、日本時間では〈翌日の〉八日未明に起こった、真珠湾爆撃から小説は起動する。

ここにすでにタイトル「日付変更線」の意味が開示される。日付のスパイラルが起こっている。ハワイは「昨日の世界」に属し、日本は「明日の世界」に属する。しかしそれは〈同時〉なのである。主人公たちは「日付変更線」を越えて、ハワイと東京の間を往復する。日本の爆撃機も、この日付変更線を越えて真珠湾を爆撃したのである。

『日付変更線』では、さらにこの問題は捻《ね》じれたかたちで提示される。日米開戦とともに志願してアメリカ軍に従軍するニック・サトーたちにとっては、「そうするしか、日系二世たちが自分たちのアメリカへの忠誠心を証明する方法はなかった」のである。「アメリカで生まれた彼らはアメリカ人ではあったけれど、敵性外国人と呼ばれ区別された。本土では財産を没収され収容所に入れられている。激しい差別にあった」。

ここには今度は、（時間［日付］ではなく）日米間のスパイラルが起こっている。ニックたちはこうして、ナチス・ドイツや大日本帝国との戦争に出征するのだが、彼らのルーツは言うまでもなく、彼らが戦う敵国である祖国・日本にある。「誰が敵か味方か本当に分からなくなるぜ」と、ある日系二世の男が笑って言うように、ニックたちの戦争には、あらかじめスパイラルな捻じれが組み込まれていたのである。

やがてニックは「この世界は善と悪とで一つの世界を成していた」と考えるようになる。善悪がスパイラルする世界観を持つにいたり、戦争と平和の「両方が常にセットになっているのが、この宇宙のしくみであった」と考え、「悪や闇や負の世界の方が圧倒的に多いのだった」と認識するようになる。

彼は町田康『告白』の熊太郎のように、「殺せ、殺せ、殺せ」と「自分を鼓舞」して、鏖殺《みなごろし》の戦場へ自分を駆り立てていく。「大きな白ワイシャツを羽織って、ワイキキを飄々《ひょうひょう》と闊歩していたキリストのようなニックではなく、訓練によって無駄のない身体に鍛えあげられてしまった機敏な三蔵法師であった」。まるでボディビルで鍛えた三島由紀夫のポートレイトを見ているようである。

「キリストのような」とあるように、本来ニックには宗教的傾向があった。彼の実家は神道の家系で、父親の佐藤璽慧《じけい》は神社の宮司、母親の佐藤十充恵《じゅうじえ》は「万物院生源《ばんぶついんしょうげん》の集会」という宗教団体の創始者だった。なぜこんな他国（アメリカ）に奉仕する過酷な戦争に志願兵として出兵したのかと聞かれると、ニックが「死ぬために」と答えるのも、『葉隠入門』の「武士とは死の職業である」を信条とする、三島由紀夫と酷似した志の持ち主であることが知れる。

三島が「死ぬために」日本に自らを捧げたのに対して、ニックは「死ぬために」アメリカに自らを捧げる。大義の方向は違うけれども、これこそ「大義」のスパイラルな性格を物語るものにほかならない。

三島においても、ニックにおいても、死が第一義的な目標に定められていることは、彼らのテロリズムの原理を考える上で、重要な意味を持つことになる。V章で述べるけれども、三島の長篇『奔馬』の飯沼勲《いさお》こそは、こういう死のパトスを苛烈に体現したテロリストであった。

やがてニックは「全世界を敵に回してもいいと考えているテロリスト」のような「負のスパイラル」にはまっていく。「己の尊厳のために死ぬつもりでここに来た」彼が、「殺すことに快感を覚え始め」、「殺せ。殺せ！」と「白い歯を光らせながら」叫ぶ殺人鬼になる。ニックの心中で戦争がテロへと転回《スパイラル》し、彼は非情なテロリストに変身したのである。

こういう終末思想《アポカリプス》をインプットされてヨーロッパの戦争から帰還したニックは、母親の十充恵が創始した「万物院生源の集会」の教祖になる。彼が戦争の記憶をもとに描いた絵、「殺戮《さつりく》と破壊の限りを尽くした」「恐ろしい戦場の絵」が、死を礼讃する神道イズムのシンボル、「御神体」として使われるのだ。武力闘争をこととする危険な宗教団体の誕生である。

ここにニックにとっては孫の世代に当たる、日系四世の若者たちが登場して来る理由がある。彼らの使命は「この捻じ曲げられた信仰を柔らかく解体させること」にある。いわば新宗教の〈脱構築〉である。ニックが「万物院生源の集会」の後継者として指名する、孫娘のマナという女性が、この使命を担う本篇のヒロインになる。

マナが宗教団体「万物院生源の集会」と接触するのは、恋人の後藤清春《きよはる》という大学教授を通じてであるが、この男の妻、宗教学者の後藤景都《けいと》は、ニックの弟の生源（教祖ニックの後継者）に〈洗脳〉され、現在は「万物院生源の集会」のチームリーダーになり、教団を支配する実権を掌握している。清春も妻の景都に洗脳され、教団のメンバーになっていたのだ。清春は景都にそそのかされ、恋人を装ってマナに接近し、彼女をハワイ島の「万物院生源の集会」に拉致することを計画したのである。

教祖ニックからその後継者である弟の生源へ、さらには教団のリーダーである後藤景都へ、戦争の悪夢を刻んだ宗教団体が、過激な武装集団に姿を変え、ついには針鼠のようなテロリスト軍団に変貌を遂げる。この恐怖の「万物院生源の集会」に拉致されたマナは、彼女に生来備わった霊力と、祖父のニックによって後継者に指名されたカリスマ的な権威を武器に、〈マナvs景都〉の死闘に勝利を収め、かろうじて生還する。この物語は戦争の狂気からテロリズムが生成するプロセスを解剖して見せるのである。

「渋谷はいま戦争状態」（『インディヴィジュアル・プロジェクション』）

少し時代は下って「テロの文学史」では、若い世代に属する阿部和重の**『インディヴィジュアル・プロジェクション』**（一九九七年）を取り上げよう。阿部は一九六八年山形県生まれ。九四年、『アメリカの夜』（群像新人文学賞）でデビュー。二〇〇四年、『シンセミア』で毎日出版文化賞。二〇〇五年、『グランド・フィナーレ』で芥川賞。二〇一〇年、『ピストルズ』で谷崎賞を受賞した。

本作『インディヴィジュアル・プロジェクション』は「渋谷はいま戦争状態みたいだ！」のキャッチコピーで知られる、阿部にしては短めの初期長篇の代表作である。

いきなり、こんなテロが突発する、——「そこへ突然、ドン！という爆発音が響き、「映画館の」客席の辺りにいた客たちが勢いを増した炎から逃れて一斉にこちらのほうへ押し寄せてきたため、悲惨な状態となった。まず、非常口付近の通路が鮨詰《すしづ》め状態となった。ぼくは首を締められたまま圧《お》し潰されそうになり、もはや左脚の感覚を失っているためとても立ちつづけていられそうにはなかった」。

まるで村上龍『オールド・テロリスト』に描かれる新宿の映画館のテロ現場か、自爆テロに遭ったイラクかシリアかニューヨークかパリのありさまだが、平和国家日本の渋谷でなぜこんな非常事態が発生したかというと、「X組がぼくらを狙っているのは確実になった」からだ。X組とは、「ぼくらが誘拐した組長が属す暴力団組織の中心団体名」である。そのX組が報復テロを仕掛けてきたのだ。「遅かれ早かれ確実に戦争になるな。渋谷はやばいよ」。そんななかで生き残るのは誰か。コミックのような格闘技が展開され、サバイバルをかけてのファイティング・ゲームが始まったのだ。

「ぼくは、このような事態を迎えるに到った過去の経緯を、ここで整理しておこうと思う」。こうして小説は事の発端へ、五年前の郷里の田舎町での出来事へさかのぼる。そこでマサキという、その「前身は、おそらく総会屋か詐欺師か、それに近い何か」である男が、「主に護身術や探偵術のようなことを教える高踏塾という私塾」を開いていたのである。

このマサキは「単なる山師にすぎないのは明白だった」が、「戦闘服姿で葉巻をくわえながらふんぞりかえってテロリスト風に自己演出してみせ」たり、「自衛官が集まる居酒屋やバー」へ通ったり、「陸上自衛隊との合同格闘演習」に励んだりするところは、「楯の会」の隊員を引率して富士山麓の自衛隊に、自決の前年、一九六九年（昭和四十四年）に体験入隊した、三島由紀夫のパロディそのものである。

つまり阿部和重のヒーローは三島をお手本として格闘技に励むのである。三島由紀夫という特異なキャラクターが、こんなところでも復活する光景にお目にかかることができる。「マサキのいう人間美学の最終洗練形態という観念」とは、三島の理想とするアポロ的美学の理念に他ならないではないか。

三島の『わが友ヒットラー』（一九六八年）開幕の演説が聞こえるようだ、――「どう思ふ？諸君。戦後の頽廃は、すでに戦時中の銃後に兆してゐたのだ。戦後のあのもろもろの価値の顚倒は、卑怯者の平和主義は、尻《けつ》の穴よりも臭い民主主義は、祖国の敗北を喜ぶユダヤ人どもの陰謀は、共産主義者どもの下劣なたくらみは、悉くその日に兆してゐたのだ。ああ、金色《こんじき》のヴアルハラの大広間に、ヴァルキュリーたちによつて運ばれた、気高い戦場の勇士たちの亡骸《なきがら》は、ひとたび霊に目ざめるや、祖国ドイツのこの有様をのぞみ見て、いかに万斛《ばんこく》の涙を流したことであらう」。

むろん阿部和重の長篇の二十世紀末のヒーローたちは（本篇は一九九七年刊）、マサキにしても、「ぼく」にしても、三島が称揚したような英雄ではありえない。彼らには三島的ヒーローの爽やかさや晴れやかさは認められない。それ以上に『インディヴィジュアル・プロジェクション』からは、こんな信条告白が引き出される、――「暴力的なことを欲していたぼくらにとって、あの［高踏］塾はうってつけだった。いわゆる『政治的』イデオロギーなど必要ではなかった。ぼくらが求めていたのは、訓練を積めば強靭なサイボーグのようになれるという、劇画的な物語（別種のイデオロギー）のほうだった」。

政治的なイデオロギーはお呼びではなかったのである。これは『人斬り』の岡田以蔵が右に行ったり、左に行ったり、うろうろするのとは、だいぶ違っている。阿部和重のヒーローには、右翼も左翼もない。かつて島田雅彦が奏でてみせた「優しいサヨクのための嬉遊曲」など、忘却の彼方にある。そもそも政治的立場というものが端《はな》から欠如しているのだ。案外、三島由紀夫が「楯の会」の制服を身にまとって演じたのは、――それだけではなかったにせよ――ある面では、こういう「強靭なサイボーグ」が活躍する「劇画的な物語」だったのかもしれない。

トキ・テロリストの誕生(『ニッポニアニッポン』)

世紀をまたいで、二十一世紀に入ってからの阿部和重の長篇では、トキを主題とするテロ小説『**ニッポニアニッポン**』(二〇〇一年)を取り上げたい。ここではまずテロの主体が方向を変えたことに注目すべきだろう。『インディヴィジュアル・プロジェクション』でテロの被害者であった主人公は、本作ではテロの実行犯に変身した。これが前作との大きな違いである。本作でもってテロの時代の二十一世紀に突入したことを、阿部和重が鋭くキャッチしたことを証している。

主人公は鴇谷《とうや》春生、十七歳。この名前には、小説でテロのターゲットとされる鴇《とき》が含まれる。春生のトキへの関心はここに発するのだが、探究心旺盛な少年は、パソコンの検索エンジンを活用し、「『鴇』というキーワードを起点にして」、「いくつかの興味深い情報に辿り着いた」。「千葉の鴇谷という地域に暮らし、トキ狩りで生計を立てていた一家が、我が祖先なのではないか?」こうして「春生は、自分のルーツが『トキ・ハンター』であったという物語を、思い付いた矢先にすっかり信じ込んでいた」。「トキ・ハンター」ならざる「トキ・テロリスト」の誕生である。

〈自分探し〉に熱心な彼の探究は、書物による検索も怠らない。「俺、山形出身だって、話したよね」と春生は、テロを決行すべく佐渡に渡って出会った少女に、「面白おかしいことでも」話すようにして、話しかける、――「でね、山形以北の地方って、昔は日本じゃなかったんだってさ！」。山形はむろん阿部和重の出身地である。春生はここで冗談から駒のようにして、作者に係る最重要な真実を語ったのだ、――「だからさ、俺はまあ、日本人じゃないってことになるわけ。面白くない？　この話」。

面白くないはずがない。阿部は「日本人じゃないってことになるわけ」か？　のみならず、春生の分身でもあるトキ、学名「ニッポニアニッポン」の出自は？　阿部が本書でテーマとする「ニッポン問題」が、はからずもここで打ち出されたのだ。

同じ〈日本〉をテーマにしても、ここにまず三島と阿部の大きな相違が見出される。三島は間違っても自分は「日本人じゃない」とは言わなかっただろう。『命売ります』の主人公・羽仁男も、「僕は正真正銘の日本人ですよ」と悪びれることなく言うのである。阿部の文学は純血種の三島と違って、混成系《ハイブリッド》の文学であると考えなくてはならない。

春生が調べた文献によれば、自分の先祖が「トキ・ハンター」であったということもさることながら、次の記述が重要である、――「トキ。国際保護鳥で特別天然記念物。東アジアの特産の鳥であり、かつては日本の各地に棲息していた。伊勢神宮では二〇年ごとの式年遷宮の際、内宮に奉納する『須賀利御太刀《すがりのおんたち》』の柄に、トキの羽根二枚を赤い絹糸でくくりつけるしきたりが、千年以上も続いている。いまは中国にもいる世界的な珍鳥」。

春生はこの珍鳥のルーツに疑問を抱くのである。そこで彼は「伊勢神宮における式年遷宮の儀式を真似て、サバイバルナイフの柄にトキの羽根を二枚、赤い糸で括り付けることを考えているのだ」。彼のトキ救出は同時にトキ殺戮になるだろう。なぜなら、春生の考えによれば、「人間の書いたシナリオ」による「トキ救済は、単なる名目にすぎない」からだ。「人工繁殖やらクローン技術やらの実験材料の役目を負わされて、単に日本人の罪悪感を癒したり自尊心を満たすためだけの道具にされかねない」のである。かくて彼は次のテロリスト宣言を発するに至る、――「だとすれば、殺すか。やっぱり、殺しちまうか。あのユウユウを、サバイバルナイフで滅多刺しにして、真っ白な羽根を血だらけにして赤く染めてやるか。そうやって俺の手で、全部おしまいにしてやるか」。

トキ＝「孔雀」＝天皇

このテロリスト宣言から聞こえて来るのは、しかしナイフで滅多斬りにされるトキの悲鳴ではない。町田康『告白』の「殺す。殺す。殺す」の連呼でもない。そうではない。ここから聞こえて来るのは、三島由紀夫の短篇**「孔雀」**（一九六五年［昭和四十年］）の惨殺される孔雀の悲鳴だったのである。

『ニッポニアニッポン』でトキの運命に思いを馳せる読者は、「実は遠く殺された孔雀の声を幻覚に聴いた」（「孔雀」）のだ。

『インディヴィジュアル・プロジェクション』に続いて『ニッポニアニッポン』でも、われわれはまた三島由紀夫に出会うのである。もっとも阿部の場合、三島とは違って、佐渡の「新穂村トキの森公園」に到着しても、「感動などはまるで湧かなかった。情緒の類いは、微塵も感じはしなかった」というところに、その面目が示されるのであるが、――。

三島由紀夫の「孔雀」では、公園の孔雀たちはこんなふうに殺害される、――「もちろん刑事が現場へ着いたときには、孔雀はことごとく燦爛《さんらん》たる骸《むくろ》になつてゐた。彼は自分の耳でその声を聴いたわけではない。しかしこの濃密な夜のむかうには、今も殺された孔雀どもの狂躁の叫びが、丁度黒地に織り込まれた金糸銀糸のやうに、細く、執拗につづいてゐるやうに思はれる」。この「燦爛たる骸」から「感動」と「情緒」を抜き去って、瑠璃《るり》色に輝く羽根を完璧に脱色すると、そこに阿部和重のトキが再生し、純白の羽根を羽ばたかせるのである。

三島由紀夫においては、刑事だけではない、刑事が容疑者の一人と目する富岡という中年男も、同じ幻覚を見、同じ幻聴を耳にする、――「『きつとそのとき孔雀たちが上げた悲鳴は』と彼［富岡］は唇の端に、歌のやうに呟いた。『暁の空を縦横に切り裂く蒼ざめた刃のやうだつたらう。散乱する緑の羽毛。ああ、そのときをどんなに待ちこがれ、その解放の時をどんなに夢みて、あれらの青緑光を放つ羽根毛はおとなしく孔雀の身に貼りついてゐたことか。今度はその小さな羽毛の一枚一枚が、微小な無数の孔雀のやうに、M遊園地の丘に上る暁の最初の一閃に照らされて、その緑の煌《きらめ》きを思ふさまに飛び翔《た》たせたのだ。ああ、それから貴い血が、孔雀の羽根に欠けてゐた鮮かな朱のいろが、どんなに華麗にほとばしつて、その身悶《みもだ》えする鳥身に、美しい斑《ふ》をゑがくかが見られたことだらう。〔……〕』」。

これは壮大な三島調の大言壮語さえ変えれば、鴇谷春生のトキ・テロリスト宣言そのものになるが、ここにはまた『わが友ヒットラー』から引いたナチス総統の、テロリスト紛《まが》いの勇ましい演説の声調も聞き取られる。この流血の惨事のなかで華麗な羽根を散乱させる印度孔雀は、11・25市ヶ谷台で割腹自殺を遂げた三島由紀夫その人の血まみれの肖像に重なるのである。

ここで簡単に「孔雀」の粗筋を要約すると、M公園で飼われていた孔雀が何者かに惨殺された。刑事は、公園の近くに住み、孔雀に偏愛を示していた富岡の事情聴取をする。公園では新たに二十五羽の孔雀を買い揃えるが、この孔雀もまた「二羽をのこして二十三羽が、暁闇の一時間ほどのうちに、唯一人の目撃者もなしに殺された」。犯人は野犬であることが判明し、刑事はお詫びに富岡家を再訪する。ところが富岡は野犬説を否定し、「人間がやつたに決つてゐます」と主張する。夜更けに囮《おとり》捜査をすることになって、富岡は刑事に同行する。「ごらん。私の言つたとほりだ」と富岡の指さすところを、刑事が双眼鏡で見ると、四、五頭の犬を連れた少年が、向こうから現われる。「ふと月に照らされた白い顔を見て、刑事は声をあげた。／

それはまぎれもなく、富岡家の壁に見た美少年の顔である。……」美少年は富岡から脱け出した、富岡の分身、その〈幽体〉だったのである。

『ニッポニアニッポン』に引き寄せて言うなら、この少年がトキのテロを敢行する鴇谷春生ということになる。鴇谷春生は富岡少年のような美の扼殺者なのだろうか。

かつて清水昶が『三島由紀夫　荒野からの黙示』で述べたように、「殺されることによつてしか完成されぬ」「孔雀」は、三島においては「金閣寺」の正確なアレゴリーになっている。「金閣の不壊《ふえ》の美しさから、却つて滅びの可能性が漂つてきた」と『金閣寺』にあるように、「［トキは］完璧を期するのならば殺すしかない」と『ニッポニアニッポン』の春生は考える。トキがこのように金閣寺と等号で結ばれるなら、金閣寺はまた、平野啓一郎が「『金閣寺』論」で述べたように、「メタフォリックに語られた〈天皇〉」と結ばれよう。とすれば、〈トキ＝孔雀＝金閣寺＝天皇〉の等式がここに成立する……。

しかしここで、阿部和重が『ニッポニアニッポン』でトキのことを「可哀相なユウユウ」と言っていることに注意すべきだろう。「そして同じく可哀相な俺、というように等号で結ばれていたはずの関係は無惨にも崩れ、単に可哀相な俺だけが残ったというわけだった」。「ユウユウとメイメイはうまくいっているのに」、春生は一人でマスをかくばかりである。彼は恋人の本木桜を失い（桜は数学教師と不倫の関係を結び、その教師に捨てられると、女子高の屋上から飛び降りて命を絶った）、春生には「ペアリングの相手がいなかった。有り余る性欲は、単独で処理するしかなかった」のである。

この関係をいま仮に三島と天皇の関係に敷衍《ふえん》してみるなら、『英霊の聲』の「などてすめろぎは人間《ひと》となりたまひし」は、「恋闕《れんけつ》」の対象としての聖なる存在（現人神《あらひとがみ》）を失った、「可哀相な」「英霊」の悲嘆の声に聞こえるだろう。

鴇谷春生もトキ殺害のテロに向かう長篇のラストで、死んでしまった「本木桜の亡霊」に、こんな怨みを述べる、――「だからさあ！　ねえ、桜ちゃん、もうおしまいにしようよ！　俺はやっと、自分の使命が判ったんだよ。人生最大の目的をしっかりと掴んだんだ。明日は絶対にそれ［春生のいわゆる「ニッポニア・ニッポン問題の最終解決」］をやらなきゃいけないんだよ。だからもう、俺を迷わせるのはやめてくれないか！　頼むよ。だって君は、俺に一言も断わらずに、何の説明もなく、勝手に死んじまったんじゃないか！　ひどいよ！　いくら何でも、ひどすぎるよそれは！」（原文ゴチック）。

ここまでは阿部は三島に近接する。三島もまた鴇谷春生のように、「だって、陛下は、俺に一言も断わらずに、何の説明もなく、勝手に人間になっちまったんじゃないか！」と、天皇の「人間宣言」をなじったかもしれない。しかしそこからが違う。

「可哀相な」春生は、――11・25自決テロの三島由紀夫のように――自分を裏切ったトキのテロへと向かうのだが、結果的にはそれがトキの解放となる。

警備員に見つかり、男をナイフで殺してしまってから、気がついてみると「ギャアギャアという鳴き声が、檻の外から聞こえてくることを知り、春生は中庭へ視線を向けてみた。いつの間にか、ユウユウとメイメイが飼育ケージを抜け出ており、今にも空へ飛び立とうとしていた。意外な光景を目の当たりにして、春生は脱力感を深めつつ、だったらお前たちの好きにするがいいさ、と心で呟いた」。

この脱力感、解放感において、阿部は三島と訣別する。こんなドジな失敗に終わるテロによって、鴇谷春生の「使命」、彼の「人生最大の目的」は、逆説的に全うされたのである。悠々と空に飛び立ってゆくトキたちと、介錯されて宙に舞う三島の生首と、この相異なるテロのうちに、阿部和重の「ニッポン」と三島由紀夫の「日本」の違いが、鮮明に描き出される。

〈川端→三島→春樹→中村〉フェティシストの系譜（『銃』）

中村文則のヒーローは阿部和重と較べると、三島がヒットラーを評した言葉をもじっていえば、「二十［二］世紀そのもののやうに暗い」（「『わが友ヒットラー』覚書」）。

中村の暗さはしかし必ずしもマイナスの暗さではない。確信犯的な、ポジティブな暗さである。まさに『何もかも憂鬱な夜に』（二〇〇九年）という表題を絵に描いたような人物が、中村のノワールなロマンには輩出する。

彼は好んで古典を引用する。『銃』の書き出しの「昨日、私は拳銃を拾った。あるいは盗んだのかもしれないが、私にはよくわからない」は、言うまでもなくカミュ『異邦人』の、余りに有名な「今日、ママンが死んだ。もしかすると、昨日かも知れないが、私には分らない」（窪田啓作訳）を引き写している。

作者は『異邦人』を意図的にコピーしたのである。文体模写《パスティシュ》といってもいい。とくに父危篤（カミュではママンの死）の件《くだ》りやラストの殺人の場面がそう思わせる。

中村の略歴を紹介すると、一九七七年、愛知県生まれ。二〇〇二年、「銃」（新潮新人賞）でデビュー。二〇〇五年、『土の中の子供』で芥川賞。二〇一〇年、『掏摸《スリ》』で大江健三郎賞。最新作は『あなたが消えた夜に』（二〇一五年）。

「銃」の主人公（「私」）は夜道で拳銃を拾う。滅多にあることではないが、とくに彼の運がよいわけではない。むしろ、悪い籤《くじ》を引いたのかもしれない。とはいえ、たまたまであって、誰にでも起こり得ることだ。

男が血を流して倒れている。右腕の近くに拳銃が落ちている。大学生の西川（「私」）がそれを手にする。その瞬間から彼の運命が変わる。

彼はテロリストに変容する、――カフカのザムザが毒虫に「変身」するように。ザムザがあなたでも、私でもよかったように、西川はあなたでも、私でもよかったのである。

つまり、現代では誰もがテロリストになる可能性を秘めている。中村文則が描くのは、今日の都市生活者に潜在するテロリスト生成――テロリストになること――の物語である。

一丁の拳銃が人生を変える。「私はその拳銃をジーンズの後ろのポケットにねじ入れ、シャツで上から覆った。あの時の私は多分、顔に笑みを浮かべていたように思う。［……］私は殺人を犯した人間がそうするように、辺りを注意深く見渡し、自分が何者にも目撃されていないことを確認した」。

この瞬間、この男の未来は決定された。彼はテロリストになるべく運命づけられる。「私は後ろのポケットにある、拳銃の感触を意識し続けた」とか「もう一度改めて拳銃を眺め、その美しさを確認した」といった表現は、川端康成の「片腕」を思わせる。

あるいは村上春樹『1Q84』のテロリスト青豆が銃を操作する次の場面を、――「一人でヘックラー&コッホHK4の操作を練習した。その重さや硬さや機械油の匂い、その暴力性や静けさは、次第に彼女の身体の一部になっていった」。

川端の「片腕」にこうある、――「［娘の片腕を手に入れた私は］ときどき、左手で雨外套をさはつて娘の腕をたしかめてみないではゐられなかつた。それは娘の腕をたしかめるのではなくて、私のよろこびをたしかめるしぐさであつただらう」。

これは娘の「片腕」を切断した疑似テロリストの告白とも読むことができる。テロリスト西川なら、彼は『1Q84』の青豆のように黒光りする拳銃を愛撫するだろう。その「銀の体には光沢があり、深く、私はしばらく握りながら見惚れた」と「銃」にある。

拳銃は中村にとって川端の「片腕」に等しいフェティッシュである。女の〈形代《かたしろ》〉であり、身代わり、デリダの言う〈代補 supplément〉である。

同じ中村の「遮光」（二〇〇四年、野間文芸新人賞）における女の指のフェティシズムを思い起こしてみよう。中村はデビュー以来、川端的なフェティシストだったのである。彼は川端の切片愛好《フェティシズム》や死体愛好《ネクロフィリー》に自分の同類の嗜好を見出し、そこに明らかな犯罪者の影を重ねる。桐野夏生が『水の眠り　灰の夢』でそうしたように、川端の『眠れる美女』や「片腕」の犯罪性を明るみに出す。そこから中村のノワールやミステリーへの傾向が始まったのだ。川端→三島→桐野→中村のテロ文学史を辿ることができる。

とはいえ川端にあって、中村にないものに、ふしぎな明るさがある。川端のフェティシストから明るさをとり除くと、テロリスト中村が生まれる。明るい川端のフェティシズムの鏡の裏箔から、中村の黒いテロリズムが輝き出す。あるいは、中村の銃の「黒が多く含まれた、吸い込まれるような銀」が、川端において潜在していたテロリストの黒い資質を照らし出す。

身近な隣人としてのテロリスト

銃だけではない。テレビの画面が映し出すのも、テロリズムの光景である。しかし「銃」が書かれた二〇〇一年は、9・11ニューヨークの同時多発テロの時代で（喫茶店で偶然隣りに座った男が、「ニューヨークにいて、テロがあったから日本に帰ってきたんだ」と話す場面がある）、テロの本拠地は今日のようなシリアやイラクの「イスラム国」になく、タリバンの活動するアフガニスタンにあった。――「番組が終わり、テレビ画面にはニュースが流れた。スーツを着た男はアフガニスタンの状勢について語り、……」、「テレビのニュースはアフガニスタンやアメリカの出来事で溢れ、……」、しかし「アフガニスタンのどこにアメリカは爆弾を落としたか、そしてそれは戦略的に上手くいくのか、そういったことは、今の私には関係がなかった」。「私」は銃に心を奪われていて、政治には関心が向かない。

彼は次第に銃のフェティシズムに支配されてゆく。『異邦人』のムルソーのように、（ママンではないが）父親の、（死ではないが）危篤をめぐるエピソードが挿入されたり、何人もの女たちと寝たりする様子が、カミュの文体模写《パスティシュ》さながらに淡々と語られるうちに、「私はいつか拳銃を撃つ、それは間違いのないことだ」と予感するようになる。

やがて彼はアパートの隣りの住人に関心を抱く。子供の泣き声が聞こえたり、女の叫び声が聞こえたりする。子供は顔に痣《あざ》をいくつもつけている。母親の虐待が酷いのだ。おそらくDVである。

あるときその子にビニール袋を投げつけられ、見ると両腕の鋏《はさみ》を切断されたザリガニが何匹もうごめいている。近くの公園で瀕死の黒猫を見かけ、口から吐いたものを見ると、ザリガニの破片である。人間のような顔をして苦しみもがく黒猫に、彼は耐え切れず、安楽死させるためにピストルの引き金を引く。

彼は隣室の子供の母親に対する殺意を固める。「リバーシブルのジャケット、革の手袋、小型の懐中電灯、拳銃、その四点は、自分が犯罪者であることを常に私に確認させた」、――そんなテロリストの装備を身に着ける。

村上龍『共生虫』の主人公のように、「人を殺す」、「人を殺す」と、「銃」の「私」は呪文のようにくり返す。例の隣室の女の姿が遠くから目に入る。銃を構える。「が、私は引き金を引くことができなかった。意識が遠のき、視界が薄れ、私は気がつくと拳銃を放り投げていた」。銃を使った暴力――テロは放棄されたのである。彼はテロリストであることを止めたのだろうか？

そうではない。彼は命より大切にしていた銃と別れ、恋人のような銃を遠いところに棄てに行こうと決意をする。銃を革の袋に入れ電車に乗る。隣りに五十代くらいの汚い格好の男が座る。足を大きく開くので「私」の姿勢が窮屈になる。男の携帯電話が鳴り、その声はうるさく、「何が楽しいのか、一人で笑ってい」るのが不快だ。「私」は男に眼《がん》をつける。男は気づくが、鼻で笑う。「私は、この男は人間の屑であると、その時決めた」。

見ず知らずの他人を「人間の屑であると」「決めた」、その瞬間、「私」のうちに潜在していたテロリストが顕在化した。このとき隣人を「屑」と見る、黙示録《アポカリプス》の目が生まれた。『銃』で中村が描くのは、テロリストの誕生の瞬間、ただそれだけである。

「私」は男の携帯を取り上げ、放り投げる。男は驚き、怒って、「拾え」と命令する。「私」は拳銃を取り出す。男の髪をつかんで、口にねじ込む。乗客らの悲鳴が上がる。

「私」は引き金を引く。大量の脳漿《のうしょう》や血が飛び散る。「私は、『これは違う』と呟いていた。

そして、『これは、なしだ』と繰り返した」。

進退きわまった「私」は自分の頭を撃ち抜こうとする。しかし銃にはもう弾が入っていない。ジーンズのポケットに弾丸を一発だけ入れておいたことを思い出す。銃に弾をセットしようとするのだが、手が震えてうまくいかない。

そして秀逸なラストがやって来る、――「私は何かに祈るように、早く入ってくれと、自分の全てを捧げるように、願った。そして、『もう少しなんだけどな』と、誰かに言うように、声を出した。そして、『おかしいな』『おかしいな』と、震える手で、小さな弾丸を摘みながら、繰り返した」。

この弾を摘んで震える手は、中村のテロリストを私たちと等身大の、リアルで身近な存在にしてくれる。

呪われた「邪の家系」の物語（『悪と仮面のルール』）

『悪と仮面のルール』（二〇一〇年）で中村は、いよいよエンターテインメントを自家薬籠中のものとしたようである。換言すれば、エンタメと純文学の越境が起こるとき、ほとんど常に、暴力、殺人、テロのテーマが起動するということだ。

『ＪＬ』（何の頭文字であるか不明。「イスラム国［ＩＳ］」のもじりか）と名乗るテロ集団の犯行声明に、こうある、――「ＪＬです。だからさあ、モノマネしろって言ったじゃないですか。そんな体裁大事にしても仕方ないって。あ、これからは人命いっちゃうかもです。首相が記者会見でモノマネ［郷ひろみのモノマネ］しない限り、次一般人いっちゃいます。……ては嘘で、やっぱり次も政治家かな。髪薄い順［頭髪の薄い順にテロの標的にするということ］。でもほっとくと、まじ一般人巻き込むかも。幸福な人間ってむかつくしね。幸福そうな順に。幸福って、閉鎖なんだよね。わかります？　わからないか。では」。

ここには村上龍（『共生虫』、『オールド・テロリスト』）における同様、新種の話体にのせた新種のテロリズムがある。むろん、新種と言っても、かつてナチズムの時代にゲッベルス宣伝相が使った手だが、プロパガンダの戦略である。この声明を主人公の新谷、実は久喜文宏《くきふみひろ》の前で読み上げた探偵は、「……でもこれ、いつも思いますが、犯人の思う通り発表していいんですかね」。むろんテロリストの思う壺に嵌まるのだが、探偵は続けて、「まあ、『ＪＬ』とかいうグループのニュースは視聴率が跳ね上がるそうですから、不況のマスコミにとっては……」と言葉を濁す。

この場合、声明の調子からも明らかなように、犯人はジョーク（首相による郷ひろみのモノマネ、とか、「髪の薄い順」とか）を連発する愉快犯かも知れず、新谷も疑う通り、「本当に『ＪＬ』ですか？　便乗犯かもしれませんよ」。そのため犯行グループは、「その紙面に一般には公表されていない暗号を記しています」と探偵は答える。文面そのものも暗号めいていて、それがまたテロ集団に謎のオーラを与える。

『人斬り』に出て来る幕末の四大人斬り（田中新兵衛、岡田以蔵……）にしても、オサマ・ビンラディンにしても、名にし負う歴史上のテロリストたちは、カリスマ的な存在であった。なかでも、もっとも洗練されたオーラを帯びることに成功したのが、市ヶ谷台で古式に則って腹を切った三島由紀夫であろう。

　この小説は久喜家をめぐる呪いの物語で、先の「ＪＬ」の声明を読み上げた直後に、発信人不明の電話がかかってきて、「……**邪の家系**」と謎の文言が久喜文宏の耳に吹き込まれる。文宏は父に、「十四歳になった時、お前に地獄を見せる」という予言を与えられたのである。

　いうまでもなくこれは村上春樹『海辺のカフカ』で、田村カフカが「父親が何年も前から僕に予言していたことがあるんだ」という、ギリシャ神話のオイディプス王に下された予言を〈引用〉している。春樹によれば、それは「予言というよりは、呪いに近いかもしれない」。すなわち春樹の場合、「お前はいつかその手で父親を殺し、いつか母親と交わることになる」。中村の場合、「お前は私［父］を殺すことで、決定的に損なわれる」。

　文宏の父はこうも言ったのだ、――「お前は、やはり邪になる素質があった。クズになれる素質があった。［……］親を殺そうと考えるのだから」。そして「覚えておくといい。……**幸福とは、閉鎖だ**」。「**幸福とは、閉鎖だ**」は父の呪いの言葉だったのである。

　実際、文宏は幼いころ特殊な仕方で父親を殺し、その呪いを受けている。文宏だけではない。「ＪＬ」なるテロ集団のメンバーも含めて、久喜家の一族全員が、『地獄の黙示録』における、カンボジア奥地のジャングルの秘境で邪教のリーダーになって君臨するカーツ大佐さながら、世界終末《アポカリプス》の想念に染まっている。最後に文宏は「邪の家系」から逃れ、海外に出発して行くのである。

過熱する報道、続出する模倣犯《コピーキャット》(『あなたが消えた夜に』)

現時点での最新作『**あなたが消えた夜に**』(二〇一五年)は、中村文則テロ小説の頂点であり、集大成である(「犯罪小説」、「ノワール」等の呼称も考えられるが、テロを主題とする本稿では「テロ小説」と呼ぶ)。主人公は三十代半ばの刑事・中島(「僕」)。部分的に他の人物の日記や手記や供述なども挿入され、ポリフォニック(多声的)な小説に仕立てている。

物語の舞台は東京の市高町《いちたか》。市高町は架空の町である。日野啓三のいわゆる〈どこでもないどこか〉としての小都市を設定している。

主人公の刑事とコンビを組むのが、小橋という女性刑事。エンタメ小説やハリウッド映画の定番で、ヒーローは必ずヒロインと組んで様々な困難と戦うのである。したがって小橋も「長く黒い髪、大きな目」を持つ女性で、「彼女は美しい」という設定になる。

この女性刑事が本作ではピカ一の存在で、中島刑事が小説のラスト近く、科原《かはら》さゆりという被疑者に恋愛感情を抱いたと察知するや、「『恋。……恋ね』／小橋さんが言う。なぜかタメ口で。／『30半ばの冴えない刑事が、恋』／『違うし。ていうか冴えないってなんだ』」。ちなみに、その恋の発生現場は、「科原が僕を見つめる。彼女がテーブルの下で足を組み替えた時、僕の足にふれた。でも彼女は僕にふれたまま足を避けようとしない。僕もそのまま、足を動かさなかった」。そのすぐ後で「……また会ってください」と彼女が求愛、ラディゲ（『肉体の悪魔』）も顔負けの恋愛心理、ならざる恋愛身体の技法である。

とはいえ小説のラストでは、死のうと思った科原が、携帯のディスプレイに「中島」と刑事の名があるのを見て、「震える声で電話に出た」というのだから、本篇の主題は中島と科原、二人の恋であったと考えることもできる。

一方、従来のルーティンに従うなら、恋に落ちるはずのヒーローとヒロイン、若い男女の刑事（中島と小橋）の間には、恋愛が生まれないところが、この小説が見せる至芸というべきで、二人は最後までクールな関係を保つのである。

市高町では連続通り魔事件が頻発している。犯人はやがて「コートの男」と命名される。結局、この男は存在しなかったことが判明する。というか「コートの男」の模倣犯、便乗犯、コピーキャットが続出して、どいつが正真正銘の「コートの男」なのか不明になる。本書の比喩的表現によれば、「〝コートの男〟は犯行現場近辺では残酷だが、逃げていく過程で少しずつ、本当に少しずつ、〝コートの男〟らしくなくなっていく」。

消滅していく、といってもよい。要するに、逃げるのである、――消失点《ヴァニシング・ポイント》に向けて。そしてこの〝コートの男〟とは誰か、という問いが、本篇の主要なテーマを構成する。

『あなたが消えた夜に』は犯罪心理の分析であるが、マスメディア分析でもある。〝コートの男〟目撃者・林原の供述に、こうある――「マスコミがつけた〝コートの男〟というシンプルなネーミングが受けて、報道はすでに過熱気味だった。模倣犯が報道によって広がることは周知の事実ですが、でもマスコミだけが悪いのかというと、違うと思うんです。なぜ報道が過熱するかというと、視聴率を取れるからで、なぜ視聴率を取れるかというと、皆が見るから……、そうではないでしょうか」。

現在でも、「イスラム国」関連のニュースは、ネットでもクリック数が多いことが知られる。その結果、「イスラム国」に関して報道することが、「イスラム国」に利することが分かっていても、血みどろの生首が転がる凄惨な人質処刑の画像でさえ、残忍さ、非道さに目をつむって報道せざるをえない、ということが起こる。

それを人々はテレビ画面に食い入るようにして見つめる。残虐であればあるほど、関心は募り、視聴率はウナギ登りに上がる。「イスラム国」はますます処刑の残虐さをエスカレートさせる。視聴率がますます上がる……。そういう悪循環、テロのスパイラルが生じる。

ある種の残虐な犯罪は、報道されることによって、多くの人々の心に潜在する悪を、活性化し、めざめさせする、と中村文則は言う、――「その人々の無意識のような場所にある小さな悪が、感じられないほどの悪が、［……］事件報道の過熱を後押ししていく……」。

壊れていく女たち

この小説では、大量の凶悪事件が発生し、競合し、並走するが、大きな犯行のラインとしては、以下の二本のテロの系列を指摘することができる。

どのテロのラインにも、作者の言う「壊れていく」女性が登場する。女たちがまず壊れるのである。

夫のＤＶで離婚を考えていた横川佐和子が、彼女の定期預金を夫が無断で解約したことを知り、消費者金融で金を借り、デリバリーヘルスで仕事をするようになる。

あるとき竹林という「気味の悪い男」にポルノ画像を示され、「取りあえず」二百万の金を要求される。「警察に言ってみろ。その瞬間、この写真ネットにばら撒くから」と恐喝するのである。佐和子が裸で男にまたがって交わる画像などが、デジカメで隠し撮りされていたのだ。いわゆるリベンジポルノである。リベンジ（復讐）というより嫌がらせ。追いつめられた佐和子は、包丁を握る女テロリストになる。彼女の供述から、――「そうだ、刺すのだ。男［竹林］の胴体が目の前にあった。私は両手で、思い切り、身体ごと男に当たりました。［……］包丁が刺さったまま、男はよろけ、その包丁を手で押さえ、抜こうとしました。でもそのまま、男は崩れ落ちた」。

佐和子はデリヘルの客の一人で、彼女が好感を抱く林原に電話で助けを求める。彼が駆けつけると、佐和子は「灰色のコートとニット帽、マスク、そして包丁を取り出し」、「ここで私を切って」と言う、「目撃者を増やすの。私達だけじゃなくて、他にも大勢の。私を切って走って逃げて」。言いながら突然、彼女は自分の左腕に包丁で切りつける。

テロリストから逆テロリストへ、自作自演の豹変である。林原はこうして〝コートの男〟になる。というより、彼を目撃した証人たちが〝コートの男〟に仕立てていくのだ。「そして、妙なことですが、その犯人も、僕だとは思えなくなった。……名前がついたことで、僕から、犯人が乖離していくみたいに」。

〝コートの男〟と名づけられた連続通り魔は、こうして林原から分離した魔物になり、分身になる。市高町には〝コートの男〟の数知れぬ幽体たちが、ゴーストのように出没しはじめる。

もう一本のテロのラインは、やはり一人の「壊れていく」女性から放たれる。中村文則のヒロインは「壊れていく」傷によって男を魅するように、読む人の心を彼女の心の暗さで魅する。暗い女の魅惑が中村の身上である。

「壊れていく彼女を見た時、僕は彼女を本当に愛するように思えました」。引用では「彼女」は横川佐和子、「僕」は林原だが、この組み合わせは、新たなラインで椎名めぐみと吉高亮介のデュエットに置き換えられる。

二本のラインは交差しないわけではない。椎名めぐみが中年の男性（西原誠一）とラブホテルに入って行く写真が、林原が恐喝男から没収したＵＳＢメモリに発見される。「妻子のあった西原誠一は、竹林に強請《ゆす》られていた可能性が大きい」。竹林とは、佐和子を恐喝し、佐和子に殺害された悪人である。

それだけではない。一緒にラブホテルの門をくぐる西原誠一は、椎名めぐみの実の父親であったのである。めぐみの母の椎名啓子は霊能力を持つ魔女タイプの女で、自分を裏切った西原誠一を娘のめぐみと関係させたのだ。

中島刑事の取り調べを受けた西原は、こう供述する、――「そのままホテルに行き、彼女［椎名めぐみ］を抱きました。そこで、僕の携帯電話に、恐ろしい電話がかかってきたのです。そこのスナック［西原がめぐみと出会ったスナック］のママからね／［……］その女はあなたの娘だと。／［……］そこのママは、椎名啓子。つまりめぐみの母親で、［……］」。

もっと恐ろしいことがある。「［自分の娘と分かった後でも］私はもう一度彼女を抱いたのです」。父親である西原に、このとき以上に娘のめぐみが美しく見えたことはないと言うが、このとき以上に救いのない破戒がおこなわれたこともない。椎名啓子は西原への復讐として、父と娘の近親相姦を取り持って、二人を地獄に落とそうとしたのである。

めぐみはこうして破壊された娘になり、午前二時の教会のベンチで通りすがりの男を待つ女になる。そこへ吉高亮介が通りかかる。「孤独な人間を引き寄せてしまうのかもしれない」と女性刑事の小橋さんは言う、「椎名めぐみという人は」。

めぐみをナンパした男たちの供述に、――セックスする度に「途中で泣かれ」と、ルフランのような繰り返しが入る。「泣かれ」という言葉が、教会のベンチで会った男と次々と寝るめぐみの、壊れた人格《ペルソナ》を照らし出す。

吉高亮介はテロに走る。めぐみと寝て棄てた男に次々と復讐する彼は、さながらに白刃で水が流れるように人を斬る『大菩薩峠』の龍之助か、「天誅や」と叫んで滅多切りにする『人斬り』の岡田以蔵である。「包丁を鞘から抜き、前にかざす」、「腕を高く上げ、包丁を振り下ろした」。

吉高は殺人マシーンと化する。「人ではない、別の何かになろうとしているのだと」、吉高のことを科原さゆりはそう考える。ニーチェの言う〈超人〉になろうとしているのだ。

タイトルの『あなたが消えた夜に』は、吉高亮介が手記で述べる――「あなたが消えた夜に、僕はめぐみの母親［椎名啓子］を殺すことを決め、めぐみの父親［西原誠二］を殺すことに決め、［……］あなたが消えた夜に、僕はめぐみを傷つけた者達を殺すことを決め、めぐみを強請った者［竹林］を殺すことを決め、あなたが消えた夜に、僕は破滅することを、人生を終わらせることを決めた」という壊滅のテロリスト宣言と、もう一つ、科原さゆりがエピローグで独白する、――「吉高さん、あなたが消えた夜に」に、かけてある。

この小説では、いろんな人が消えてゆく。めぐみも自殺し、吉高も毒殺される。

科原さゆりはしかし消えない。消えかかるが（自殺しかかるが）、思いとどまり、中島刑事の電話に出る。そこに誰もが消えてゆくこの小説の、消えそうで消えない、切実な希望の光がある。

通り魔《テロリスト》の哲学（『太陽・惑星』）

さて、本章の最後に上田岳弘の**『太陽・惑星』**を取り上げる。中村文則より二歳若く、一九七九年、兵庫県明石市生まれ。二〇一三年、「太陽」（新潮新人賞）でデビュー。一四年、「惑星」で芥川賞候補。同年、単行本『太陽・惑星』が新潮社から刊行される。一五年、『私の恋人』で三島由紀夫賞『異郷の友人』が同年下半期の芥川賞候補に選ばれている。

「太陽」はテロ小説のカテゴリーに入らないかもしれないが、後半に入って、舞台がパリの蚤《のみ》の市クリニャンクールに移るあたりから、俄然テロ文学の生彩を発揮する、――「例えば、大錬金からさかのぼること遥か以前、クリニャンクールの露天街で、勢いで買った絵をどこに置こうか思い悩んでいたチョウ・ギレンの目の前に現れた通り魔の心理状態も、［……］」といった調子。『百年の孤独』のガルシア＝マルケスを思わせる語りに乗せて（一例が「トニー・セイジは長い結婚生活の中で、高橋塔子を通り魔から救出した小屋の中での出来事を折りに触れ思い出した」）、「例えば」という副詞で切り出し、いきなりテロのテーマが鳴る。

上田岳弘が話題を急旋回する得意の手法である。「目の前にナイフを持った通り魔が現れたというのに、チョウ・ギレンは全く気づいていない」。チョウ・ギレンは成金の中国人。本篇のヒロイン高橋塔子が、ガイドとしてつき添っている。「［買った絵が安いか高いか］思考をめぐらしながら高橋塔子の前を歩くチョウ・ギレンは、突然閃《ひらめ》いた光に目を細める」。フルフェイスのヘルメットを被ったバイクの男の手にナイフがきらめいたのである。

ついで、〈テロリストの哲学〉と称すべき思弁が展開され、「大多数の通り魔がまるで偶然か運命そのもののように人々に死を与えることを望むのだ」と、通り魔、あるいはテロリストが、突発的に、偶然に従って人を襲うことが論じられ、それに応じて上田の文章もまた、とりとめもなく話柄を転じてゆく。

ここで上田の話法に準じて、本稿も三島由紀夫が「通り魔」を論じたエッセイに目を転じよう。三島に「魔」と題して原稿のまま残された短文がある（『全集』第31巻に収録。もう一篇、同じ表題の長めのエッセイがあるが、それはこの「魔」を敷衍したもので、「エピローグ」の三島を論じたパートで扱う）。三島に潜在するテロリズムの心理を分析した貴重なエッセイである。

嶋中事件への言及があるから、一九六一年（昭和三十一年）の執筆と推定される。嶋中事件とは、深沢七郎が「中央公論」一九六〇年十二月号に、短篇「風流夢譚」を発表したところ、翌二月一日、右翼の少年が中央公論社の嶋中社長宅に侵入、家人を殺傷した事件をいう。深沢の物議をかもした「風流夢譚」には、「美智子妃殿下の首がスッテンコロコロカラカラカラと金属性の音がして転がっていった」云々とあり、これが右翼少年の天誅というべきテロを呼んだのである。

三島がこの作品を推薦したとの風評が広まり（「中央公論」同月号に「風流夢譚」と自分の「憂国」を載せてはどうか、と三島が進言した、という説がある）、事件後、彼の身辺も警官が警護に当たるようになった。六〇年前後には（安保反対のデモもあって）テロが頻発した。そのことにスリルを覚えた三島は、いつもは何でもない夜の街が、普段と異なる相貌を見せることに一驚したというのである、――「夜十時すぎの町は、かつて私が見たこともなかつたやうな町に変貌してゐた。暗い百貨店や銀行や、すでにはねた映画館の前には、夜目にもしるく、風が白い紙屑をころがしてゐた。私は私の体が夜のなかへ、ぴつたりと、肉感的にめり込むのを感じた。久しいあひだ、東京の夜の町に何らの魅力を覚えなくなつてゐた私であるのに、この瞬間、夜の町は忽然として、その冷たい魚の肌のやうな新鮮さと、本源的快楽と、恐怖を取り戻した」「ともあれ、私は暗い濃厚な情緒に咽喉元まで涵《ひた》されながら、夜の新宿をあちこちとあてどもなく歩き廻つた。あらゆる町角が、大げさに言へば、殺意のある口をあんぐりとあけてゐた。刺客たちに充たされた町。本物の夜。私は久しいあひだ、こんなに本物の夜を見たことがなかつた」「まづ私は、自分を、理由の有無にかかはらず、狙はれてゐる人間だと信じることにした。この大都会のどこかから、一つの刃物の白い煌《きら》めきが私に向けられてゐた。（と信じることにした）私はチェックされ、選ばれ、登録されてゐた。こんな仮定は私を酔はせた。怖ろしい恩寵。……」（「魔」）。

六〇年代初頭、夜の新宿をぶらつく三島由紀夫の姿を瞥見《べつけん》できるエッセイだ。テロに狙われることによって、三島が〈逆テロリスト〉に変容するスリルを「恩寵」と受けとめる感覚が伝わって来る。

三島はそもそも通り魔を怖れているのか？　それとも通り魔になろうとしているのか？　通り魔なのか？　通り魔の標的《ターゲット》なのか？　主体なのか？　客体なのか？　ただ〈魔〉という名の物の怪だけが通りすぎていき、テロのスパイラルが回転し出す。

さすがパリのテロリストである

ここで上田岳弘の「太陽」に論を戻すと、こちらでは〈逆テロ〉ならざる〈本テロ〉の真っ最中である、――「彼［通り魔］はまず、薄着のアメリカ人男性の太鼓腹を刺し、続いてこれを見て悲鳴を上げたカレン・カーソン［国連組織の調査団の一員。人権侵害の疑いが持たれる「赤ちゃん工場」の調査のため派遣された。紅一点の美人］の肩口を刺した。その後その隣にいたトマス・フランクリン［同調査団の一人］の額に切りつけ、次にケーシャブ・ズビン・カリ［同調査団の一人。インド人博士］に狙いを定めてナイフを振るった。が、ケーシャブ・ズビン・カリは華麗に身をかわしてその攻撃を避けた。通り魔は勢い余ってよろけ、その脇にいた春日晴臣［同調査団の一人。主人公格の大学教授。日本ではデリヘル嬢の高橋塔子と関係を持った］に通り魔を押さえつけるチャンスが訪れたが、彼は動けない」。こんなふうに通り魔、あるいはテロリストのお陰で、小説の登場人物が次々と紹介されていくのである。

通り魔は逃走を試みる。そのとき高橋塔子とテロリストのあいだに、パリの詩人、ボードレールが『悪の華』の「通りすがりの女に」で歌ったような、一閃《いっせん》する瞳の交感が走る。「一閃する光、ついで夜、逃げ去った美しい人よ」とボードレールの詩にある。つまりフランス詩に冠たるダンディなボードレールも、「通りすがりの女」を追いかけるストーカーに変じる危うさを潜在させているということだ。

上田岳弘は舞台がパリであることを知悉して、知的なたくらみをしかけたのである。ただし上田の通り魔は、ボードレールのように女のまなざしに感電して、化石化したりはしない。もっと攻撃的かつ果敢だ。「通り魔は計画通り手ごろな女性を人質とし、具体的には高橋塔子の首筋にナイフを当てて、近づくな近づくと殺すぞと叫びながら、露店の裏手に入った。幌《ほろ》をかけて隠してあった500ccのバイクに人質を座らせ、自分は後ろから覆いかぶさるように座って、エンジンをかけた」と、東洋の美女を人質に取るところは、さすがパリのテロリストである。

一路、幹線道路を北上、ノルマンディーの風光明媚な港町ル・アーブルの、「潮風で錆びたトタン造りの廃屋」にバイクを停めた通り魔は、彼のテロリズム哲学を人質の高橋塔子にこう開陳する。それは本篇のタイトル「太陽」の開示でもあった、――「太陽のことだよ。あるんだよ、いつも。逃げられないんだ。た、た、た、太陽のことだよ。聞いてくれるかな？　ねえ、あんた、日本人でしょ？　だったら聞いてくれるかな？　こ、こ、こないだね、あんたらの国のニュースを見たよ。通り魔事件のことだよ。マニアだからね。ぼ、ぼ、僕は通り魔ではなくて、本当は通り魔マニアだから、み、見たんだ。七十二歳のおばあさんが、六十八歳のおばぁさんを刺して、こ、こ、こう言った。『あなたいくつなの？　私七十二歳なの』」。

こう喋くるおばあさんがいたとすれば、村上龍も感心する「オールド・テロリスト」だろう。「通り魔マニア」とは『人斬り』の岡田以蔵のことではないか？　「通り魔」の「魔」に憑かれた三島由紀夫のことではないか？

名前のない「通り魔」の語りは続く、――「じ、じ、じ、自殺するかわりに通り魔になるんだね。そ、それって同じことだからね。あっちを停止させるか、こ、こ、こっちが停止するしかな、ないからね」。こうなるともう三島由紀夫である。〈三島新兵衛〉である。

テロと自爆、刃傷と自刃、テロと逆テロが全速で回転する。「そ、それって同じことだからね」。

自殺と殺人が同じことだと言っている。テロのスパイラルの信条告白である。それにしても吃りのテロリストというのは、なかなか思いつけるものではない。

三島→ウエルベック→上田岳弘

もう一篇の長篇**「惑星」**で上田岳弘は、名前こそ出さないが、三島由紀夫に言及して、「幾分滑稽なまでに絢爛《けんらん》な露出と自己イメージそのままに、国を憂う態で自衛隊駐屯地で行った割腹自殺」について語っている。

次の一節は、三島由紀夫より始まって現代においてピークを迎えつつある、テロと内戦の時代への作者による深切なコメントであろう、――「［内乱の続く中東の紛争地の］父親は男性的な自己英雄視とコンプレックスの残滓がないまぜの状態でグループのリーダーから洗脳され、言われるがままに銃を手にとって戦闘を続けた末に亡くなり、母親は今子供がいる場所から1万2000キロ離れた場所で日々の空腹に耐えている」。あるいは、――「武装テロ組織が現れた時も、フレデリック・カーソン氏［『惑星』の主人公］は動乱そのものに興味を覚え、その核にあるものを読み取ろうとした」。「だが、時が経つにつれ、テロリストたちのほとんどは自然死を遂げていき、中には拒絶を撤回し肉の海［『惑星』が典拠とするタルコフスキーの映画『惑星ソラリス』に出て来るソラリスの海］に沈む者も出た。この運動によって産まれた子供たちは、グループの思想に染まるよう手塩にかけて育てられたにもかかわらず、大多数が肉の海に繋がることを選択する」。

あるいは、「惑星」に次ぐ上田岳弘の三作目の長篇、『**私の恋人**』から引くと、――「その集団［テロリズム集団］について言えば、新興宗教を持ち出すのではなく、既存の宗教［イスラム教］を真面目に信じているように見えるそのやり方が、功を奏している。同時代の主流勢力に政治的に敵対するために、相当数の敬虔な信者が実践している教義にかこつけて、見せしめの殺人や虐待を大がかりに行う。それらは紛れも無く許されざる悪事であり、あんなものに参加するのは間違っているが、人類が三周目［主人公のキャロライン・ホプキンスが考える人類の現段階］の最中にある今、自分が10年前に参加していた人道支援NPOよりも、このテロ集団の方が有効な動きをしているのかもしれない」。

テロ集団へのこの賛美でも批判でもない論説は、小説と論文の中間をゆく上田岳弘のスタンスをよくあらわしている。「太陽と鉄」の書き出しで、三島は言わなかっただろうか、――「このごろ私は、どうしても小説といふ客観的芸術ジャンルでは表現しにくいもののもろもろの堆積を、自分のうちに感じてきはじめたが、私はもはや二十歳の抒情詩人ではなく、第一、私はかつて詩人であつたことがなかつた。そこで私はこのやうな表白に適したジャンルを模索し、告白と批評との中間形態、いはば『秘められた批評』とでもいふべき、微妙なあいまいな領域を発見したのである。／それは告白の夜と批評の昼との堺の黄昏の領域であり、語源どほり『誰《た》そ彼』の領域であるだらう」。

しかし引例に見た上田の「秘められた批評」の源流《ジェネシス》は、本稿の「プロローグ」でテロ文学の代表として取り上げたミシェル・ウエルベックであろう。ウエルベックと上田には、三島由紀夫とそれに続くテロの時代への、現時点での微妙なアイロニーが看取されるのである。

一例を上げると、ウエルベックでいえば、こんなテロ事件の話題のランダムな挿入、――「オフィスの話題の中心は、前日のシャン＝ゼリゼで起こったテロ事件についてだった。爆弾はカフェの椅子の下に仕掛けられていた。二人が死亡した。三人目の女性は両脚を失い、顔半分を吹き飛ばされた。彼女はこの先ずっと歩けず目が見えない。僕はそれがはじめてのテロ事件でないことを知った。数日前にも、パリ市庁舎そばの郵便局で爆発があったそうだ。五十代の女性がひとり吹き飛ばされたらしい。僕は同時に、それらの爆弾がアラブ人テロリストによって仕掛けられたこと、彼らの要求がいくつかの殺人容疑で勾留されているテロリストの釈放であることを知った」（『闘争領域の拡大』中村佳子訳）。

一九九四年のデビュー小説においてすでにウエルベックは、二〇一五年十一月十三日のパリ同時テロを予見したということだろうか。この挿話は小説のストーリーとは何の関係もなく、まさにテロのように突発的に生起する。テロの突発性とエクリチュール（文章）の非連続性が連動している。この脈絡の欠如、断片性を、テロの文学的効用と呼んでいいだろう。あるいは、ウエルベックのタイトルを借りていえば、テロの〈プラットフォーム〉効果と。文学の断片化と。ここにウエルベックが上田岳弘に与えた明らかなインパクトを読み取ることができる。

上田はウエルベック『服従』のコピーに、「ウエルベックは〝宗教〟を越えた先、闘うべき対象の影を朧《おぼろ》げに炙り出した」との評を書いた。三島由紀夫→ウエルベック→上田岳弘というテロ文学の系譜が成立するのである。島田雅彦は朝日新聞の書評（二〇一五年九月六日）で、三島由紀夫賞を受賞した『私の恋人』を評して、「折々の自画像はミクロとマクロ、主観と客観が二重螺旋をなしている」と結論づけている。「二重螺旋」——本稿に言う「スパイラル」である。

以下にわれわれは、村上龍から三島由紀夫へ遡るテロ文学史の系譜をたどり、三島と龍、両者のテロリズムを突き合わせることによって、テロリズム分析の新たな射程を検証してみたいと思う。

第Ⅳ章

三島VS村上龍――『オールド・テロリスト』まで

村上龍、三島を論じる

もし仮に村上龍の長篇からテロ小説を選ぶとしたら、どのような選になるであろうか？刊行年代順に、まず『コインロッカー・ベイビーズ』（一九八〇年）は外せない。『五分後の世界』（一九九四年）と『ヒュウガ・ウイルス』（九六年）をテロ小説と見るか、どうか、きびしいところだ。この二作はやはり戦争小説と考えるべきだろう。『ピアッシング』（一九九四年）もアイスピックで女を刺すことに偏執的なオブセッションを示す男が出て来るが、彼のオブセッションは余りに個人的な妄想にとどまるから、テロ小説としては外さざるをえない。ついで『イン ザ・ミソスープ』（九七年）と『共生虫』（二〇〇〇年）。そして大作の『半島を出よ』（〇五年）と最新作『オールド・テロリスト』（一五年）と来る。

まず〈三島vs村上龍〉の論点から始めると、村上龍は三島由紀夫について目立った論評は書いていない。龍は作家に対して批評家的なスタンスを一切取らないことで知られるが、三島没後三十年の「新潮」二〇〇〇年十一月臨時増刊に寄稿した際にも、「三島由紀夫が自決したとき、わたしは西荻窪から横田基地の近くへと引っ越しをしていた」（龍は当時十八歳）と、最初から三島事件ではなく自分の引っ越しに話題を振る身振りを明らかにして、「借りたトラックを運転して福生へ向かっている途中、新青梅街道沿いのドライブインのテレビでそのニュースを見た」と素っ気ない。

ロックバンドを結成したり、8ミリ映画を撮ったり、劇団を作ったりと、自分のことで忙しかったのだろう。「自衛隊員を前にバルコニーで演説する三島由紀夫の映像を見て、いったいこの作家は何をしようとしたのだろうと思った」という。Ⅱ章でふれたが、春樹の『羊をめぐる冒険』で、ＩＣＵキャンパスの「僕」とガールフレンドが、音声の故障したテレビの画面に三島が映るのを見る場面と、よく似た反応である。

そのあと龍の論旨は、三島の死んだ一九七〇年とともに日本の高度成長が終わりを告げた、という時代認識に移る。そして二十世紀末、高度成長が支えてきた、「受け入れられる」「受け入れられない」という二元論が、「フラクタルに分散」することになった、と。

例えば、この国に希望はあるか、という問いを例に取って、「実にわかりやすい問いかけだ。きっとさまざまな人がさまざまな回答を寄せることだろう。もちろんその回答はすべて意味がない」と切り捨てる。なぜなら、この国に希望があるか、ないか、という二元論的な問いかけそれ自体が、フラクタルに解消されてしまったからだ。

龍は「三島由紀夫没後三十年に思うこと」と題したエッセイを、最後にもう一度、三島に話を戻し、――「わたしは三島由紀夫のイデオロギーがどんなものであったか知らないし、興味がない」と言う。「三島由紀夫について考えるとき、興味があるのは、三島自身及びメディアが、個人の問いを共同体の問いにすり替えてしまったのではないかということに尽きる」と結論づける。

「共同体の問い」とは「国家の問い」と言い換えてよいだろう。三島は個人の問いを国家の問いにすり替えたのか？　それこそ回答のない問いだろう。戦争の時代の二十世紀からテロの時代の二十一世紀へ、国家による戦争から組織によるテロへ、この転換を考慮するなら、三島のテロは大いなる予見の行為であったということもできる。

いま仮定として言えることは、三島はそういう来たるべき変化は百も承知で、いわば確信犯として、ああした大上段に振りかざした国家への問いを、三島一個の問いとして、逆説的に放ったのではないか、ということである。

村上龍の明快な、余りに明快な、一刀両断の論述に、三島由紀夫に関する彼の本音を期待しないほうが賢明なのかもしれない。三島に対する龍の批評は、あげて彼の小説――なかんずくテロ小説――に求めるべきだったのである。

フラクタルに分散する三島的二元論（『コインロッカー・ベイビーズ』）

『コインロッカー・ベイビーズ』の主人公はキクとハシの二人。赤ん坊のときにコインロッカーに捨てられた二人は、テロリストになるべく生まれてきたような怪物である。

普通なら死んでしまう状況で、キクとハシはサバイバルする。「ねえ、二人しかいないんだよ」とハシはキクに語りかける、「他のみんなは死んだんだ、コインロッカーで生き返ったのは、君と、僕の二人だけなんだよ」。

やがてキクは「世の中には健康状態や気象の僅かな変化で人を殺せる人間がいることがよくわかる」と考えるようになる、――それは「落下中のガラスの写真を思わせる。背景が流れ支えるものがないために落下しているのだとわかるガラスの写真。次の瞬間には割れているという予感、どんなに考えても原因は不明だが、まばたきした次の瞬間にはもう刃物を相手の喉に突き刺しているだろう、そう思わせる」。

龍が語るのは、ベルクソンが『創造的進化』で述べたような、角砂糖が水に溶ける瞬間の生成変化ということである。こういう生成変化を『イビサ』（一九九二年）では、――「自由というのはメタリックなざわめきである。あなた達はクローム鍋に入った水が沸騰するのをじっと眺めたことがあるか？　水はまず静かに大きくゆっくりと揺れその後クロームの光沢ある内側にびっしりと水泡ができ始める、この水泡こそ生命とメタルの出会いでありはるか昔溶岩と雨の隙間に生命が宿ったようにまた癌細胞の腫瘍をステンレスのメスが切り裂くようにこの現世のありとあらゆるスリルはそこからしか生まれ得ないものなのだ」。

ドゥルーズとガタリがベルクソンを援用して言うように（『千の高原《ミル・プラトー》』）、生成変化とは出来事の生起するプロセスを述べたもので、例えばテロリストになる人は、入念に準備して、しかるべき手続きを踏み、決死の覚悟でテロを決行するのではない。いわば無意志的に、知らぬ間にテロリストになる。気づいたときには、彼はもうすでにテロリストである。

テロという出来事の生起の瞬間は、振り返ることによってしか認識できない。この現在只今の不可知論のなかにドゥルーズ的な生成変化はあるのだが、ミシェル・ウエルベックは、この振り返ってしか知ることのできない、生成変化の切断面を〈プラットフォーム〉と名づけたのである（本稿「プロローグ」参照）。

そのように考えると、村上龍が三島由紀夫の11・25についての意見を求められて、七〇年に起こったこととして、一切の二元論が「フラクタル」に解消されてしまった、と語ったことの意味は大きい。これは龍のドゥルーズ／ウエルベック的な視点からする三島批判だったのである。

単純に割り切る危険を承知で言ってしまえば、三島由紀夫は二元論者だった。彼はテロリストになることを入念に準備して（「われわれは四年待つた。最後の一年は熱烈に待つた」と彼は「檄」に書いた）、蹶起《けつき》の日の朝には遺著『豊饒の海』最終巻『天人五衰』の最終原稿を「新潮」編集者に渡すべく用意怠りなく、しかも長篇の最後の三行――「庭は夏の日ざかりの日を浴びてしんとしてゐる。……／『豊饒の海』完。／昭和四十五年十一月二十五日」と、「完」に日付を打ち封印して揺るぎないものとした上で、自衛隊市ヶ谷駐屯地に乗り込んで行ったのである。

バルコニー前の広場に集まった自衛隊員にヤジや怒号を浴びせられ、時の宰相に「気が狂ったか」と誹謗《ひぼう》され、ピエロと憫笑《びんしょう》され、ドン・キホーテと嗤《わら》われることは、完全に想定内であった。一点の狂いもない決起であり、自刃だった。ひょっとしたら、森田による介錯が、一太刀で三島の首を斬り落とせなかったことが、唯一、想定外の出来事だったかもしれない。

三島のこの準備に準備を重ねた決死の蹶起には、『コインロッカー・ベイビーズ』で龍が述べた、「どんなに考えても原因は不明だが、まばたきした次の瞬間にはもう刃物を相手の喉に突き刺している」ということは起こらない。『イビサ』で彼が述べた、クローム鍋で沸騰する水の「メタリックなざわめき」、その「自由」はない。ジャンプはない。フラクタルに解消される意識の領域は存在しない。ウエルベックの〈プラットフォーム〉はない。

むろん意志の極限が無意志の極限とふれあう臨界点というものは存在する。『行動学入門』(一九七〇年)の「行動の計画」という章で三島が、日本刀が持つ非合理的な力にふれてこう述べるのは、ある意味で当然である、――「日本刀を振りかざす突撃といふ精神的な意味は、結局合理的計算と計画の行き詰まりを打破するものが非合理的な精神力にほかならないといふことを教へてゐるやうに思はれる。行動における計画は、合理性の極致を常に詰めた上で、ある非合理的な力で突破されなければならないといふところに行動の本質があるのではないか。しかも、そこでいつも働くのは偶然・偶発性の神秘な動きである」。

ここから「日本刀は鞘《さや》を抜いたときに独特の動きを始める」と、剣の持つ呪物的な力へ思考が赴くのだが、〈三島vs龍〉という論旨に沿って論じる限り、三島由紀夫は二元論者であり、村上龍はフラクタルな生成論者である。この論点は動かない。

キクとハシを診た精神科医は言う、――「この二人を［コインロッカーの中から］生き延びさせた強大なエネルギーはどこかにセットされて、ある時期に大脳の統合を妨げるのです。つまり二人のエネルギーは自分で制御できないほど、強いことになります」。

ガゼルという仲間がキクに、神経兵器「ダチュラ」の存在を教える、――「壊したくなったら呪文だ、ダチュラ、片っぱしから人を殺したくなったら、ダチュラだ」。でも、とキクは苦笑し、この街に住んでいたら呪文を唱え続けだろう、と言い、続けて「めくらねずみの瘤《こぶ》男にダチュラ、親子連れの乞食にダチュラ、泥酔の浮浪者にタクシーの運転手に厚化粧の掃除婦に、ダチュラだ、言葉は要らない」と応じて、『地獄の季節』のランボーのように、――「もう言葉はいらない。僕は死者たちを胃の腑に埋葬する。叫び、太鼓、ダンス、ダンス、ダンス、ダンス！」と宣言するのである。

実際、『コインロッカー・ベイビーズ』ではいくつかの呪文が誦される。キクやハシやアネモネはこんなマントラを唱える、――女友だちのアネモネが「右豚右豚左豚、右豚右豚時計蝶」、運動選手になったキクが「俺、今今今今今から、走るぞ」といったふうに。それは何か意味のある言葉というより、祈りとか呪いとか占いに近いマントラだ。

人気歌手になったハシの仲間は言う、――「ドイツ第三帝国の宣伝相ゲッベルスと全盛時代のジョン・レノンの声紋が酷似しているという報告があるんだがね、歌や声が熱を帯びると、どういう訳か聴く者を興奮させるタイプの人間がいる、そんな人の声には宗教的な響きがある」。

「殺せ、破壊せよ」

キクは運動選手として、ハシは歌手として、一種のカルト的な人気者になるが、ダチュラを服用した者については、こんなことも言われる、――「むしろ人間の形をした新しい生物が誕生すると言った方が正しい。服用者は絶大な快感の中で破壊を開始する。人体実験の報告によれば、瞳孔が拡がり、緑色の泡を吐き、筋肉が『鉄のように』硬く強くなるという。皮のフットボールを押し潰して破裂させた囚人兵がいたそうである。服用者は、目に入る物はすべて破壊し、生物を殺し続ける。彼は、殺されるまで止めない。殺す以外に彼を制する方法は、ない」。

ここから次のキクの叫びが発せられる、――「十七年前、コインロッカーの暑さと息苦しさに抗して爆発的に泣き出した赤ん坊の自分、その自分を支えていたもの、その時の自分に呼びかけていたものが徐々に姿を現わし始めた。[……] 殺せ、破壊せよ、その声はそう言っていた。その声は眼下に広がるコンクリートの街と点になった人間と車の喘《あえ》ぎに重なって響く。壊せ、殺せ、すべてを破壊せよ、赤い汁を吐く硬い人形になるつもりか、破壊を続けろ、街を廃墟に戻せ」。

しかし『コインロッカー・ベイビーズ』から聞こえて来るのは、こういう破壊と殺戮《さつりく》への叫びだけではない。これが龍の男性のヴォイスであるとすれば、それとは別の女性のヴォイスがあり、この両者の合体するところに龍のサイボーグのような男女両性具有の身体が生まれる。それはアネモネという稀有なヒロインの感化によるものであるにちがいない、——「下着を脱いでいつもキクがやってくれたように指を尻の間に当てた。指が冷たかった。尻は溝の奥まで鳥肌で埋まっていた。アネモネは尖った爪を尻の肉に突き立てた。体の震えが止まるまで長いことそうしていた。やがて尻の溝をヌルヌルしたものが流れ始めた。アネモネは爪の先を滑らせ脱ぎ捨てたナイロンの短いストッキングを摘んで尻の溝に押し当てゆっくりと動かした」。

尻の溝の奥まで鳥肌で埋めたアネモネ、ナイロンの短いストッキングを摘んで尻の溝で動かすアネモネ、ヌルヌルした液体と化したアネモネ。キクはアネモネの女性生成の作用の下に変成男子へと変化する。タイプは異なるが、三島の『奔馬』（『豊饒の海』第二巻）でヒーローの飯沼勲《いさお》が、『暁の寺』（同第三巻）の月光姫《ジン・ジャン》と合体した、男女両性の姿をあらわす場面を喚起させずにはおかない（本稿V章参照）。

「アネモネは爪先で近づいた。細い腱が足の甲に浮かんでいる。朱色のペディキュアが絨毯に埋まるたびに足の甲の細い腱が緊張する。俺は、コインロッカーで生まれたんだよ、でも、俺は、お前が好きだ、お前みたいなきれいな女は——、アネモネはキクの唇を指で塞いだ」

アネモネの薫陶には「言葉はいらない」のだ。ハシの次のようなオカマの姿は、キクとアネモネの一体化した両性具有者の精華である、——「ハシは少し痩せたようだ。慣れた手つきで小さな刷毛を使い目蓋に青い粉を塗る。生暖い風が部屋を横切るたびに、ハシの体から女の匂いが漂う」。

アネモネがモデルの仕事をしているスタジオからの帰り道、キクとアネモネが眺める西新宿の光景は、村上龍が三島由紀夫のイデオロギーには「興味がない」と述べ、結論として、新宿の超高層ビルの景色について「三島由紀夫や谷崎潤一郎は［こういう光景を］見ていない」と述べた、その京王プラザホテルを含む「十三本の塔」の眺めである、——「二人は西新宿の十三本の塔のまわりをグルグル回った。点灯された窓ガラスは巨大な象嵌《ぞうがん》となって空へ伸び、先端で点滅する赤いライトが塔の正常な脈拍を示している」。この三島も谷崎も見たことのない光景のなかで、キクはアネモネを誘う、——「カラギ島にダチュラを探しに行こう」「ダチュラって何？」キクは答える、——「東京を真白にする薬だ」。

キクがテロリストに変容する瞬間は、次のように記述される、——「テレビラジオのプログラム欄を見てキクは立ち上がった」。キクは何も考えない。ためらわない。一瞬のうちに、キクの身体にテロリストが立ち上がる、——「［テレビには］ハシの名前と写真があった。コインロッカーに捨てられた歌手、十七年振りに母親と再会。キクは何か言おうとするアネモネの口を手で塞ぎ、［……］ハシ待ってろよ、俺が何とかしてやるぞ」。

キクには母子再会のお涙頂戴シーンに我慢がならないのである。「キクは代々木公園に走り込んだ。目印のベンチの下を掘る。重い油紙の包みを解く。そして、四丁の散弾拳銃にそれぞれ実包を詰めるとスーツの下に隠しまた闇の中へ走り出した」。

キクがテレビ撮影のスタジオに行くと、ハシの母親ではなくキクの母親が登場している。「キクは叫び声をあげて散弾拳銃を構え引き金に力を溜めた。『……』／『止めなさい』／キクは振り向いた。うずくまった女が顔を上げて、止めなさい、ともう一度言った。／『あたしを、撃ちなさい』／女は立ち上がってゆっくりとキクに歩み寄った。『……』破壊せよ、お前が閉じ込められている場所を破壊せよ。キクは、降ってくる光の破片に向かって引き金を引いた」。

後になって少年刑務所に入ったキクは考える、――「あの女は間違いなく俺の、母親だ、俺を産んで、夏の箱に捨て、俺の力を奪い、肉の塊り、閉じられてヌルヌルした赤いゴムの袋になって俺に教えようとした、俺が一人になっても生きていけるすべてを一瞬のうちに教えようとした。あの時周囲の視線に屈せず、俺だけのために立ち上がり、俺の傍に寄って、俺だけに呟いた、俺はあの女を尊敬する、立派な母親だ」。

ここには母と子のセンチメンタルな和解はない。キクは自分をコインロッカーに捨てた母親を「許す」とは言っていない。「あの女を尊敬する」と言っている。互いに一人で立つ人間として尊敬する、と言っているのだ。

この比類なく美しいパラレル・ワールド

事件の後、キクとハシは有名になる。ハシのレコードは爆発的に売れ、キクは五年の懲役刑を科せられるだけで済む。しかし、おさまらないのはアネモネである、――「ダチュラを忘れたの？　ダチュラよ！　あんた、こんなのに騙されちゃだめよ！」と裁判の傍聴席から叫ぶ。

キクはアネモネの手引きで脱獄する。「旅館が片っ端から捜査されている頃」、アネモネとキクらは「純白のヨットスーツに身を包み、二百六十馬力のエンジンを二基搭載したハトラスのパワーボートを走らせ大島を抜け八丈島で堂々と給油し台風一過晴天の海を、カラギ島目差して全速力で進んでいた」と、いよいよテロリスト・キクの出撃となる。

一方、ハシは精神の変調を来して凶暴化し、妻のニヴァを刺してしまい、病院に入れられ、拘束衣を着せられる。ここには、サイコ・ホラーの傑作『羊たちの沈黙』（日本公開は一九九一年）で人肉を喰うレクター博士、恐怖のハンニバルに先駆けること十数年にして、村上龍が手に入れたおそるべき兇暴な囚人の姿がある、――「ハシの口にゴムの球が押し込められ顎を巻いてベルトでしっかりと固定された。ゴムの球はハシの舌の裏にヌルリと滑り込み歯に当ってびくともしなかった。ゴムの感触がハシを恐慌状態にした。何もしないから許してくれ、そう叫ぼうと思った。言葉はゴムに遮断されて出て来なかった。ガガガガガガガガガガガ、という音が洩れただけだった。ハシは足をばたつかせた」。

長篇は「遠くでヘリコプターの爆音が聞こえる」という書き出しで始まるパートから、いっきにコーダに向かう。ハシは囚われているから知らないが、病院の鉄格子の外では、キクらが撒いたダチュラによるテロで〈世界の終り〉の光景を呈しているのである。

この終章の比類のない美しさは、病院を抜け出すハシと、テロを敢行したキクが、一種のパラレル・ワールドを描いたまま、ついに出会わないことに存する。

キクとアネモネは車で新宿に向かう。その頃、精神病院のハシは大気中に妙な匂いを嗅ぐ。その少し前に、キクらがダチュラを撒布したのである。「キクはダチュラを摑んだ。十三本の塔が目の前に迫る。銀色の塊りが視界を被う。巨大なさなぎが羽化するだろう。夏の柔らかな箱で眠る赤ん坊たちが紡ぎ続けたガラスと鉄とコンクリートのさなぎが一斉に羽化するだろう」。

ハシは病院の檻を出て、強い臭気の流れる無人の街へ走り出す。ダチュラのテロで死と再生を迎える都市の、終末のヴィジョンには、戦慄《せんりつ》を呼ぶポエジーがある。

恐怖のサイコ・キラー(『イン ザ・ミソスープ』)

『**イン ザ・ミソスープ**』の主人公、フランクというアメリカ人ツーリストは、顔の皮膚が変わっていて人工的な感じがする男である、——「まるで大火傷を負ったあとによくできた人工の皮膚を貼りなおしたような」。

彼のアテンドをするガイドのケンジ(「おれ」)は、フランクを見ていると、「手足と首を切断されて殺され歌舞伎町のゴミ収集場に捨てられていた女子高生」の新聞記事を思い出す。フランクというのは会ったときから殺人者をイメージさせる、全身から危険なシグナルを発している男なのである。

その後、フランクの危険度は皮膚の色や冷たさによって、加速度的に増大していく、――「フランクの照れ笑いはまったく可愛くなかった。どちらかといえば恐かった。奇妙に人工的な皮膚が複雑な皺をつくって、顔の造作が一瞬壊れてしまったように見えた」。

顔（とりわけ皮膚）だけではない。そのセックスも普通ではない。今度はフランクの相手をした風俗嬢の話、――「それにおちんちんが、なんていうか、気持ち悪くて［……］。堅さがまちまちなのね、場所によって［……］シリコンとか真珠とかだったらあたしもわかるんだけど、そうじゃないの、それで顔がね、最初、暗くてわからなかったんだけど、ライトの具合で途中から顔が見えて、それが、あたしを見てるんだけど、ねえ、もう行っていい？　客と話してると叱られるから」。

話が途中で中断されるから、いっそうフランクの不気味さは増幅される。フランクは交通事故でロボトミーの手術を受け、前頭葉の一部を切り取られていたのである。彼はケンジの手を取って首のあたりに触れさせる。それは巨大な機械が並ぶ工場の「冷え切った金属の匂いがした」。でも、とフランクは言う、「どれだけ自分のからだが冷たいか、よくわからないんだ、脳の感覚機能が少し失われているし、自分のからだが本当に自分のものなのかわからなくなることもしょっちゅうなんだよ、［……］」。

フランクは自傷の痕で手首の皮膚を入れ墨のように盛り上がらせたマゾヒストの男だが、それだけではない。この男は自傷の〈逆テロ〉に殺人のテロを掛け合わせた、狂気のサイコ・キラーだったのである。

舞台は例によって新宿歌舞伎町。「お見合いパブ」で惨劇は繰り広げられる。えんえん十七ページに及ぶ、龍が書いたもっとも凄惨な鏖殺《みなごろし》の場面。ハリウッドのスプラッタムービーやホラー映画よりすごい。

この小説のホラーは、段階を追って恐怖を炸裂させるのではなく、むしろ淡々として、普通の出来事のように異常な事件が起こり、気づいてみるとケンジはその渦中に放り込まれていることに存する。切れ目なしに、スーッと恐怖のど真ん中に引きずり込まれる。そのプロセスにリアリティがある。

まず「おれ」は「軽く右手だけで」持ち上げられ、床に放り投げられる。目を開けると、男と女の足がすぐ前にある。マキの足の脹《ふく》ら脛《はぎ》には「濡れて光る赤く細い線」が延びている。血の線だ。「マキの顔は、顎の下にもう一つ大きな口があるように見えた。笑っているようでもあるそのもうひとつの口からは、コールタールに似た重そうな液体が溢れ出ている。マキの喉は大きく横に裂けていた。首の半分以上が裂かれている」。

ナイフで裂かれた顔が笑っているように見えるから余計怖い。次にフランクは「三番の女」にナイフを手に近寄る。女は「奇妙な動作を始めた。座っているソファの表面を爪で引っかくように、マイクを持った右手を小刻みに速く動かし始めたのだ。興奮して遊んでいる猫のようだった」。むろん女は必死で逃げようとしているのだが、体が震えて動けないのである。「フランクが目の前に来たとき、女はクリーム色のスカートの下から激しく失禁した」。

そのあと、おじさんの鼻がライターの火で焼かれたり、「鼻の回りの肉が溶け蠟《ろう》が垂れるようにぽたぽたと茶色の汁が落ち」たり、耳が「カマボコか何かがスライスされるように」音もなく切り落とされたりするが、一番怖いのは何といっても、おじさんの顔をライターで炙りながら、殺人鬼のフランクが「信じがたいことに、大きなあくびをした」ことだろう。「それは見たこともないような大きなあくびで、フランクの顔が破裂して中央に穴が開いたように見えた」。

ストックホルム症候群

この小説の怖さはしかし殺人のシーンに尽きるのではない。むしろ、大量殺戮《ジェノサイド》が終わった後で、フランクとケンジが歌舞伎町の夜にさまよい出してから、小説の底知れぬ怖さは増すように思われる。

ここでの疑問は、まわりに警官の姿を見ながら、なぜケンジは警察に助けを求めないか、ということである。なぜケンジはフランクから離れて、逃げ出さないか？

テロに遭って人質に取られた被害者が、テロリストになじんでしまい、過度の好意を抱いてしまう、「ストックホルム症候群」といわれる症状について、桐野夏生が『残虐記』でふれているが、龍もこの場面で、「極限状態で、犯人その人しか自分の生命を保障してくれるものがないとき、恋愛によく似た親近感が発生してしまう」例をあげている。

「なぜフランクはあの店で突然殺戮を始めたのか、そのことは考えても意味がない。おれがいくら考えても絶対にわからないからだ」とあるように、ケンジがなぜ一晩中フランクと付き合い、彼の部屋で一緒に夜を過ごし、あくる日は、フランクの要望に従って、除夜の鐘を聞くために勝鬨橋《かちどきばし》まで出かけて行ったのか、この殺人鬼が怖くなかったのか、という疑問には、おそらく「絶対にわからない」と答えるほかはないだろう。

言えることはただ一つ、ここにはテロのスパイラルと呼ぶべき力学がはたらいた、ということである。ケンジにもテロリストの資質があったのだ。ケンジにも、フランクのテロに反発するにせよ、共感するにせよ、恐怖するにせよ、感応するものがあったのである。ひと言でいえば、ケンジはフランクが好きになり、その暴力に魅せられたのだ。

ケンジと別れるとき、フランクは言う、――「一緒にミソスープを飲みたかったんだが。もう会うことはないから無理だ」。そして長篇の表題にふれながら、フランクはこの小説の、そして作者の、もっとも大切なメッセージを、こう表現する、――「もう［ミソスープを］飲む必要はない、ぼくは今ミソスープのど真ん中にいる、コロラドの寿司バーで見たミソスープには何かわけのわからないものが混じっていた、野菜の切れ端とかそんなものだ、そのときは小さなゴミのようなものにしか見えなかったけど、今のぼくは、あのときの小さな野菜の切れ端と同じだ、巨大なミソスープの中に、今ぼくは混じっている、だから、満足だ」。「何かわけのわからないもの」、「野菜の切れ端とかそんなもの」に混じって、群集の人の一人になって人混みに消えてゆく、この恐怖のレクター博士には（『羊たちの沈黙』のラスト参照）、龍が造型したもっとも戦慄すべきテロリストのヴァニシング・ポイントがある。

「共生虫」が暴力を起動する

『**共生虫**』は引きこもり青年の話である。不登校なので学校生活の描写などは一切ない。ウエハラと名乗るが本名ではない。「ウエハラには、両親が付けた名前があったが、不登校を始めてからその名前を自分で勝手に捨てた」。ジャンクフードと薬漬けで白く太ってしまった若者だが、彼には一つの「秘密」があった。

彼がたまに出かけるコンビニのレジの前で呟く、悪意に満ちた独白によると、「おれのからだの中には共生虫というやつがいて、それはおれを凶暴にするんだ。お前にはわからない。おれに何か言ってみろ、お前なんかすぐに殺してやる」、――そんな秘密である。

「インターバイオ」というグループから受け取ったメールに、こうある、――「共生虫（学名も和名もないのでこう呼ぶしかないのですが）の排泄物が特殊な精神異常発現物質を含んでいるという私的な報告もあるのですが、あなたはいかがですか？　たとえば、明らかな暴力願望あるいは殺人願望といったものがありますか？」この質問にウエハラは、パソコンの前で「あるぞ、ちゃんとあるぞ」と声に出して何度も確認する。

つまりウエハラは、『コインロッカー・ベイビーズ』のキクやハシ、『イン ザ・ミソスープ』のフランク同様、無差別殺人を繰り返すテロリストになる要素を持つ危険人物で、その動力因は「共生虫」という名の彼のうちに住む未確認生物にあったのである。

村上龍は彼のヒーローにおける、テロと逆テロのスパイラルを引き起こす力の源に、「共生虫」という名称を与えた。それは村上春樹の『1Q84』を起動する謎の存在、「リトル・ピープル」と同じように、善きものであるか、悪しきものであるか、それは分からない。ニーチェのいわゆる「善悪の彼岸」にあるものとしか言いようがない。

「サルバトーレ・アタマ」なるハンドルネームを持つ「インターバイオ」の一員からの長文のメールによれば、――「共生虫は、自ら絶滅をプログラミングした人類の、新しい希望と言える。共生虫を体内に飼っている選ばれた人間は、殺人・殺戮と自殺の権利を神から委ねられているのである」。

ウエハラはこの一文を呪文のように呟きながら、いまではこの引きこもり青年にとっては稀れなものになった外出の準備をし、「台所に行って、根元が少し錆びている包丁を手に取ってじっと眺め」る。「メキシコの神官のように、あの足の悪い女の心臓を共生虫に捧げようと思った」のである。

しかし結果として足の悪い女はウエハラに害をなす敵ではなかった。彼女は美味なココアをふるまってくれ、彼の人生を決めるような教訓に満ちた映画を見せてくれる。

それは戦前の戦争映画で、子どもが出て来るたびに、足の悪い女は彼の耳元で、「この子もあなたでしょう」「この子もあなたでしょう」と囁き続け、そのたびに彼は女の顔を見てうなずき、「自分が誰にでも何にでもなれるような感じだった」と思うのである。

観ているウエハラの笑いが凍りつく画面もある。次第にホラーっぽい龍式の世界に変わる。太腿のあたりで切断された人間の足、焼け焦げた死体、アメリカ軍との戦闘シーンが続く。「炎は椰子《やし》の木の傍の小さな穴の中に吹き込まれ」と、小説の後半に出てくる「穴」のイメージが喚起され、「やがて火だるまの兵隊が穴から飛び出して」来る。「火だるまの兵隊は地面に倒れすぐに動かなくなったがそのまましばらく燃え続けた。燃える兵隊を見つめるアメリカ軍の兵士はガムを噛んで」いる。「火だるまで手足をバタつかせながら死んでいく人間の映像」の後で、後に「バンザイクリフ」と名づけられるサイパン島の断崖から、両手を胸の前で合わせ、次々に飛び下りる日本の女たちの姿が映される。

〈龍→春樹→阿部〉新しいテロの文学史

女が見せてくれた映画には、重要なメッセージがいくつか含まれている。一つは村上龍の小説に戦前のアジアの戦争に係る映像が、深い意味づけとともに取り上げられたこと、とりわけ満州国をめぐるトピックは最新長篇『オールド・テロリスト』を準備するものであること、これはあるいは村上春樹の『ねじまき鳥クロニクル』におけるノモンハン戦争や満州国の問題から引き継がれたテーマではないか、ということ、そして、こうした戦前の中国東北部（満州国）に関する視点は、三島由紀夫には（短篇「獅子」「一九四八年」などを除けば）ほとんどまったく欠落していたということ。三島にあらわれるアジアのイメージは、『暁の寺』におけるインド（ベナレス）やタイ（バンコク）、せいぜい（返還前の）香港であって、満州国、韓国、北朝鮮といった東アジアは、おおむね欠落していた。

三島のこの欠落、この空洞を、龍と春樹はいわば挟み撃ちにするかたちで撃ったのだが、『共生虫』はその緒戦に位置する作品だったのである。足の悪い女はウエハラに、三島のこの空洞、この欠如、この「穴」へ下りて行くよう促したのだ。

ホラー大好きのウエハラは、ネットで検索して「防空壕」のページから「ホラークラブ」のホームページへ移動する。そこにも「防空壕（埼玉）」という項があったので、そこをクリックすると、「恐怖度：☆☆☆」とあって、最後に「ただ一つだけ言えるのは、ぼくのあとでその穴を覗いた友達の一人が死んで、もう一人も重い病気になったということです」とある。

さらに検索を続けると、「穴」というタイトルでエッセイを書いている人がいる。最初に夏の暑い日に洞窟へ入った体験が語られる。脅えて金縛りに遭ったりするのだが、洞窟から出た後で、「その洞窟の中にいれば良かったと思う。あのままあの洞窟の中にいれば、別の世界に行くことができたはずだ」（傍点引用者）。

その洞窟には、四国の島で作られたイペリットやルイサイトというびらん性の毒ガスが運び込まれ、本土決戦に備えて蓄えられていたのである。

もう一つの「穴」の体験は戦争中のことで、空襲があり、防空壕に避難したときのことだ。空襲警報が解除になって外へ出ると、墜落した爆撃機のアメリカ兵の処刑が行われていた。「捕虜は二人いて、大勢から、竹槍で腹を突かれていた。誰かが竹槍の先にくっついた捕虜の内臓を空に掲げて、万歳を叫んだ」。

関心をそそられたウエハラは、サイトではなく実地に、防空壕のある場所を探すことにする。そして「野山南地区整備計画の詳細」というページにたどり着く。ところが、この東京都と埼玉県の境にある野山南・瑞窪公園が、「ホラークラブ」の投稿にあった防空壕と同じ場所にあることにウエハラは気づく。

彼はそこへ出かけて行こうと思うのだが、その前に、スリープ状態にあったウエハラを起動させる傷害事件を起こしてしまう。錯乱して父親の頭に金属バットを振り下ろしたのである。「父親という概念と、実際の父親の記憶と、父親である初老の男の頭を金属バットで殴ったという事実がウエハラの中で統合されつつあった。それは不吉な絵柄のジグソーパズルが完成するのを見るような不快な感覚で、金属バットを振り下ろしたときの感触とも重なった。あのとき何かが割れたような感触が金属バットを経て手に伝わってきた。ズボンの裾についていた茶色のシミは血ではなかった。あれは脳の一部だったのだろうか」。

こういう問いを抱いたまま、ウエハラは瑞窪公園の奥深く分け入って行く。ウエハラの雑木林に入る歩行と呼吸（「からだの中に共生虫を感じた」）が、村上春樹の『海辺のカフカ』のコーダの部分で、四国の森に田村カフカが入って行くパートと同じビートを刻むことに注意したい。『カフカ』の春樹は龍の『共生虫』の音楽に耳を澄ませているのである。『共生虫』は二〇〇〇年刊、『カフカ』は二〇〇二年刊で、龍が春樹に二年先行している。

ところで、文学史的にいえば、この二作のちょうど中間の二〇〇一年に、阿部和重『ニッポニアニッポン』の主人公、鴇谷春生が位置している。とりわけ春生が、「俺はちゃんと知っていたぞ、俺には全部判っていたぞ、俺はいつも見ていたぞ」と呟くところは、ウエハラの口うつしであるし、春生が「新穂村トキの森公園」へ到着する場面は、ウエハラがパソコンの検索エンジンを使って「野山南・瑞窪公園」へ入っていく場面を明らかに〈引用〉している。龍→春樹→阿部の〈引用〉のスパイラルがある。

カフカ「流刑地で」

ウエハラは移動中でもノートパソコンを携行していて、板垣という男からこんなメールを受けとる。彼はそのメールを、「モニターの青白い光が、うっすらと雑木林を照らし」ている中で読む、――「インターバイオはそういう人［ネットに参加する人］の中でも、神経が細くて、傷つきやすくて、マインドコントロールがしやすいタイプの人間を選びます。［……］ネットの初心者で、神経質で、孤独で、樹木を愛する人で、それで格好のターゲットになったわけです。［……］ウエハラさん、あなたは7番目の犠牲者です。共生虫など、どこにもいるわけがありません。あなたはどこか秘密の場所に出かけると書いていましたね。それはどこですか？［……］あなたが今いる場所を詳しく教えて下さい。あなたは狙われているのです」。

これでは相手の正体がわからない。「インターバイオ」がウエハラをつけ狙っているのか。このメールを送って来た親切そうな板垣という人物が、ウエハラを尾行しているのか？

さらに彼は「ｋｋｋ」なるハンドルネームを持つ人物から次のメールを受けとる、――「おい、ウエハラ。返事をしろ。お前がどこにいるかなんてことはわかっているんだ。ＰＨＳでネットにつないでいるだろう。どこから発信しているかわかるんだよ。そんなこともお前は知らなかったのか。まったく、お前は猿以下だな（笑）。板垣卓というゴミのような男からメールきただろ（爆）。おれらインターバイオは何でも知ってるんだよ。［……］ウエハラ、お前はもう死ね。それしかないって。板垣のことを救い主だと思ったか。いいか、あいつが一番ワルなんだよ（笑）」。

こうしてネットのスパイラルが回り出す。〈板垣vsｋｋｋ〉のスパイラルである。どちらも相手を「ワル」（「ならず者」）と罵っている。一方はウエハラの味方らしく注意を呼びかけ、他方は「お前はもう死ね」と恫喝する。

ウエハラが野山南・瑞窪公園の問題の「穴」に下りて行くと、「赤玉筒」と「黄玉筒」とラベルに記された箱が見つかる。それは猛毒ガス「イペリット」の箱だったのである。

軍用放出品店で化学戦用の防護服とガスマスクを買ったウエハラは、駅前のカフェで「インターバイオ一同」宛で、「明日の午前中11：00には、［……］野山南・瑞窪公園の『緑の工場』でお待ちしています」とメールを打つ。

挑戦状である。いよいよ戦争だ。数分後に「了解」という短い返事が届く。「インターバイオの連中は今のところウエハラの想像の中だけに存在している。明日の午前中にインターバイオは現実となる」。

まさにネットの画面から現われ出たように、三人の男がやって来て、「緑の工場」の前に立つ。ごく普通のサラリーマン風の男たちである。三人はウエハラの防護服とガスマスクに驚愕する。

彼らが「緑の工場」の屋内に入ると、ウエハラは錆びた缶（例の「赤玉筒」である）を鉄の棒で突く、――地下鉄でオウムのテロリストが、サリンの袋を尖端を尖らせた傘で突き刺したように。「突き刺すたびに、死ね、と声を出した」。イペリットを浴びた三人は血を吐いて、のたうちながら惨たらしい死に方をする。それだけではない。「階段を転げ落ちたときに埃まみれになった男は機械の一部になってしまったように見えた。機械は丸太の表皮を剝ぐためのものだ」。この機械が作動し始めて、男はその「ギザギザした大小の歯車」でミンチにされるのである。

当然ここで龍は、カフカの短篇「流刑地で」の処刑機械を〈引用〉している。それはきわめて残酷なもので、受刑者は、エッゲ（馬鍬）と呼ばれる機械によって、針で身体に「掟の文句」を刻まれながら、ゆっくりと絶命してゆくのである、――「エッゲは震動しながら各尖端を身体に突き刺します。身体のほうはその上にベッドによって震動しているわけです。そこでだれにでも判決の実行を検査することができるように、エッゲはガラス製にされました。［……］身体のなかに掟の文句が書きこまれていくのをだれでもガラスを通して見ることができるわけです。どうです、もっと近づいてこられて、針をごらんになりませんか？」旅行者は立ち上がり、エッゲの上に身体を屈めて眺める。「どうです」と将校が言う、「二種類の針が何列にも並んでいるでしょう。長い針はわきに短い針をもっています。つまり、長い針が書いて、短い針は水を噴き出し、血を洗い落して、文字をつねにはっきりさせておきます。［……］」（原田義人訳）。

カフカvs村上龍。そのテロリズム（恐怖主義）の残酷さにおいて、いずれ劣らぬサディズムを駆使している。

ラスト・シーンは村上龍の場所――新宿に来る。そういえば『1Q84』の青豆も、ホテル・オークラでカルト教団「さきがけ」のリーダーを暗殺した後で、新宿にタクシーを飛ばす。龍、春樹、この二人とは世代もタイプも異にする三島由紀夫も、「魔」という短文では、テロの恐怖に身を浸すようにして新宿の夜の街を歩く。新宿はテロリストの落ち合う場所だったのである。

『共生虫』のラストのパートは、『コインロッカー・ベイビーズ』のラストのキクとハシを思い出すようにして、「ウエハラは新宿駅で電車を降りた」と始まる。キクが新宿にダチュラを撒いたように、ウエハラは新宿駅の連絡地下道にイペリットの缶を置く。「イペリットは缶から漂い出て地下に充満する。缶の蓋を開けて、床に置いて、そのまま立ち去ればいいのだ。そのあと戻ってきてボール状の腫れ物がからだ中にできた人々を眺めよう」。

ウエハラは駅前の人々の群れのなかへ入って行く。「どこにでも行ける」点景人物になったのである。彼は新宿の遊歩者 flâneur になる、——『コインロッカー』のヒーロー、キクやハシのように、三島由紀夫のように、レクター博士のように。「ネオンサインとビルの隙間に光の帯がはっきりと見える」。

『コインロッカー・ベイビーズ』から『共生虫』へ、村上龍は同じ「光の帯」を追って来た。「光の帯には、共生虫が導く未来が示されている」。その未来にはアポカリプス（黙示録）の火が燃えるのである。

〈三島→龍→ランボー〉荒野から荒野へ（『半島を出よ』）

さて、大作『**半島を出よ**』は、『共生虫』で喚起された東アジアの一角、九州の福岡を舞台に吹き荒れる前代未聞のテロリズムを扱う。この長篇が出版された二〇〇五年から数えて五、六年後、二〇一〇年から二〇一一年にかけて起こった、日本の国難ともいうべきカタストロフィを描く近未来小説である。

北朝鮮の「全身が凶器と化した」特殊戦闘部隊が、福岡ドームとシーホークホテルを占拠する。「あらゆる破壊工作技術と苛烈な撃術」を身につけた〈殺人機械〉のテロリストたちだ。作戦名は「半島を出よ」。

彼らの比類ない冷酷さは、福岡に上陸早々、チェ・ヒョイル士官が野菜売りの親子を殺す、おそるべき格闘技を見れば明らかだ。「やれ、というハン・スンジンの朝鮮語が聞こえて、一歩前に出たチェ・ヒョイルが息子の顔に向けてまっすぐ右の腕を突き出した。人差し指と中指が息子の目の中に深く吸い込まれた。息子の喉からひゅーっという風のような音が漏れた。悲鳴ではなく、恐怖と激痛で神経そのものが泣いているような音だった。父親は何が起こったのかわからないというふうに呆然と突っ立っている。付け根まで深々とチェ・ヒョイルの指が埋まった息子の目を覗き込むように見て、顔が真っ白になり、何か叫ぼうと口を開けた瞬間、キム・ハッスがその肩をつかむと同時に掌底で顎を砕いた。枯れ枝が折れるような音がして、父親は首を真後ろまでねじり、そのままキム・ハッスの腕の中に倒れ込んだ」。

あるいは、もっと先のことになるが、次の場面もすさまじい。高麗《コリヨ》遠征軍警察隊のタツ・チョランが、マエゾノという男を「風俗紊乱《びんらん》と不正金融取引と不正蓄財」の重罪で逮捕するとき、わきから顔を出したやくざ風の坊主頭の用心棒がショットガンを振り回す、――「その瞬間、マエゾノの左斜め後方にいたタツ・チョランがカラシニコフを構えると同時に坊主頭の男に向けて二発撃った。銃口からオレンジ色の火が噴き出すのが見えた。［……］弾丸の衝撃で頭部に空洞ができて、上昇した圧に耐えきれずに頭蓋骨が破裂し脳漿《のうしょう》があたりに吹き飛んだ。脳の一部は横川［西日本新聞記者］の顔にも付着し、テレビカメラのレンズを汚した。カメラマンはレンズの汚れを拭おうとしたが、撃たれた男を見てカメラを脇に抱えたまま立ちすくんだ。［……］男は顔の上半分を失いながらしばらく生きていた。ショットガンを持ったままの両手の指をぴくぴくとけいれんさせ、削り取られて半分になった顔を何度か左右に振った。そのたびに、魚の白子のような脳の残骸がブワブワと揺れ血が地面に流れ落ちた」。

この脅威のサイボーグ軍団を迎え撃つのは、日本の陸上自衛隊レインジャー部隊でもなければ、特殊急襲部隊（ＳＡＴ）でもない。アメリカ軍の特殊部隊でもない。福岡・大濠公園の外周にビニールシートの小屋を並べるホームレスの少年たちである。

彼らが日本の救世主になる。彼らは全員、『コインロッカー・ベイビーズ』の後裔《こうえい》たちだ。キクやハシのように、彼らは誰もが破壊への衝動に駆られている。阿部和重『ニッポニアニッポン』の鴇谷春生、車谷長吉『赤目四十八瀧心中未遂』の生島与一、三島由紀夫『午後の曳航』の登少年のような、テロリストの資質を持つ反抗的人間（カミュ）である。

「カネシロ［大規模テロの計画を持つ少年］はとにかく決起して街を破壊し人を殺しまくる機会が欲しいのだろう、とヤマダ［大量殺人鬼になることを夢見る少年］は思った。程度の違いはあるがそういう思いはヤマダも同じだった。街を破壊し、人を殺し、この世界を瓦礫《がれき》の山に、廃墟に、荒野に戻すのだ、というのがイシハラ［グループの首領］のもとに集まった少年たちの共通のビジョンで、その夢はいつか必ず実現すると確信を持つことで、ヤマダも、他の仲間たちも何とか精神のバランスを保っていたのだった」

廃墟に、荒野に戻す、……。私がランボーの詩に聴き取ったのも、この廃墟、この荒野の呼び声だったのである。それはまた三島由紀夫の「荒野より」聞こえて来る呼び声ではなかったか。「それは私の心の都会を取り囲んでゐる広大な荒野である。私の心の一部にはちがひないが、地図には誌されぬ未開拓の荒れ果てた地方である。そこは見渡すかぎり荒涼としてをり、繁る樹木もなければ生ひ立つ草花もない。ところどころに露出した岩の上を風が吹きすぎ、砂でかすかに岩のおもてをまぶして、又運び去る。私はその荒野の所在を知りながら、つひぞ足を向けずにゐるが、いつかそこを訪れたことがあり、又いつか再び、訪れなければならぬことを知つてゐる。／明らかに、あいつはその荒野から来たのである。……」（「荒野より」）。そしてランボーの次のアデン発の手紙、——「アデンは死火山の噴火口で、底には海の砂がつまっています。ですから、見るもの触れるものといっては火山岩と砂ばかり、どんなわずかな植物も生えようがないのです」（家族宛、一八八五年九月二十八日付）

ランボーもその荒野から来たのであり、『半島を出よ』のホームレスの少年たちも同じ荒野から来たのである。荒野から来て、荒野に戻って行くのである。

〈戦争機械〉〈ドゥルーズ〉としてのテロ

少年たちは最初、都市部のテロがトレンドになっている折から、「武装ゲリラの応援でドームに行くのは楽しそうだ」くらいのノリで、「祝テロ成功、熱烈歓迎北朝鮮ご一行様」という旗を作ろう、とお祭り気分でいたのだが、雁《がん》ノ巣《す》飛行場の跡地にアントノフ2型輸送機が編隊を組んで飛来し、次々と降下を始め、「最初に着陸した輸送機が滑走路の端で止まり、扉が開いて迷彩服の兵士が次々に地面に飛び降りた。全員がAK突撃銃やRPGで重武装していた。地面に降りた兵士たちは、低い姿勢であたりを見回すと、後続機の援護のために、全力疾走で周囲に展開した」という非常事態になり、テレビに重装備の北朝鮮軍兵士たちが映されるのを見るに及んで、にわかに態度を一変する。

テロと逆テロのスパイラルが回転し、「こいつらは敵だ」と宣言するのである、――「よく見ろ。[……]こいつらは敵だ。不思議なことに、まだ日本で誰もこいつらが敵だと宣言していないけど、ここでぼくちゃんたちは宣言しよう。こいつらは敵なんだ」。

少年たちは北朝鮮の兵士らを憎んでいるわけではない。どころかその武力と勇気を憧憬し、称賛しているかもしれない。それでも「蹶起」するのである。彼らにとっては敵を見定め、立ち上がり、戦うことが重要なのであって、敵が〈誰〉であるのかが重要なのではない。「自分の中の破壊願望の対象がやっと現われたのだった」。これは――次章で見るように――三島由紀夫と同じ立ち位置である。まずテロがある。敵は後からくっついて来る。

ドゥルーズとガタリが『千の高原《ミル・プラトー》』で述べたような、「戦争機械」が機能することが望まれるのだ。ドゥルーズ・ガタリは二種類の戦争の戦術がある、という。「戦争機械のノマドの戦術」と「国家の王の戦術」である。スラムのホームレスたちは、ノマド（遊牧民）として戦闘に参加するのであって、国家の戦争に駆り出されるのではない。ドゥルーズたちはイスラム教とキリスト教がともに砂漠のノマドの宗教であることに注目し、「戦争機械として構成された宗教［ここではとくにイスラム教を指す］は、恐るべき規模のノマディスム［遊牧性］、すなわち絶対的な脱属領化［定住せず遊牧すること］を動員し、かつ解放する。そして戦争機械と化した宗教は、移民たちを、彼らに寄り添うノマドによって、あるいは彼らが今まさになりつつある潜在的なノマドによって、移民とノマドという二重の存在と化するのである。そしてついには、形式としての国家に対して自らの絶対国家の夢を投げ返すのだ。こうした反転は、宗教の《本質》に属するというより、むしろノマドの夢に属している」（『千の高原《ミル・プラトー》』）。

大濠公園のホームレスの少年たちは、宗教こそ持たないけれども（「悪魔教」なる新宗教を信奉する者はいるが）、まさに「移民とノマド」が二重になった存在だったのである。

ドゥルーズとガタリの言う「反転」とは、テロのスパイラルそのものではないか。「形式としての国家」を体現する日本の政府が、北朝鮮の特殊部隊兵士を何と呼ぶべきか苦慮するとき、敵と味方があい乱れて見分けがつかなくなった、テロのスパイラル現象はもっとも端的にあらわれる、――「この北朝鮮の、反乱軍というわけのわからん連中だが、政府としてどう定義するのかということなんだ。これは侵略軍なのか、それともテロリストなのか、スパイなのか、あるいは武器を携帯した不法入国者なのか、まさかお客さんと呼ぶわけにもいかないだろう」。アメリカ国務省によれば、彼らは「北朝鮮からの武装難民」ということになる。現に日本のマスコミが過激派組織「イスラム国（ＩＳ）」をどう呼ぶべきか、苦慮している現況そのものである。

テレビ局のスタッフなどには、例のストックホルム症候群に陥って、テロリストである北朝鮮兵士に媚びを売り（「放送局の玄関前には、チョ・スリョンの到着を待つ十数人の女性たちがいた。今日は私服なんですね、と言いながら中年の女性が花を持って近づき、他にも何人か贈り物の箱を差し出す女性もいた」）、なかには恋愛関係に入る者もあらわれる（「細田佐紀子［アナウンサー］がビニール袋とハンドバッグを地面に落とし、両手をチョ・スリョンの首に回して、うれしい、と囁きながら唇を寄せてきた」）。福岡市民たちがテロリストと馴染み、和んでいく状況は、日常と異界が入り混じる奇怪なスパイラル現象を呈する。

混乱に陥る日本政府やマスコミや市民たちを尻目に、ホームレスの少年たちだけが、はっきりと「敵」を「敵」と名指し、密かに作戦を練り、果敢な戦いを挑む。それは、「目には目を、歯には歯を」のスパイラル精神を、少年らが身をもって生きているからである。

9・11ニューヨーク同時多発テロも真っ青！

リストラされた会社に乗り込んでダイナマイトで自爆した父親を持つタケグチは、高性能爆弾のエキスパートであるが、高麗遠征軍（政府の公式名称は「高麗遠征軍と称する北朝鮮のテロリスト」）。少年たちは「コリョ」と呼ぶ）の占拠するシーホークホテルを指さして、こう宣告する、――「あれを倒すのは、簡単じゃないけど不可能じゃない」。ホテルの柱に「V型成形爆破線」をセットして、アルファベットのMの字を逆さにした断面に塗り込むようにして高性能爆薬を詰める。これを何本か同時に起爆させると、逆M字の両端が押し広げられ、どんな頑丈なビルでも倒壊する。9・11ニューヨーク同時多発テロもまっさおの高度な戦術である。

もう一つ、奇抜な作戦が立てられる。シノハラという少年が飼育している大量の特殊なハエやムカデを、空調施設を使ってホテルに放つ戦法である。ハエは伝染病を媒介し、ムカデは噛むと猛烈に痛く、高熱を引き起こす。

少年たちはしかし実戦的な目的だけを考えて戦略を練るのではない。ユーモアの精神をもって、大笑いを取ることが必要だ。その点、龍は三島由紀夫の徒である。コリョの監視を突破するために暴走族の協力を得て、「コリョ・ウォンジョングン、マンセエエエエ」と大声で合唱しながらバイクでジグザグ走行してもらう。コリョの兵士は撃って来ないだろう、とシノハラは読む、――「最低の不良たちがコリョを讃美し、入隊を願っているのだと本当にそう思ってバカにしているのだ」。今日「イスラム国」の軍に入隊しよう志願する日本の大学生のようなものだ。

十二歳で新幹線をハイジャックし、祖父の日本刀で車掌を斬り殺した経験を持つトヨハラは、「葉隠と漢字で書かれたハチマキをして、布に巻いた小振りの日本刀を背負って」出撃するが、いうまでもなくこれは三島由紀夫の顰《ひそみ》に倣ったものだ。

ビニール袋に入れた一万匹のハエとタッパーウェアに詰めたムカデを、換気装置からシーホークホテルに放つときの次の一文は、まるで一篇の詩のように美しい、――「［空調や配管に詳しい］ヒノは、中洲スナックよっちゃんと黒い字で書いてある使い捨てライターに再び火をつけ、火口からオレンジ色の火を出して、やがて吹管のバルブをひねり青く細い火に変えた。青い炎の先端を斜めにしてダクトの表面につけると、まるで紙のようにあっという間にトタンが切れていった。三方を切り終わるのに数秒もかからなかった。ヒノは切断部分にドライバーを差し入れ、こじ開けるようにしてA3くらいの大きさの穴を作った。ゴーッという低い音が漏れてきて、シノハラはその穴にビニール袋を差し込み、良い旅を、と囁いて先のほうをカッターナイフで裂いた。ハエたちは、まるで大きくふくらんだタンポポのようになってあっという間にダクトの奥に吸い込まれ、見えなくなった」。

しかしこんな愉快なハエたちのダンスのようなテロがあるだけはない。「美しい時間」と題された章はまた、地雷が爆発し、手榴弾の炸裂する〈地獄の黙示録〉を開示する、――「見ろ、カネシロ［手首に無数のリストカットの痕を持つテロリスト］は部屋と廊下の死体と血の海を示した。

これがおれがずっと夢に見てきた世界なんだ。他にはもうどこに行ってもこんな世界はない。やっと見つけたんだ。だからおれはここに残る。自分でここを始末する。おれの世界だからおれが自分で壊すんだ。コリョが来たら即、来なくてもきっちり五分経ったら起爆するから、早く逃げろ」。そして次の対話で「美しい時間」の意味が開示される、――「どうして五分なんだ、とタケグチが聞いて、美しい時間は短いに決まってるじゃないか、とカネシロは答えた」。

占拠されたシーホークホテルは倒壊し、高麗遠征軍は壊滅状態に陥る。同日、日本領海ラインに達する予定の十二万の北朝鮮の後続部隊は、中国政府の勧告で引き上げていった。日本の国体そのものを脅かす侵略の危機は回避された。

――三年たったある日、イワガキという中学生は、また学校を休んで姪浜の倉庫にやって来た。姪浜には変なおじさんたちが住んでいる。すごい色をしたカエルを数百匹飼育しているシノハラというおじさんや、ブーメラン教室を海岸に開いているタテノという人の話を聞くためだ。

このおじさんたちには、いろいろな伝説がある。三年前にシーホークホテルを倒したのは、この人たちだという噂もある。タテノという人に確かめると、「バカ」と言われた。このおじさんたちはもう少し歳をとれば、龍の最新作『オールド・テロリスト』のヒーローたちの仲間か同類になるだろう。

満州国という主題（『オールド・テロリスト』）

その『**オールド・テロリスト**』は、現時点で村上龍の最新テロ長篇である。「おれ」という語りで登場するセキグチは、二〇〇〇年刊の『希望の国のエクソダス』の「おれ」、フリーの記者セキグチ・テツジ（関口哲治）の〈その後〉を生きている。

『希望の国のエクソダス』で記者として活躍していたセキグチは、『オールド・テロリスト』になると、表題どおりすっかり老けた姿で登場して来る。村上龍がこれほど老いた人物を主人公にしたことはない。「おれは、五十代で、初老とも言える存在であり、動物だったら群れのリーダー権と牝たちを若い牡にとっくに奪われ、死に場所を求めて荒涼たる草原をさまようような、そんな年齢だ」。

ヒロインのカツラギという「二十代の魅力的な女」とベッド・インしても、「まるでずっと前からそうしていたかのように、手をつないで寝た」というありさまである。一体どうなったんだろう。あのハードボイルドでダイハードな龍に、何が起こったのか？　SMプレイで勇名を馳せた『トパーズ』や『イビサ』のヒーローは、どこへ行ってしまったのか？　何かといえば「鼻をぐずぐずさせ」、「涙があふれ」、「鼻水をたらし」、「バカみたいに泣きじゃくっ」たりする。

これが本書の第一の特徴だ。老いということ。そして貧乏。『希望の国のエクソダス』から七年たって、大手週刊誌のフリーの記者だった「おれ」は、「まず仕事を失い、充実感を失い、家族を失って、最後に誇りを失った」。妻の由美子は「そんなあなたは見たくない」と言って、娘を連れてシアトルに去ってしまった。マンションを追い出され、若いアルバイト記者がやるような半端な仕事をして、「大久保の木賃宿のような四畳半のアパートに住んでぎりぎりの生活を続けた」。

そんな彼に、以前彼が勤めていた大手出版社の上司から電話がかかってきた、――「おい、関口、ルポを書いてくれないか」。これがすべての始まりである。

この電話による依頼は、小説のラストでオールド・テロリストの主要メンバーの一人、ミツイシが「書いてくれ」と頼む「例の件」と対になって、本書の円環を結ぶ構成になっている。「書いてくれ」に始まり、「書いてくれ」に終わる。セキグチは他の誰であるより、瘦せても枯れても「書いてくれ」と頼まれるルポ・ライターなのである。

第二の特徴は、これまで龍のうちに潜在していたテロリズムのテーマが、前面に打ち出されたということ。かつての週刊誌の上司からの依頼というのが、東大久保の将棋道場の将棋仲間だというヨシザキといういうじいさんからの電話で、NHKの西口玄関でテロをやるから、関口（と指名があったのである）にルポを書かせてやれ、という内容だったのだ。

さらにヨシザキなる謎の電話の主（これは「オールド・テロリスト」のボスの太田であることが判明する）は、本書の第三のテーマ、「満州国」という問題も、のっけから明らかにする、――「わたしは江戸っ子でも日本人でもありません、今でも満州国の人間なんです」。

ここには、東京で生まれ育った生粋の江戸っ子であることに自負を持ち、中国や満州を一貫して蔑視した三島由紀夫に対する、龍の側からする皮肉な揶揄がある。なにしろ三島の東京人としてのプライドたるや相当なもので、「笈《きふ》を負つて上京した少年の田舎くさい野心のごときものは、私にとつて最もやりきれないものであつた」（『私の遍歴時代』）と公言して憚らないのである。

電話を受けた上司は、「満州の人間、じゃなくて、満州国って言ったんだ。しかも、今でもってどういう意味なのかな」と不審に思う。

ルポの依頼を受けたセキグチにしてみれば、「だいたい満州国など、興味がなかった」とぼやくのだが、後になって、こう（本書を要約するようなことを）考える、――「だが、やがておれは、自分の無知を後悔することになる。満州国の亡霊とも言える人たちに、おれ自身と、そしてこの日本が翻弄され、やがて破滅の危機にさらされることになるのだが、そんなことが想像できるわけもなかった」。

これは村上春樹『ねじまき鳥クロニクル』第3部『鳥刺し男編』の「すべては輪のように繋がり、その輪の中心にあるのは戦前の満州であり、中国大陸であり、昭和十四年のノモンハンでの戦争だった」への龍の側よりする応答、あるいは挑戦だろう。〈龍vs春樹〉のバトルが満州という主題で闘われるとみてよい。

みずから斬首するテロリスト

ＮＨＫのロビーでは予告どおりテロが勃発し、ロビーは死屍累々の惨状を呈する。セキグチはさっそくウィークリー・ウェブマガジン〈ザ・メディア〉に、〈「テロの時代到来か⁉」『記者は目撃した』ｂｙ関口哲治〉というルポを書き、かなりの反響を呼び、本格的にルポ・ライターとしての復帰を果たす。

ＮＨＫのテロ事件に関連して、駒込の書道教室を取材すると、時代劇の扮装をした老人が剣を持って踊る場面にたちあう。カリヤと呼ばれる老人は、「前方を見据え、しばらく呼吸を整え、かっと目を開いたかと思うと、右足を踏み込みながら右斜め上に抜刀し、古畳表で作られた人形の顔半分を削ぎ落とし、そのまま刀身を左方向に回すようにして上段に構え、そのまま左斜め下方に振り下ろして首を切り落とした」。

人形の首にはちがいないが、斬首の光景である。このカリヤはオールド・テロリストのリーダーの一人で、ラストで原発テロが未然に発覚し、アメリカ海兵隊に襲われたとき、日本刀を手にして、「首が変な角度で曲がり動こうとしない」格好で死んでいた、とあるから（文体はマイナーな龍調で、三島流の格調高い名文ではなく、わざと格下げした下手な日本語にしてあるが）、11・25の三島の割腹と介錯をアレゴリカルに体現する人物であることが明らかだ。

書道教室を出しなにポケットに入れられた紙きれを見ると、「関口君へ。ようこそ。君に特ダネをあげるから、また取材して記事にしたまえ。来西杉郎　ＰＳ．ところで子犬たちの悲鳴は止んだかね」とある。最後のフレーズは映画『羊たちの沈黙』で食人鬼のレクター博士が、美貌のＦＢＩ訓練生クラリスに、「子羊たちの悲鳴は止んだかね」と言う警告の「メタファ」である。

その書道教室で知り合ったカツラギという女性は、来西を「キニシ」と読み、「キニシさんって、一人じゃないんですよ。たくさんいらっしゃるんですよ。どちらかと言えば、あの人たちのニックネーム、かな。これ、ほら、キニシスギオでしょう。あの人たち、いつも言うんです。ぼくたちは、いろいろなことを気にしすぎるから、だから名前をキニシスギオにしたんだよって。気にしすぎの人たちってことなんです」と解読してくれる。

「キニシスギオ」はテロ・グループ名だったのである。彼らは世の中の不義・不正を気にしすぎる、世直しを企む義賊でもあったのだ。

紙片にはマイクロフィルムが貼り付けてあり、スキャンしてみると、文字化けした記号と数字の羅列があらわれ、さらにデータを変換すると、稚拙な絵と文字が浮かびあがる。「気味の悪い絵だった。プロペラのようなものが描いてあって、それが回転し、人だと思われる形の、首の部分をはねている。人は自転車だと思われるものにまたがっている。頭と首の部分は、涙型の血しぶきをあげて宙に浮き、その背後に、手書きの、これもひどく稚拙なひらがなが並んでいる。／『おおたくいけがみやなぎばししょうてんがい@にじゅうろくにちゆうがたかな』」。「かな」と疑問形で終わるところが近頃のテロリストが声明で使う文体だが、これがまた次回テロの予告だったのである。

池上の柳橋商店街へ行くと、刈払機を使って街路樹を剪定していた男が、フルスピードで走って来たマウンテンバイクの男の首を刎ねた、——「ふいに男の顔だけががくんと垂れて視界から消え、次の瞬間、ただの筒になった首から血があふれ出して男のワイシャツがあっという間に赤黒く染まった。男の首は完全には切断されていなくて斜め後ろにだらりと下がり、マウンテンバイクはそのまま滑るようにこちらに向かってきた」。

皮一枚で胴体につながる首は、11・25で最初介錯に失敗して、落ちなかった三島の首を思わせる。

惨事はそれだけではない。犯人の若い男は、歩道を自転車で走る人々に抗議し、彼らに死刑を宣告するむねの「檄文」を読みあげてから（つまり犯人は大義を掲げるテロリストだったのである）、「向かってくる警官たちを見すえるように仁王立ちになり、スロットルを開けて刃の回転を最大に上げ、右手でハンドルを、左手でシャフト上部を持って、自らの首を差し出すようにした。［……］犯人は、高速回転する刃を自分の首に強く押し当てた。自転車の中年男と同じように、犯人の首も血を吹き出しながら後ろに垂れ下がった。そして、不思議なことに、犯人は倒れたりせずに立ったままで、しかも刈払機はしっかりと握ったままだった」。

檄文を読みあげ、最後は自分の首を刎ねるところも、三島由紀夫そっくりそのままの再現というほかはない。

龍の洗脳、三島の催眠術

刈払機で首を刎ねた犯人が通っていたクリニックを訪ねていくと、アキヅキというその心療内科医（この人も老人だ）は、「キニシスギオ」というテロ・グループの目的を語り、「本当に日本全体を焼け野原にすべきなんだ。それですべてが解決するんだよ」と告げる。

日本という国は根底からリセットすべきだというのだ。徹底した世直しの精神である。そういえば、三島由紀夫も同じ主義・主張の持ち主だった。彼が自決の年に遺した、「『日本』はなくなつて、その代はりに、無機的な、からつぽな、ニュートラルな、中間色の、富裕な、抜目がない、或る経済的大国が極東の一角に残るのであらう」という「果たし得てゐない約束――私の中の二十五年」の予言は、あまりにも有名だろう。

連続テロの背景にはこういう怒りと大義があり、セキグチも次第にその思想に染まっていく。「おれはどう転んでも、ひねくれ者で、しかも正真正銘の貧乏人で、人生の敗北者だ。だから、イデオロギー的には右も左もないが［こういうところは阿部和重や『人斬り』の岡田以蔵、『大菩薩峠』の机龍之助と同じ］、政治家や企業家など権力を持つ者が大嫌いだ」。「キニシスギオ」グループに共鳴する下地は充分あったのである。

セキグチは元文部官僚の山方に会うことにする。次のように語る山方は、「楯の会」を結成し、『英霊の聲』を書いた三島由紀夫の思想に、かなり近いところまでいっている、――「キニシスギオ」グループが若者たちを洗脳し、自爆テロへ誘導する理由にふれて、「特攻隊がなぜ美しいか、わかるか。彼らは、二十歳そこその若さで、国や、故郷、そして愛する人々を守るために、喜んで犠牲となった、彼らは、七十年後の今でも、尊敬され、英雄として崇められている、崇高で、偉大なものの犠牲になる、それがいかに美しく、素晴らしいかわかるか」。

むろん、三島由紀夫こそ、「洗脳」に関してはエキスパートというべき先駆的な思想の持主である。すでに一九五九年（昭和三十四年）の『不道徳教育講座』の一章「催眠術ばやり」で、今日でいえば〈サブリミナル効果〉といってよい「見えない広告」を語り、次のように述べている、――「きけば、このごろはテレビに『見えない広告』を入れるといふ技術ができたらしい。人の目に見えぬ程度の速度で、何度も何度も、／『三島石鹸をぜひ！』／『三島印チヨコレートほどおいしいものはありません！』／といふやうな文字を流すと、一生けんめい野球のナイターを見てゐる人の頭の片隅に、しらずしらずの間に、『三島石鹼』や『三島印チヨコレート』が刻み込まれ、さて明る日荒物屋や菓子屋の前をとほつたときに、思はず足が立止つて、／『あのう、三島石鹼ほしいんですけど』／と言つてしまふのださうであります」。

三島はこのエッセイを「前世の記憶」という「信憑性の十分でない」話から始め、「仏教の輪廻説」にもふれている。とすれば、彼が十年後、遺作『豊饒の海』で展開した「輪廻転生」の思想も、「二十世紀に入つてから、どうやら理性の信仰［が］疑はしくなつてきた」ことから生まれた、「催眠術」に似た「胡散《うさん》くさ［い］」思潮に乗っかったものにすぎなかったのか？

「輪廻」の証人である本多繁邦《しげくに》は、あの長篇で最初から最後まで「洗脳」された主人公（いわゆる〈信頼できない語り手〉）だったのか？　彼が最後に訪ねて行った月修寺で、門跡《もんぜき》（かつての聡子）が言う「それも心々《こころごころ》ですさかい」で、いっさいが幻に転じる——このときの本多は、初めて迷妄（洗脳）から醒めたのか？　その覚醒の場所はしかも、「記憶もなければ何もない」、月面のような荒野だったのか？　三島のやって来た場所、帰って行く場所は、短篇「荒野より」の「荒野」、本稿「プロローグ」で述べたランボーの砂漠と同じ場所だったのか？

「これらを考へ合はせると」と三島の思考は、ジョージ・オーウェルが『一九八四年』で予見し、村上春樹が『1Q84』で展開した、「思考犯罪」という重大な問題にいたり着く、——「もう独裁政治だの恐怖政治だのといふのは、完全に古くなつたと考へざるをえない「『1Q84』で言えば、「ビッグ・ブラザー」の支配するスターリニズムの時代は終わったということ」。むやみに高圧的に命令的に人間を押へつけるには、大へんな力が要るし手間が要る。軍隊も秘密警察も大へんな人数が必要になる。……それより、やんはりともちかけて、何ら抵抗を感じさせずに、『洗脳』してしまふはうが早道だし、洗脳の技術はますます進歩するでせう」。

　こういう洗脳についての思想は、「プロローグ」で論じたウエルベック『ランサローテ島』の「ラエリアン教団」なるカルトによる洗脳や、最新作『服従』のイスラム政権によるフランス人の洗脳に通じるもので、三島とウエルベックの繋がり、三島の先見性を物語るものだろう。『服従』には、こうある、——「もっとも攻撃的で挑戦的なジャーナリストでさえ、モアメド・ベン・アッベスを前にすると、催眠術にかかって骨抜きになってしまう」。

それ以上のことがある。「催眠術ばやり」で三島は、「ところで私は、ヘンクツな人間で、催眠術をかけられたくもなし、かけたくもない人間です」と、『服従』とは正反対の考え方を披露している。そして「人間なら誰しも何らかの形で催眠術をかけられてゐる当節であれば、何とか人間的特色を稀薄にしておく必要があります」とラディカルなことを言い、ついには「ネコに学ぶのが一番だと思ふ」という結論にいたるのである、――「ネコほど我儘《わがまま》勝手で、決して人の意のままにならない動物はなく、冷淡薄情な動物もない。ネコはおそらくもつとも催眠術をかけにくい動物でせう」、つまり、もっとも洗脳されにくい動物だから、「そこで私もネコにならつて〔……〕」、ネコのようにのんびり生きたい、と11・25蹶起《けっき》を決行するテロリストとは、かなり隔たった三島由紀夫にゆきつくのである。

ここまで明晰で醒めた認識を持った三島が、なぜ11・25の自決テロに走ったのであろうか？三島はあるいはすべてを見抜いていて、わざと〈洗脳〉された者の演技をしたのだろうか？本稿エピグラフに引いた三島の最初の長篇『盗賊』（一九四八年〔昭和二十三年〕）で言われるように、「或ることが自分の本心であるためには、まづ自分から催眠術にかゝつてしまふ必要があるらしい」ということだろうか？

ホラーと日常がモザイクに交錯する、龍のエクスタシー

さて、『オールド・テロリスト』に戻ると、次に事態が動くのは、カツラギに紹介されたミイラのような老人が死去して、そのお別れの会に行ったときである。会場で「はじめまして。ミツイシです」と自己紹介する六十代半ばの男が現れ、これがまた「オールド・テロリスト」の主要メンバーだったのだ。彼はセキグチとカツラギに向かって、「お二人に、ぜひごいっしょしていただきたい場所があるのです」と招待する、――「静岡の、ある有名な漁港のそばなのです。それで、その漁港に、小さくて、高級でも何でもないんですが、食堂があるわけです。漁協の市場の中にある食堂でして、生のシラスがとてもおいしいのです」。

口調は慇懃《いんぎん》だが、むろん、セキグチたちを超弩級の悪夢に誘い込む手口である。こうしてオールド・テロリストの陰謀の全容が明らかになる。彼らは静岡で浜松原発のテロを企んでいて、そのテロにルポ・ライターのセキグチを立ち合わせようというのである。恐怖と日常のモザイクが交錯するテロの網の目に、セキグチは否応なく絡め取られてゆく。シリアとの国境地帯で、トルコ経由「イスラム国」の支配地域へ入ってゆく人たちも、同じ洗脳を経験したのだろう。現にセキグチの傍らにいるのは、原発テロを企てる恐るべきテロリストなのである。セキグチはこんなふうに考える、――「ミツイシと会って、おれは、アメリカ軍に殺されたことになっているアル・カイーダの元リーダー、オサマ・ビン・ラディンを思い出した。サウジの大富豪の一族で、温厚な風貌で、話し方も穏やかだった。信望があり、原理主義者だけではなく、イ

スラムの、たとえばパキスタンなどの一般大衆にも絶大な人気があったらしい。とんでもないことをやらかす組織のリーダーというのは、たぶんそういうものだ」。

オサマ・ビンラディンと車で同席したと想像してみよう。セキグチが陥るのは龍独特の夢遊感覚で、『限りなく透明に近いブルー』以来の彼の読者には親しいものだが、この長篇では、そこに原発テロというテーマが入り、今までとは異なるバイアスがかかっている。いわゆる龍の〈エクスタシー〉が、ここでは恐怖（テロ）のエクスタシーに変奏される。そして甘美な洗脳状態に入っていくのである。

そのあとはホラーのオンパレードだ。太田が出て来る。カリヤが出て来る。そのたびにセキグチは卒倒する思いがして、安定剤を噛み砕かなければやっていけないような、すさまじいパニックに襲われる。

〈龍vs春樹〉の主戦場

カリヤのメルセデスに乗せられて、製麵機の修理工場に連れて行かれる。そこで原発テロに使う（旧満州から分解して日本に運んだ）88ミリ対戦車砲と対面するのである。「悪夢がそっくり現実になったような気分になる。どこか精密器機を思わせる複雑怪奇で巨大な兵器が、白っぽく無機的な蛍光灯の明かりに照らされて浮かび上がる。［……］禍々しく、グロテスクでもあり、また、黒光りする鉄を使った現代アートのようでもある兵器には、底部に車輪が取りつけられていて、老人たちが総出で前に押し出している」。

ここでは村上春樹の『1973年のピンボール』で「僕」が対面する、養鶏場の冷凍倉庫のピンボール・マシーン「3《スリー》フリッパーのスペースシップ」が、明らかに〈引用〉されている。むろん、ピンボールと88ミリ対戦車砲、ポップな軽カルチャーの感覚と黒いユーモアのホラー感覚、一九八〇の作品と二〇一五年の作品を、単純に比較するのは問題があるが、龍はここで春樹に逆襲しているのである。これは〈龍vs春樹〉決戦の主戦場であると見なさなければならない。

ここでもう一つ、本書のライトモティーフである満州国の秘密が解明される。オールド・テロリストのミツイシがこう説明する、――「それが全員［テロ・グループの三十人くらいのコアなメンバー］、父親のルーツが満州国なんです。それで、あのサノ先生［百歳を超えるミイラのような老人］をはじめとして、わたしどもの父親は、軍人も、政府の人間も、それに満鉄や昭和製鋼、それに満州電電などの民間人も含めて、どう言えばいいんですかね、まあ大ざっぱに言えば、満州の自立を目指すというか、関東軍の傀儡を嫌っていた人たちだったんですね。だから、中にはかなり危険な状況にある人もいました」。

その満州国の亡霊のような88ミリ高射砲の、今回は原発テロの試射ということで、「マルタ」と呼ばれる、テロ・グループに「洗脳」された人物を使って（ミツイシは「洗脳などというような、卑怯なことはしないし、無理強いもしない」「みんな、死にたがっているんだ」と説明するが）、原発から一キロ離れた「浜岡原子力館」を爆破する、というのである。

ルポ・ライターは使命を果たす

「マルタ」は自爆テロを敢行し、死んで「英雄」になる。「本当のことを書いて欲しいんです」とミツイシはセキグチに頼む、――「英雄たちのこと、そして、わたしたちのことです。[……]全部、書いてください。それが、あなたの役割なんです」。

そしてセキグチがルポ・ライターとして選ばれた本当の理由を、太田はこう説き明かす、――「セキグチ、いいか、お前が、選ばれたというのは、本当だ。誰でもよかったというわけじゃない。とにかくお前は、ぴったりだったんだ。88ミリ対戦車砲で原発を狙っている組織があるって、朝日新聞が書けるわけないだろう。連中は、結局、秘密保護法に負けたじゃないか。[……]おれたちのことを記事にしたら、今、日本国の唯一の希望である東京オリンピックが、間違いなく中止になる。[……]88ミリ対戦車砲で原発を撃つ、なーんて、お前以外、書いてくれる人間がいないんだよ」。

ここでセキグチは大いなるジレンマに逢着する、――ジャーナリストの使命に身を挺して「真実」を書くか。そのことは原発テロを容認し、日本を火の海にしてしまう危険を冒すことになりかねない。さもなければ、「オールド・テロリスト」たちを国家警察に訴えて、彼らを捕縛させ、死刑にさせるか。

切羽詰まった挙句、シアトルにいる妻の由美子のツテで、内閣府副大臣の西木に会って善後策を協議する。ぎりぎりの選択だが、これでもうオールド・テロリストの原発テロ謀議を国家の要人にリークしたも同然である。西木は内閣官房長官とアメリカ海兵隊の指揮官を同席させて、「結論から言います。ミツイシたちを、もう一度、この工場に集めてもらいたいのです」と切り出す。

オールド・テロリストたちは全員、アメリカの特殊部隊の手で殺されることになるのだ。セキグチとカツラギは蛍光管の織り込まれた「判別服」と呼ばれるベストを着て、攻撃からは守られる。カツラギの提案で、記念写真を撮影するという名目で、オールド・テロリスト全員に集まってもらうことになる。

セキグチが、「結局、ミツイシたちを売ったのだ」という罪悪感にさいなまれている折も折、驚くべきことに、ミツイシから電話があった、――「実は、来週、太田さんの工場に、みんなでまた集まろうと思っているんです。全員で記念撮影でも撮ろうかと思いまして」。しかも、セキグチたちには「判別服」を着て工場に来てくれ、というのである。

今やオールド・テロリストの真意が明らかになる。彼らはすべての情報をあらかじめ入手した上で、死を覚悟していたのである。これは三島由紀夫の市ヶ谷台における蹶起と同じ、「大義」による死といってよいだろう。かくしてセキグチは完全なテロと逆テロのスパイラルに巻き込まれる。

米軍の特殊部隊の攻撃を受けて、オールド・テロリストたちは次々と倒れていく。最初は太田である、――「［太田が］しかもだな、と話を続けようとしたとき、ハチの羽音のような音が、あちこちから聞こえてきた。何だ？ と土嚢《どのう》から太田が顔を出し、額のあたりにレーザーポインターのような小さな光が浮かんで、次の瞬間、炭酸水が勢いよく噴き出すような音が聞こえ、おれの目の前で、太田の顔の上半分が吹き飛んだ。何が起こったのか、わからない。プシュッ、という音が頭上で一斉に鳴りはじめ、ドローンだ、と誰かが叫ぶ声が聞こえる」。

無人機による総攻撃である。同志たちが次々と倒れていき、生き残ったオールド・テロリストは地下室に退避する。そこへ米軍の特殊部隊によってガソリンが注ぎ込まれる。「あいつらの手口なんだ」とミツイシは言う、「硫黄島と同じだ。地下トンネルの日本兵をガソリンと火炎放射器で焼き殺した。怖がらせるんだよ」。

テロにはテロを。テロのスパイラルだ。燃えあがる業火、――。「ミツイシの肩口からはまだ血が噴き出している。だが、ミツイシの目は輝いていて、一点の曇りもない。こんな人間に会ったことはない」。

ミツイシは太田の死にふれて、こう言う。これはミツイシと太田の遺言でもあろう、――「太田さんは、死ぬときの言葉を考えていたんだけど、言えなかったんだな。［……］いつも言ってたんだよ。おれは、ああ、面白かったと言って死ぬんだって、それが口癖だった」。

三島由紀夫も市ヶ谷で腹を切るとき、「ああ、面白かった」と言いたかっただろう。この瞬間、オールド・テロリストたち全員、太田もミツイシもカリヤも、『半島を出よ』の少年たちも、『午後の曳航』の登、『奔馬』の勲、そして三島自身も、死を賭けた同じ一つの志で結ばれたのである。

第V章

三島由紀夫と11・25の秘鑰《ひやく》——『金閣寺』、『美しい星』、『午後の曳航』、『奔馬』

小林秀雄の『金閣寺』評

『金閣寺』、『美しい星』、『午後の曳航』、『奔馬』――これら四篇の長篇小説に、三島由紀夫の11・25テロ蹶起《けっき》の秘密を探ることができる。

秘密だけではない。始まりも、原因も、経過も、帰結も、そこに見出すことができる。

まず『金閣寺』。昭和三十一年（一九五六年）刊。実質的なデビュー作『仮面の告白』（昭和二十四年）以来、著者畢生《ひっせい》の力作である。

三島は西暦でいえば一九二五年、元号では、大正が昭和に移る最後の年、大正十四年一月十四日の生まれで、その年齢が昭和の年号と同じになるから、本章「三島由紀夫と11・25の秘《ひ》鑰《やく》」は原則、西暦ではなく元号を優先することにしよう。

『金閣寺』は三十一歳の作。『禁色』（昭和二十六、八年）、『潮騒』（昭和二十九年）に次ぐ最重要の長篇で、一九五六年、読売文学賞を小説部門で受賞した。

小林秀雄は『金閣寺』刊行の翌年に「文藝」で三島と対談して（「美のかたち――『金閣寺』をめ

ぐって」）、これを「［放火を］やるまでの小説」、「動機小説」と評し、「小説っていうよりむしろ抒情詩」という（今では有名になった）定義を下した。

ドストエフスキーと比較して、ラスコリニコフの殺人は、告白に始まり世間・社会・法とぶつかるところへいくが、三島の『金閣寺』は「その逆」で、「コンフェッションの主観的意味の強調です」と跡づける。対して三島が、だから「ドラマが成立しない」と答える。それは換言すれば「フォーム」の小説で、「フォーム」――これを小林は（「形式」ではなく）「姿」と訳すべきだと言う――は、言葉が詩になる時にだけ成立する、というのが小林の論の骨子である。

三島は「フォーム」と「大問題」を対立させ、「ぼくは大問題ていうのは、非常に下品なことだと思って、嫌いなんです」と述べた。ここには後年（昭和三十九年）の大江健三郎との対談（「現代作家はかく考える」）における、三島の「細部」への偏愛と、大江の「全体」への志向の対立・葛藤がすでに予感される。「エピローグ」で扱う〈三島vs大江〉のバトルはこのあたりから兆していたのである。

小林には三島は細部とフォームの天才であるという評価があって、そこから「きみの才能は非常に過剰でね、一種魔的なものになっているんだよ」、「才能の魔だね。堕ちてもいいんだ」という結語へ導かれる。「堕ちてもいいんだ」は、11・25の自決テロと考え合わせると、暗示的である。

なお〈三島vs小林〉を11・25との関連で追ってみると、小林は三島の死の翌年、「新潮」の

「三島由紀夫読本」一九七一年一月臨時増刊号で「感想」と題した対話形式の一文を寄せ、「［三島は］政治もジャーナリズムも、言はば、自決の為の手段といふ風に行動した。そこにはつきりした悲劇性が現れるわけでせう。この悲劇性は、そのまゝを感ずる他はない」、この「事件の本質」に「何か大変孤独なもの」を見た、という発言をしている。

論を対談「美のかたち」に戻すと、『金閣寺』のラストで主人公が自殺を翻意するエンディングに関しては、小林は「［主人公を］殺すのを忘れたなんていうことは、これはいけませんよ。作者としていけないよ」と諭し、11・25市ヶ谷台の自決を暗に促すようなことを言っている、――「だけど、まあ、実際忘れそうな小説だよ」と。三島はこの言を記憶に留めて、その慫《しょう》慂《よう》の下、あの運命的な日に、小林の言葉を〈忘れず〉、自決を決行したということもできる。

「あれ［『金閣寺』］は独白だからね、生きてなきゃ書けないような体裁になってるから、困っちゃったんだろうね。（笑）」（小林）。語り手、すなわち「私」は、生き延びなければならない、というメルヴィル『白鯨』以来の問題だが、『金閣寺』と、これと並ぶ傑作の『奔馬』（主人公は自決する）との対比においても、また本章のテーマである三島の11・25の自決を考える上でも、『金閣寺』のラストで主人公が自決を思いとどまり、「生きようと私は思つた」と決意するのは、きわめて意味深い決断とみるべきだろう。

小林の言うとおり「魔的」な才能が結晶した作品で、三島自身もこれを超える長篇はついに書かなかった。昭和三十四年の長篇大作『鏡子の家』の不評が、躓《つまず》いたことのない三島の生涯における最初の蹉跌《さてつ》になった、と言われるように、『金閣寺』以後、しばらくスランプが続くのである。逆にいえば、『金閣寺』がそれだけ突出した傑作だったということだろう。

陰画《ネガ》としてのテロリスト

『青の時代』（昭和二十五年。「光クラブ事件」に材を取る）、『絹と明察』（昭和三十九年。近江絹糸労働争議に材を取る）同様のモデル小説で、実際の金閣寺放火事件に材を取っているが、事件はこの小説にとって触媒程度の効果しか及ぼしていない。

その点が同事件を扱った水上勉の『金閣炎上』との大きな相違である。車谷長吉は両篇を比較して、「三島の『金閣寺』を仮に傑作だとするならば、この作品〔『金閣炎上』〕もそれに劣らない佳品である」と述べた。「水上勉の『金閣炎上』は、実際の金閣寺放火犯人・林養賢の生涯を丹念に取材して書いた実録小説」、「水上勉の私《わたくし》小説」と評し、対して「三島は私小説を書かなかった作家である。その作品は基本的に三島の想像力によってなされた、本格小説である」と評した（「二つの『金閣寺』」『文士の魂』所収）。〈本格小説vs私小説〉の抗争に関して的確な評だろう。

ここで筆者は『金閣寺』を本格小説として論ずるが、本格小説のなかでもドストエフスキーの『罪と罰』、『悪霊』やカミュの『異邦人』のような殺人、ないしはテロを主題とした小説として『金閣寺』を論じた場合、どんな光景が見えてくるだろう。

「私は歴史における暴君の記述が好きであつた」と巻頭近くにあるように、舞鶴に生まれ京都に出て、田舎の寺の住職であった父の遺言で、金閣寺の徒弟となった「私」（溝口）は、吃音に悩む孤独な青年だが、ローマの暴君皇帝ネロのような生えぬきのサディストの資質を持ち、「私を焼き亡ぼす火は金閣をも焼き亡ぼすだらう」と、テロリストの面目を躍如とさせていて、先の大戦中のことで戦火が京都に迫るころになると、「私はただ災禍を、大破局を、人間的規模を絶した悲劇を、人間も物質も、醜いものも美しいものも、おしなべて同一の条件下に押しつぶしてしまふ巨大な天の圧搾機のやうなものを夢みてゐた。ともすると早春の空のただならぬ燦めきは、地上をおほふほど巨きな斧の、すずしい刃の光りのやうにも思はれた。私はただその落下を待つた」とあって、大戦下の大空襲と、（やがて11・25の自決で三島の首を介錯によって落とすことになる）剣の刃の一閃が、同じ破局の下に捉えられるのである。

この一文からすると、11・25の「檄文」に言う「われわれは四年待つた。最後の一年は熱烈に待つた。もう待てぬ」の、「四年」とか「一年」とか「もう待てぬ」とかの切迫した状況は、『金閣寺』刊行の昭和三十一年から自決の昭和四十五年までに経過した十四年ものあいだ、引き延ばしに、引き延ばされた、〈差延 différance〉（デリダ）の年月と考えることも可能だ。『金閣寺』には、こうある、――「六月二十五日、朝鮮に動乱が勃発した［昭和二十五年（一九五〇年）、北朝鮮が国境の38度線を越えて半島を侵攻した国際紛争。林養賢による金閣寺放火はこの年の七月二日に起こった］。世界が確実に没落し破滅するといふ私の予感はまことになつた。急がなければならぬ」といったふうに、主人公は金閣の炎上と世界の滅亡を等しく透視する、非情な黙示録の徒と化している。その意味で溝口は、三島の長篇に現れた最初のテロリストということができる。すでに『仮面の告白』の「月報」に、「この本は私が今までそこに住んでゐた死の領域へ遺さうとする遺書だ。この本を書くことは私にとつて裏返しの自殺だ」と書いた三島である。人をも自分をも殺さなかったという意味では、『仮面の告白』の「私」同様、『金閣寺』の溝口はまだ〈裏返しの〉テロリストであったといってもよい。70・11・25で彼はこれを表に返したのだ。ネガをポジに焼いたのだ。

「南泉斬猫」という公案

この陰画《ネガ》としての金閣放火というテロに関しては、『金閣寺』で二度にわたって取り上げられる「南泉斬猫《なんせんざんみよう》」という公案が参考になる。「難解を以て鳴る公案」で、ある山寺に一匹の仔猫が現れ、その猫を捕えた者たちの間に争いが起こる。南泉和尚は、「大衆道《い》ひ得ば即ち救ひ得ん。道《い》ひ得ずんば即ち斬却せん」と衆に問いかける。衆のなかに答える者があれば猫は助けよう。答える者がいなければ、猫は斬るであろう、というのである。

衆の答はなかった。南泉は猫を斬って捨てた。日暮れになって、高弟の趙州が帰って来た。南泉が事の次第を述べると、趙州は「たちまち、はいてゐた履《くつ》を脱いで、頭の上にのせて、出て行つた」。

これは後に溝口の友人でニヒリストの柏木が言うとおり、その意味が「猫の目」のように変わる公案で、金閣寺の老師によると、南泉和尚が猫を斬った剣は「殺人刀《せつにん》」であり、趙州が頭に乗せた履物は「活人剣」であるという。本稿の論旨に即していえば、「殺人刀」と「活人剣」のスパイラルといってよい。「殺」と「活」、死と生のスパイラルである。『金閣寺』では、この「南泉斬猫」のテロリズムに、溝口による金閣への放火テロが重ねられる。

この公案はもう一度話題になり、『臨済録』の「示衆《じしゅ》」の章にある、「仏に逢うては仏を殺し、祖に逢うては祖を殺し、羅漢に逢うては羅漢を殺し、父母に逢うては父母を殺し、親眷《しんけん》に逢うては親眷を殺して、始めて解脱を得ん」、というテロリズム宣言ともとれる一文と結んで、柏木がこれを口にする場面にあらわれる。

柏木によれば、「南泉和尚の斬つたあの猫が曲者《くせもの》だつたのさ」ということになる、「あの猫は美しかつたのだぜ」。「猫が美の塊まり」であったとは、溝口の側からすれば、この猫は金閣寺のメタファになるだろう。仏を殺し、祖を殺し、父母を殺し、親眷を殺し、猫を斬り、金閣を焼く。ここにテロリスト溝口の萌芽、あるいは陰画が見えるのである。私たちはこの「示衆」の章が、放火直前の溝口によって、もう一度取り上げられるのを見る、——「裏《うち》に向ひ外に向つて逢着《ほうぢやく》せば便《すなは》ち殺せ」と。これは内外において自己とぶつかる者があれば、これを殺せ、というテロリストの当為に他ならない。

「その日が来た」

ここに溝口に次の問いが生じる、——「なぜ私が金閣を焼かうといふ考へより先に、老師を殺さうといふ考へに達しなかつたのか」と。ここでは金閣を焼くことと老師を殺害することは同義である。すなわち金閣放火と殺人という二つのテロは、いっそう近接して来る。こうして「私はさつき心にひらめいた一つの意味へ向つて、確実に一歩々々近づいてゆく」。その「意味」とは「残虐な想念」である。老師を殺すか、金閣を焼くか、というテロの想念である。いまだ名指されざるテロリズムである。しかしまたここに「殺人とは永遠の誤算である」との反省が彼に生まれる。老師は溝口の「残虐な想念」から消え、「金閣の不壊《ふゑ》の美しさから、却つて滅びの可能性が漂つてきた」。老師を殺害するのではなく、「金閣を焼かなければならぬ」という決意が生じる。

ここよりラストの放火までは一歩である。彼は百錠入りのカルモチン（睡眠薬）の瓶を買い、「西陣署南隣りの金物屋で、刃渡り四寸ほどの鞘附《さやつき》小刀を九十円で買つた」。『奔馬』の飯沼勲《いさお》ならテロに起《た》つ前に、「〔銀座の〕菊一文字で短刀一口《ひとふり》と同じ白鞘の小刀一本」を買うだろう。三島その人なら、11・25のための名刀「関ノ孫六」を用意するだろう。

溝口は「鞘を払って、小刀の刃を舐めてみる。刃はたちまち曇り、舌には明確な冷たさの果てに、遠い甘味が感じられた」。これはもう明瞭に孤独なテロリストの誕生を告げる、自決を決意した覚悟の振舞いになっている。

「その日が来た。昭和二十五年の七月一日である」。そう、今ではわれわれは、これを「昭和四十五年十一月二十五日」と置き換えることができる。

関口は「一人、敷いた寝床の上に坐つて」、「鹿苑寺に沈澱する夜」を計る。「もうぢきだ。もう少しの辛抱だ」と彼は思う、「すべてが広大な野の姿で私の前にひらけ、密室は滅びるのだ。……それはもう目の前にある。すれすれのところで、私の手はもう届かうとしてゐる。……」。ブランショやデリダが思い描いた〈到達〉という概念（デリダのブランショ論『パラージュ』参照）に、三島はここで逢着しているのである。

到達する？　しかし、何に？　無に？　「虚無がこの美の構造だつたのだ」、と夜の内に燦《さん》然《ぜん》と輝く金閣を前に「私」は考える、「そこで美のこれらの細部の未完には、おのづと虚無の予兆が含まれることになり、木割の細い繊細なこの建築は瓔珞《やうらく》が風にふるへるやうに、虚無の予感に慄へてゐた」。虚無を内にはらんだ金閣が「未完」であるとは、金閣が「完全を夢みながら完結を知らず、次の美、未知の美へとそそのかされてゐた」ことを指す。

この金閣、この虚無を、「天皇」であるとする平野啓一郎の解釈がある（「『金閣寺』論」『モノローグ』所収）。首都・東京に「空虚な中心」としての天皇の皇居を見た、ロラン・バルト（『象徴の帝国』）に近い考えである。「即ち作品に於いて〈天皇〉がほぼ完全に不在であるということを、むしろ〈金閣〉こそが〈天皇〉のメタファであることの暗示として読むことが可能であろうか？」（「『金閣寺』論」）。平野の論はこの問いに沿って進められるが、とすれば、すでに火を放った溝口に、「[金閣の]この火に包まれて究竟頂で死なうといふ考へが突然生じた」ことを、どのように解すればよいのか？　あたかもカフカの「掟の門前」におけるように、究竟頂《くきょうちょう》の扉を開けようとしても開かず、何度も必死に戸を叩く溝口が、「ともかくそこに達すればいいのだ」と思い、「その金色《こんじき》の小部屋にさへ達すればいい……」と、恋闕《れんけつ》の情をもって思ったという、これは天皇との心中、相対死を意味するのか？

　しかし溝口は、「拒まれてゐるといふ確実な意識」に促されて、究竟頂から、——すなわち平野の言う「天皇」から——身を翻すのである。彼は逃げる。「韋駄天のやうに」駈ける。左大文字山の頂きに至る。

　眼下では金閣寺が火の粉を撒きあげて炎上している。溝口は小刀とカルモチンの瓶を谷底めがけて捨てる。煙草を一服する。「生きよう」と思う。

　三島の市ヶ谷台における最後の自決が、『金閣寺』の最後のページに記された「——一九五六、八、一四——」という日付から、待ちに待ってついにやって来た、「『豊饒の海』完」の後に記される、「昭和四十五年十一月二十五日」という日付に至る、無慮十四年間の時間のうちに宙吊りになる様を、この瞬間、私たちはまざまざと見るのである。

異星人・三島由紀夫（『美しい星』）

『金閣寺』が悲劇であるとすれば、同じ美という主題を追う『美しい星』はコメディである。

ブラック・コメディである。『金閣寺』に続くテロ小説として、昭和三十七年（一九六二年）刊の長篇『美しい星』を取り上げよう。

一般に三島の作家としてのキャリアにおける転機としては、昭和三十四年刊『鏡子の家』の失敗（作品としては決して失敗作ではないが、文壇の評判はなぜか非常に悪かった）が挙げられ、翌三十五年の六〇年安保闘争における空前のデモが挙げられる。これに呼応するようにして、安保の翌年一月には、三島のさらなる転機を画する短篇「憂国」が発表された。七〇年の11・25蹶起まで、あと十年に迫った時のことである。

「憂国」は小説執筆後五年の昭和四十年（一九六五年）に、三島自身の監督、主演で映画化され、大きな反響を呼んだ。フランスのツール国際映画祭にも出品され、グランプリこそ逸したが次点になった。腹を切る三島、はみ出す腸、口から噴き出る白い泡、そのそばで膝行しようとして進まず、顔いちめんに涙を散らす妻……、五年後の市ヶ谷台の割腹自決を予行演習しているようである。

三島の政治思想を時代で画するとすれば、六〇年から七〇年にいたる十年間の日米安保条約をめぐる運動との関係において、彼の思想の変遷を捉えることができる。彼は時代の過激化する思想に敏感に反応し、その十年のあいだに彼の政治意識はいちじるしく先鋭化した。『美しい星』にも時代の影響は顕著で政治的な主題が見え始めている。

三島の政治観は彼の終末思想と深く結びついている。『美しい星』とは「空飛ぶ円盤」（今ではUFOでさえ古くなり、死語の一種かもしれない）のことだが、これは「世界の終り」の思想と無縁ではない。円盤の飛来を希求する者は、この世の終りと、救世主の到来を希求するのである。

三島は「空飛ぶ円盤」に対する子供じみた情熱を隠さなかった。「この小説を書く前、数年間、私は『空飛ぶ円盤』に熱中してゐた」と彼は「読売新聞」に告白し、「朝日新聞」には、「空飛ぶ円盤」に関する情報を「秘密結社のニュースのやうなもの」として、熱心に友人から教えてもらった、と告白した。おなじ頃、こんな振舞いに及んだ、――「私も一度どうしても大型のかがやかしい円盤が、夏の藍いろの星空の只中から、突然姿を現はしてくれるのを期待して、夏になると、双眼鏡を片手に、自分の家の屋上に昇らずにはゐられない。これをわが家では『屋上の狂人』と呼んでゐる」（「社会料理三島亭」）。さらに『不道徳教育講座』の「お化けの季節」には、――「ところで私は、石原慎太郎氏や黛敏郎氏と共に、『空飛ぶ円盤研究会』の会員であつて、去年の夏などは、大ぜいの会員と共に、日活ホテルの屋上で、いつまでたつてもあらはれぬ円盤にひたすら憧れつつ、何時間も双眼鏡を目にあててゐたほどのマニヤであります」。

キッチュなもの、奇矯なことを好む三島は、「空飛ぶ円盤」の大ファンだったのである。ボディビルや剣道ほど長続きはしなかったが、一過性のものとしてであれ、「空飛ぶ円盤」の飛来を待ち望んだということは、『美しい星』の終末観を考える上で無視できない。澁澤龍彥によれば、三島と澁澤は「顔を合わせれば大抵、幽霊だとか、空飛ぶ円盤だとか、心霊現象だとか、あるいは日本の平田神道だとかいったような、いわゆるオカルティズムの話題が出たものである」(『三島由紀夫おぼえがき』)。

三島自身を宇宙人と見なす人もいた。村松剛は『美しい星』執筆中の三島は、「半ば宇宙人になりかかっていた」と評した。「狭山に今夜UFOが降りるのだといってヤッケをまとい水筒と双眼鏡と雑嚢とを下げ、」〔新潮社編集者の〕菅原氏の表現によれば『何ともいいようのない恰好で』深夜現地に出かけて行った」(『三島由紀夫の世界』)。

ずっと後になって、問題の昭和四十五年、「この年の十一月十八日、一週間後が自決の日だから、日付を憶えているのだが」と前置きして、三島を師友と仰ぐ野坂昭如は、ホテル・オークラで開かれた谷崎賞受賞パーティの会場からエレベーターに向かう通路で、何人かの取り巻きを率《ひ》き連れて宇宙人さながらの風貌を衆人にさらす、死の直前の三島の貴重なポートレイトを紹介している、――「顎をひいてうつむき加減、額が目立ち、ややがに股気味で、脇目もふらずエレベーターへ向う。かたわらの椅子に、推理作家が三人いたが、物の怪のよぎるのを、見送る態だった。後から思い合わせてのことじゃなく、かなり異様な雰囲気をまつろわせていたのだ」(『赫奕たる逆光』)。顎を引く、といえば、やはり三島の友人の澁澤龍彥だが、「とくに私の記憶に残っているのは、いつも顎をぐっと引いている姿勢だった」と言い、「それはなにか受身のマゾヒズムを暗示する特徴と私には見えた」と、的確な指摘をしている(『三島由紀夫おぼえがき』)。

『美しい星』を収めた『全集』第10巻の口絵写真は、昭和三十七年に東京文化会館の三島を俯《ふ》瞰《かん》撮影したものだが、まわりから孤立して、威風辺りを払う黒の盛装でピシッと決め、黒のネクタイに真珠のタイピンを光らせ、太い眉の下に眼光炯々《けいけい》として、両手をポケットに隠して颯爽と立つ姿は、「空飛ぶ円盤」からパーティ会場に降り立ったばかりの異星人をほうふつとさせる。

良き終末論者と悪しき終末論者

『美しい星』には二種類の終末論者が登場する。善き終末論者と悪しき終末論者である。前者は人類の救済を訴え、後者は人類の破滅を目論《もくろ》む。前者は宗教的なメシア思想に傾き、後者は破壊的なテロリズムに傾く。

黙示録《アポカリプス》の主題を扱った三島の長篇にあって、『美しい星』が特異な点は、『金閣寺』、『午後の曳航』、『奔馬』においてはプラスの面で捉えられるテロリストが、ここでは、もっぱら醜悪で滑稽なマイナス面を負荷された人物として描かれることである。この点は『美しい星』の二年後、昭和三十九年（一九六四年）に発表された『絹と明察』と事情が似ていて、主人公の社長・駒沢善次郎ではなく、脇役の左翼活動家・大槻にテロリストの心情を担わせ、「大槻はその［駒沢社長の］嘘、その不正直、その偽善に憤激して拳を固めた。これ以上の心の卑しさは想像することもできない、と彼は思つた。このよく企まれた感情の福祉施設に、今すぐ爆弾を投げつけてやりたい思ひを大槻は耐へた。彼の心は凍つてゐた」とあって、これは『奔馬』の薫が抱懐してもおかしくないテロリズムの思想で、テロリズムが左右両翼に適用される好例だろう。

テロを主題とする本稿の関係上、後者の悪しき終末論者から見ていこう。三人のテロリスト予備軍といってよい人物が登場する。こちらが悪の結社の成員であるとすれば、もう一方は善の結社の成員になるが、もともと終末論というものが、善にも悪にも転ぶスパイラルな性格を持つものである以上、二種の終末論者を対比させる善悪の別も、便宜的なものとならざるをえない。

『美しい星』においてはこの善悪のコントラストはあざといまでに鮮明で、それがこの小説の「一種のトラジ・コミックの味」（前掲「読売新聞」の『美しい星』自評）を醸しており、その狙いは充分成功している。善玉と悪玉をはっきり区別してぶつかり合わせるのは、どちらかというとエンターテインメントの手法で、その意味でも三島は今日のサブカルチャーを先取りしている。

羽黒真澄は仙台市の大学の四十五歳の万年助教授、曽根は羽黒の勤める大学の門前に店を張る床屋の主人、大男の栗田は羽黒の大学の教え子で、同じ床屋で羽黒と知り合いになった。いずれも三島にとっては好ましからざるタイプの悪役の面々である。

この怪しい雰囲気の三羽鴉が悪の結社を結成し、埼玉県飯能市に資産家の大杉一家が結成する「宇宙友朋会」に戦いを挑む、——「集まつてもらつたのは他でもないが」と羽黒は他の二人の配下に切り出す、「例の『宇宙友朋会』が、巡回講演会にまで手をのばして来た。しかもどこでも大入満員で、東京では侮りがたい人気を得て来たのを知つてるかね。大杉重一郎といふのは、ただのたはけた半気違ひだらうと思つてゐたが、それだけのものではなささうだ」。

この三人があるとき「空飛ぶ円盤」を目撃するわけだが、それは彼らにふさわしく拙劣に描かれた戯画のようにちゃちな代物である、——「ふしぎな円い銀いろのものが浮んでゐた。一寸《ちよつと》見ると静止してゐるやうだから、［……］雪の屑が青空に飛散して、そこに止まつてゐるとも見える」。あるいは、「泉ヶ岳の左方にも同じやうな円盤が現はれてゐた。このはうは水すましのやうに、そこらあたりの空を駈け廻つてゐた」。「雲の屑」とか「水すまし」とか、空飛ぶ円盤の醸し出すオーラは微塵もない。

一方、大杉家の人々が見る円盤は、この長篇の美の核を構成する、まさにブラックホールのような魅力を放って、すこぶる生彩がある。一家の主人の重一郎が見る円盤は、——「あたりの低い家々の屋根の上に、一機の円盤が斜めに懸つてゐた。／それは薄緑の楕円に見え、微動だにしなかつたが、見てゐるうちに片端からだんだんに橙《だいだい》いろに変つた。それがものの四五秒のうちだつたと思はれる。急に円盤は激しく震へをののき、まつたく橙いろに変り切つたと思ふと、非常な速度で、東南の空へ、ほぼ四十五度の角度で一直線に飛び去つた」。

羽黒たちの見た円盤と違って、こちらは金閣寺さながらの比類のない美しさである。重一郎はほとんど宗教的な至福を味わう、——「それはまぎれもなく、ばらばらな世界が瞬時にして医やされて、透明な諧和と統一感に達したと感じることの至福であつた。天の糊がたちまちにして砕かれた断片をつなぎ合はせ、世界はふたたび水晶の円球のやうな無疵の平和に身を休めてゐた。人々の心は通じ合ひ、争ひは熄《や》み、「……」」。

それは平和と諧調の無何有の郷《エルドラド》であり、羽黒たちテロリストが夢見る、どす黒い邪悪な破壊のイメージの対極にあるものだ。「その瞬間に彼は確信した。彼は決して地球人ではなく、先程の円盤に乗つて、火星からこの地球の危機を救ふために派遣された者なのだと。さつき円盤を見たときの至福の感情の中で、今まで重一郎であつた者と、円盤の搭乗者との間に、何かの入れかはりが起つたのだと」。

奇妙なのは、このとき重一郎がひどく眠くなり、朦朧《もうろう》とした意識の状態に陥ることである。彼は円盤に驚くのではなく、むしろ麻酔にかけられる。麻痺してしまう。そして人格の交代を体験するのである。村上龍の『オールド・テロリスト』やウエルベックの『ランサローテ島』、『服従』に見た、「洗脳」が重一郎を見舞っている。つまり「空飛ぶ円盤」はそれを見る者に、疑似カルト宗教的なマインド・コントロールの効果を及ぼすということである。

換言すれば、重一郎も一概に善玉の主人公とは言えなくて、「空飛ぶ円盤」信仰に毒された頭のおかしい人物、という善玉／悪玉のスパイラルする視点を、作者は用意していたのである。

父の見たこの「空飛ぶ円盤」に不信の念を抱いていた暁子もまた、同様の神秘体験をする。彼女の場合はもっと戦慄《せんりつ》すべき驚異の円盤との遭遇である、――「『星』は奇怪な動きを示し、忽ち暁子の頭上に迫つて来た。すでに暁子は杉木立に囲まれた人気のない神社の広庭に立つてゐた。頭上にあるのは銀いろにかがやく円形の物体であつた。それはゆるく杉木立の空を廻つてゐた。暁子は戦慄した。／それは渦状の動きで、だんだんに円周を窄《せば》めながら廻つてをり、銀灰色の下辺が宝石のやうな煌《きら》めく薄緑に染つてゐた。暁子は声をあげて叫ばうとした」。

まことに神の降臨にも見紛う円盤の飛来である。暁子は恍惚として、「自分は多分金星から来て、惑星間の会合ともいふべき、この宇宙人の家族に属してゐることをたうとう肯《うべ》なつた」。

善悪二種類の種族の円盤体験を見たわけだが、両者ともに精神医学に言う解離性障害に近い状態に陥っていることを指摘したい。羽黒一党は憎悪によって、大杉一党は愛によって、自己が俗世から離脱してゆくエクスタシーを味わっている。

この余りにも暗き小ヒットラー

羽黒たちの場合、それが次のような悪しきテロリズムの幻想を生みだす、――「羽黒は内ポケットから螺子《ねぢ》回しを取出し、さわがしい連れを背後に、さつき栗田が硫酸をふりまいた柵に凭《よ》つた〔螺子回しも硫酸も、彼らが世界を呪詛するのに使うテロリズムの武器である〕。／彼は螺子回しの尖端を、かがやく市街の遠景へさし向けた。それを廻せば、人間の社会の機構の歯車の一つが弛み、何度か廻せば、その歯車は抜けてぽろりと地に落ちるだらう。〔……〕その欠落は次々と崩壊を生み、つひには全機構が崩折れて息絶えるだらう。彼の青い額は静脈を浮き立たせ、鼻孔の奥はかすかに痛み、掌は冷たい汗のために魚のやうに濡れてゐた。彼の無力は知れわたってゐたが、彼の内に撓《たわ》められた暗い権力は、まだ誰にも知られていなかつた」。

ヒットラーに似た陰惨な権力意志の持ち主の誕生を告げるポートレイトだが、この暗い悪意の権化のような人物が、『金閣寺』の孤独なテロリスト、溝口（「私」）の後裔《こうえい》、その一面を伝える悪の片割れであることもまた、おさえておく必要があろう。

戯曲『わが友ヒットラー』（昭和四十三年）を書いた三島が、次の自作評を残したことも、参考にしたい、——「ずいぶんいろんな人に、『お前はそんなにヒットラーが好きなのか』ときかれたが、ヒットラーの芝居を書いたからとて、ヒットラーが好きになる義理はあるまい。正直のところ、私はヒットラーといふ人物には怖ろしい興味を感ずるが、好きかきらひかときかれれば、きらひと答へる他はない。ヒットラーは政治的天才であつたが、英雄ではなかつた。英雄といふものに必須な、爽やかさ、晴れやかさが、彼には徹底的に欠けてゐた。ヒットラーは、二十世紀そのもののやうに暗い」（「『わが友ヒットラー』覚書」）。同様に、羽黒をヒットラーに喩えるにしても、羽黒は余りに暗いと指摘すべきだろう。

貴種流離する一家

この羽黒一派に対立する、「爽やかさ、晴れやかさ」に欠けていない大杉一党に関しては、大杉家の令嬢、ヒロイン暁子のその後にふれよう。

彼女は金沢に住む竹宮という男性と文通し、この人こそ自分と同類の金星人であるという確信を抱く。彼女は金沢に出かけて行き、竹宮と会い、互いにその美しさに感動する。そしてともに円盤を目撃するという奇蹟を共有するのである、――「そのとき暁子は、黒い雲の堆積の只中にきらめく一点をみとめた。彼女は竹宮の肩をゆすつて注意を促した。／一点は二点にふえ、それが又三つになつた。ぐんぐん大きくなつて海の上へ下りてきた。編隊を組んでゐるのである。斜めになつて三機が近づいたとき、はじめて明瞭な円盤の形をとつた。西空の光りを受けて半面はきらきらし、頂点の緑いろの蓋のゆるやかな廻転もつぶさに見えた。それらはほんの四五秒、海上を遊弋《いうよく》すると、三機ともいつせいにぴたりと空中に止り、黒い雲の三つの妖しい瞳のやうになつた。……するうちに、三機はおのがじし激しく身を慄《ふる》はせ、灼熱するやうに機体がみるみる杏子《あんず》いろに変つて、……さて、突然、海面と直角に、おそろしい速度で翔《かけ》り上つて見えなくなつた」。

『美しい星』で三島が書いた、もっとも戦慄すべき円盤の出現であり消滅だが、しかもこの啓示の瞬間が、竹宮と暁子の愛の交歓のメタファになっているのである。

金沢から帰った暁子に、やがて妊娠の兆候が明らかになる。竹宮とは何もなかったはずだから、彼女はこれを「処女懐胎」であると解釈する。娘の身を心配した重一郎は金沢に発ち、彼女を孕ませたであろう竹宮なる男に会おうとする。しかし竹宮が暁子に書いた手紙の住所を訪ねて行くと、竹宮は本名を川口薫というらしく、引っ越した後であった。

とこうするうちに、仙台の悪魔のような羽黒一党の三人組が、大杉家に乗り込んで来る。「とんだものが来た！」と重一郎は怯《おび》える、「怖ろしいものが来た！　私はいつか、かういふものが来はしないかと怖れてゐたのだ」。

善き終末論者と悪しき終末論者の対決である。ドストエフスキー『カラマゾフの兄弟』の「大審問官」の問答のような長い論争が起こる。大杉は、「あなたは何も知らせずに［人類を］瞬時に滅ぼしてやらうと思ひ、私はやはり何も知らせずに丸ごと救つてやらうと思つてゐるだけのちがひだ」と主張し、羽黒は「お前が一介の終末の商人なら、私は紛れもない終末の神［なの］だ」と反論する。

最後は猛々しい羽黒一派の独壇場で、「今度の終末こそ本物だ」、「やつらを温めてやれるのは、核爆発だけなのだよ」と死神の遣いの本性を剝き出しにし、三人で声を揃えて「美しい放射能！」「放射能を讃へよう！」「人間は滅んだ……」と地獄の合唱をする。

重一郎は残忍な言葉のテロの犠牲になって、むごたらしくも床に倒れ伏してしまう。「灯火にまざまざと良人の顔を眺めた伊余子は、わづか数時間のあひだの怖ろしい傷悴のあとにおどろいた」。

入院した重一郎は胃癌であることが判明する。手術してみてすぐまた口を閉めたが、手の施しようのない状態で、余命いくばくもない。最期の床に就いた父に、暁子はこう話しかける、

――「お父様、いつか金沢からお帰りになつたとき、竹宮さんはやつぱり金星人で、お前を置

いて金星へ還つてしまつたんだ、つて仰言《おつしや》つたわね」。

この問いに対する重一郎の最後の答えは、――「暁子、負けたよ。真実はかうだ。あの男は地球人の女たらしだつた。そしてお前の陶酔に乗じて、お前に子供を授けて、逃げ出したのだ」。

大杉一家は滅びの運命を甘受する。しかし彼らは滅び去るだけではない。新しい世界へ出発しようとするのである。それはテロへの蹶起ではないが、地球を棄てて、天空へ旅立とうという決意において、一種の蹶起であることには変わりがない。その意味で羽黒一党も大杉一党も、ともに世直しというテロリズムの思想を持っていたのである。そこに本稿のテーマであるテロのスパイラルがみとめられる。

『美しい星』で大杉一家が地球を後にする情景は、こう描かれる、――「かれらは再び、諸惑星の緊密な家族になつた。／父はてきぱきと指示を与へた。今日は日曜日で、［父の入院している］病院は手薄である。夜の十一時に出発するので、今はその打合せのための秘密の会合である」。

11・25のテロの蹶起のためにも、三島は「楯の会」の隊員たちと何度も秘密の会合を持ち、準備万端怠りなく、その日のための打ち合わせをしただろう。『金閣寺』に見たように、「その日が来た」のである。「一雄［長男］は母を連れて飯能へかへり、整理万端をすませ、父の外出の支度もそろへて、又母と共にフォルクスワーゲンで病院へ戻る。暁子はこのまま病室にとどまつて、不意の見舞客や手つだひの［「宇宙友朋会」］会員を追払ふ役目をする。すべての準備が、午後十時までには整はなくてはならない」。とはいえ、と三島はユーモラスなエピソードも忘れない、――「伊余子〔妻〕が宝石の指環類をみんな持つて来たのはよいとして、銀行の定期預金証書や普通預金通帳まで持つて来たのは、どういふわけかわからなかつた」。

いよいよ一家揃って外出した四人は、「星空を身に浴びていきいきとした」。彼らは自分たちのふるさとである星々の光に活気づけられるのだ。重一郎も最後の力を振り絞って、空飛ぶ円盤の待つ丘へ昇って行く。

『金閣寺』や『午後の曳航』と同様に、小林秀雄の言った「〔蹶起を〕やるまでの小説」、「動機小説」ということが、『美しい星』にも指摘できる。『美しい星』でも、『午後の曳航』でも、最後の昇天、最後の蹶起の瞬間は、ついに描かれないのである。

『美しい星』では『豊饒の海』の最終巻『天人五衰』におけるような、「天人」の衰えのテーマが出ていることにも、注意すべきだろう。三島において「天人」(「かぐや姫」のように星に帰る人々が天人でなくて何であろう)は、この世にあっては衰亡を受け入れることになるのだ。折口信夫のいわゆる「貴種流離」である。

これは11・25の蹶起とテロが必ずしも雄々しく勇壮なものではなく、結果として文弱の徒のひ弱なテロであったことをも証していよう。『奔馬』でわれわれは勲という暗殺者に住む女性の分身についてふれるだろう。三島のバルコニーにおける演説は非力で、市ヶ谷駐屯地の広場に集まった自衛隊員の誰一人として、彼の「檄」に耳を傾ける者はいなかった。「聞いてもらえなかったな」と、バルコニーから引きあげた三島は同志たちに呟いたという。

この繊細な弱さ、この手弱女《たおやめ》振り、この益荒男《ますらお》振りの欠如にこそ、三島の蹶起の秘鑰があった。これはまた『奔馬』の勲の秘密を解く鍵でもある。

そして『春の雪』における松枝清顕《まつがえきよあき》の月修寺（聡子）への道行や、それの反復としての『天人五衰』における同じ寺への道行、『金閣寺』における関口の金閣放火に至る行程に見られる、「到達」のテーマもまた、『美しい星』のラストには鳴り響いている。「重一郎は、自分が今どこを歩いてゐるのか、ほとんど意識も定かではなく、苦痛の堺もすぎ、喘《あへ》ぐ自分の息と、乱れる脈搏《みやくはく》だけをはつきりと聴いた。ただそこへ到達すればいいのだ。時間と空間のこの否みがたい抵抗を越えて、ただそこへ到達すればいいのだ」。

しかし、彼らのついに到達するであろう星々が、荒涼として何もない、紛いものの「豊饒の海」（三島が没年の昭和四十五年にドナルド・キーン宛に書いた手紙によれば、『豊饒の海』とは、人の住めない「月の海」の別称で、「月のカラカラな嘘の海を暗示した題」を指す）であることは、最後まで伏せられて終わるのである。

文学のヘゲモニーは三島から大江へ（『午後の曳航』）

『美しい星』はドナルド・キーンによれば、三島にとって『鏡子の家』の失敗に続く二度目の失敗の打撃になったというが、『美しい星』の翌年、昭和三十八年（一九六三年）に発表された『**午後の曳航**』は、小粒な長篇でありながら、珠玉の名作になった。

とはいえ、ジョン・ネイスンの『三島由紀夫―ある評伝―』によれば、「『午後の曳航』は批評家たちから気乗薄な反応しか与えられず、売行きも五万部という三島としては比較的少部なものにとどまった」(野口武彦訳)。もっとも、「『午後の曳航』の受け取られ方は、三島が昭和三十年代に到達した頂点から、人気が急速に傾きつつあることの一つの指標にすぎなかった」ともネイスンは言う、――「その前年に書かれた三島の主要な作品、地球の破滅についての刺激的な瞑想である『美しい星』[……]も、三島がこれまでに書いたどの作品よりも売行きが少く、二万部弱であった。昭和三十九年に真摯な努力を傾けた小説、『絹と明察』も同様に不発だった。こうした不運の原因は、三島が大学生および新卒業者の間の読者層を、安部公房・石原慎太郎・大江健三郎といった作家たちに奪われたことにあったらしい」(同)。

70・11・25における蹶起と自決も、三島の読者層の減少という深刻な事情もある程度背景にあったのかもしれない。とはいえ今日、三島のみならず大江や石原にしても、文芸作家の本の発行部数の減少は三島の時代の比ではなく、三島はやがて来る時代の趨勢《すうせい》をいち早く察知して、死を急いだこともあるだろう。

『午後の曳航』は海外での評判はよく、これにはネイスンによる翻訳も与って力があった。ちなみに明敏なネイスンは、『午後の曳航』に続いて『絹と明察』も翻訳してくれないか、と三島から申し出があったのを断わり、『絹と明察』と同年に刊行された大江の『個人的な体験』

（一九六四年）に翻訳の仕事の対象を鞍替えしたことも、つけ加えておこう。

三島はネイスンのこの裏切りによほど腹を立てたらしく、「その後二度と再び三島からの音沙汰はなかった」と『三島由紀夫―ある評伝―』にはある。六〇年代半ばよりすでに、三島から大江に文学のヘゲモニーが移りつつあったのである。

三島は11・25の蹶起で自決テロを実行することによって、文学者の栄光を奪還し、その復活と人気の上昇は、今なお進行中なのかもしれない。「一粒の麦もし死なずば」という聖書の言葉は、その意味で正しいのである。『午後の曳航』は三島の没後六年して、ルイス・ジョン・カルリーノ監督によってイギリスで映画化されたことも付言しよう。

海の透明性を帯びたテロリスト少年

『午後の曳航』は三島のテロリズムの主題がもっとも瑞々しくあらわれた作品である。とはいえ、主人公の少年による二等航海士・龍二の殺害が、作中で暗示されるのみに止まるのは、『美しい星』が円盤の出迎えを受けたところで終わるのと同様である。『美しい星』ラストを引くと、――「円丘の叢林に身を隠し、やや斜めに着陸してゐる銀灰色の円盤が、息づくやうに、緑いろに、又あざやかな橙いろに、かはるがはるその下辺の光りの色を変へてゐるのが眺められた」。

『美しい星』がこのように未来の希望の暗示でエンディングを迎えるのに対して、『午後の曳航』は残酷なテロを暗示して悲劇的な結末を迎える。『午後の曳航』の結末はこうである、――少年たちに横浜の杉田の丘まで〈曳航〉されて、睡眠薬入りの紅茶を飲まされて死にゆく龍二が、おそらくは今はの息の下で、「誰も知るやうに、栄光の味は苦い」と感慨に耽る。これが長篇の最後の一行になるのである。

タイトルは、「『午後の曳航』の『曳航』は日本語では『栄光』と同じ発音になります。それを利用して、表題には『栄光』の意味も含ませたのです」、と三島がニューヨーク・タイムズ日曜版のインタビューで語ったように（村松剛『三島由紀夫の世界』による。昭和四十一年一月の記事）、ラストの「栄光の味は苦い」の「栄光」は、少年たちが「乾ドック」と名づけた杉田の丘に、龍二という修理（実は解体）を必要とする故障船が「曳航」されて行くことをも意味している。彼はそこで処刑され、バラバラの死体になるだろう。

主人公の少年の名は登。十三歳。彼は母を熱愛している。母の房子は横浜の名店街・元町で老舗の洋品店を経営している。もっぱら横浜を舞台とした長篇はこれ一篇で、三島の横浜の海への愛著の最大の成果が『午後の曳航』となった（海の小説としては鳥羽の神島を舞台にした『潮騒』が有名だが）。

三島は一九七〇年十月二日にも、『天人五衰』執筆のために横浜港を取材している。蹶起まで一か月と二十三日のことである。この日、おそらく三島は横浜の海に別れを告げたのだ。そう思って読むと、『豊饒の海』のタイトルになった「海」の意味と、その最終巻『天人五衰』

末尾、第二十五章の横浜・山下公園の海の叙述も、別の解釈が与えられよう、――「港へ来ると、透の心は晴れやかになる。それは来る前からわかつてゐた。清水港と限らずどこの港にも、透の持つて生れた心に適応した一種の即効性のある透明な薬品が含まれてゐて、それが瞬時にして何かを癒やすのだ」。

『天人五衰』の（アンチ）ヒーロー透は、その名の示すごとく、海の「透明な薬品」を服用した少年だった。透もまた、『午後の曳航』の登や『奔馬』の勲と似通う、海の透明性・純粋性を身に帯びたテロリストの同類だったのである。

『午後の曳航』は講談社の依頼による書き下ろし長篇小説で、文芸出版部長の川島勝とともに、三島は何度も横浜に取材の足を運んでいる。「昭和三十七年の春」と川島の『三島由紀夫』にはある、「今度の小説の主人公は船乗りを考えているので、ぜひ横浜港を取材したいという申入れがあった。予め何人かに予備知識を得たが、結局最初は先入観なしにぶっつけ本番の取材で行こうと決め、われわれはめずらしく早朝に三島家に集合し車で横浜に向った。外人墓地や山下公園、港町の路地裏や、引き込み線のある倉庫街、元町や中華街などを探訪した。［……］／三島は黒のポロシャツに白のズボン、細い革のベルトにサングラスといったいでたちで、ノートを尻ポケットに突っこみ、大いにリラックスして取材をつづけた」。

『午後の曳航』を収めた『全集』第9巻の口絵に、このとき川島が撮った、同じ服装の三島の写真が掲載されている。これもまた異人風のポートレイトで、お世辞にもハンサムとは言えないが、こういう宇宙人かと見紛うヘンな作家でなければ、『午後の曳航』のような傑作は書けなかっただろう。

横浜市中区山手町の谷戸坂上の家で、登少年が隣室の母を覗き見する場面から長篇は始まる。「まだ三十三歳の母の躰は、テニス・クラブに通つてゐるので、華奢ながらよく均整がとれて美しかつた。その体のあちこちにオー・デ・コロンをこすりつけてから、床に入るのが母の習慣だつたが、時には鏡の前に横坐りに坐つて、熱に犯されたやうなうつろな目を鏡に向けて、登の鼻にまで匂ふ香りの高い指を、あちこちへ動かさずにゐることもあつた。こんなとき母の朱いマニキュアの束ねた爪を、血とまちがへて登はひやりとした」。

少年にとっては都合のよいことに、この母には伴侶である夫、少年にとっては父が、五年前に死んで不在なのである。「友だちの言ふやうに、あれは可哀さうな空家なんだらう」と彼は考える。母の寝室が空閨になったことは、登にとって「むしろ喜ばしい出来事であり、誇るべき事件だつた」。

ところがここへ闖入《ちんにゅう》して来た新参の男がいるのだ。それが本篇のヒーロー、――というより堕ちたヒーロー、――塚崎龍二という二等航海士だった。登は母とこの海の男のセックスを大抽斗《ひきだし》の覗き穴からつぶさに観察する。

しかしこの段階では、母を登から奪い取る航海士は決して邪魔者ではない。どころか、「これを壊しちやいけないぞ。これが壊されるやうなら、世界はもうおしまひだ。さうならないために、僕はどんなひどいことでもするだらう」と、将来おこなうことになる復讐を誓うほど、完璧な結合、「宇宙的な聯関」、「のっぴきならない存在の環」を、母と龍二の性交は垣間見せてくれるのだが、その前に登が覗き見る、こんな母の脱衣の情景にも、サディズムの兆候は欠けていない、――「覗き穴から見えぬ部屋の角の、衣裳戸棚の前で、母の脱衣がはじまつた。帯の解かれる丁度蛇の威嚇のやうな鋭い音と、やはらかな着物の崩れ落ちる音が近くでした」。

血の色のマニキュアをした爪を持ち、「蛇の威嚇のやうな鋭い音」を立てて帯を解く母は、かなりのサディズムを内に秘めた女性のように思われる。ラストで龍二をむごたらしく処刑するのは、登たち少年テロリストのグループだが、ひょっとするとこの母と子は共謀して、失墜した海の男である元ヒーローを惨殺するのかもしれない。

そう思わせるほど龍二と母の性愛は暗い予感をはらんでいる。「突然、あけひろげた窓いっぱいに、幅広の汽笛がひびいてきて、薄暗い部屋に充ちた。大きな、野放図もない、暗い、押しつけがましい悲哀でいっぱいの、よるべのない、鯨の背のやうに真黒で滑らかな、海の潮の情念のあらゆるもの、百千の航海の記憶、歓喜と屈辱のすべてを満載した、あの海そのものの叫び声がひびいてきた」。龍二を殺すのは、このおどろおどろしい、過剰な形容に充ちみちた、「夜のかがやかしさと狂気でいっぱいな」、母の体現する海でもあったのだ。

悲劇は、この二等航海士の龍二が彼を不在にした長い航海から戻って来て、房子に結婚を申し込むところから始まる。登にとって輝かしい海の英雄であった龍二は、もっとも成って欲しくはない存在、すなわち平凡な父親に堕落するのである。

それはもちろん、龍二の「結婚してくれないか」に対する、房子の「ええ、いいわ」という同意の返事によってもたらされたものだが、彼女はその結婚に（結果的には彼を死刑に処することになる）条件をつける、――「一つだけ条件を出してもいい？　このお話、あなたが又すぐ船に乗るおつもりなら、それだつたら、私、難かしいと思ふの」。

これはこの二等航海士に、「船乗りを辞めよ」と命じるに等しい。これが彼には致命的な宣告、死刑の宣告になる。少なくとも登少年にとってはそうである。二人が結婚してすぐのこと、少年の覗き見が発覚したとき、龍二はこんなふうに不慣れな父親の陳腐な役を演じる、――「君が見たものについては何も言ふまい。何も訊くまい。君ももう子供ぢやないし、われわれは大人同士として、いつか笑つて話し合へるやうなことなんだ」。

この紋切り型の愚かしい訓示は、実をいうと母の房子が、父になる龍二に言わせたせりふも同然なのである。「こんな怖ろしい子はもう手に負へない。待つてらつしやい。パパに叱つていただくから」と母は言ったのだ。しかし登は龍二の叱責の背後にいる、愛する母の存在を見て見ぬふりをする。当然である。彼と母の共謀はあくまでも暗黙のものであり、暗黙の殺意であり、暗黙のテロへの促しでなければならなかったからだ。

これは栄光から失墜した海の男の物語であると同時に、女性――の愛――によって〈去勢〉される男の物語であったのである。その意味では、三島演じる将校が割腹自殺し、その妻が喉を短剣で刺し、後追い心中する、映画『憂国』のバックに流れるワグナー『トリスタンとイゾルデ』の「愛の死《リーベストート》」のテーマは、『午後の曳航』のバックに流れてもよかっただろう。房子は死なないけれど、龍二亡きあと、息子も失い、死者に等しい生を送ることは、目に見えているからである。

「フランネルみたいな切り心地だぜ」

栄光を失った男の処刑は、こんな段階を踏んで実行される。登はテロリスト・グループの仲間の少年たちに、にわかに自分の父親になった男が、いかにして家族の一員になることによって海の男の崇高なロマンをなくしたか、その罪科を洗いざらい列挙する。「それは登の日記の抜萃で、昨夜の抽斗《ひきだし》事件［登の覗き見がばれて、龍二が拙劣な父親役を演じた事件］の記述を以て、第十八項に及んでゐた」。首領の少年は「こりやひどい」と断罪する、「救ひやうがないな。可哀さうだけど」。

実は彼らはその前に、猫を使って処刑の予行演習をおこなっていたのである。それは来たるべき龍二の残虐な解剖の正確な先取りであり、――「首領が鋏で［猫の］薄皮を切り裂くと、大きな赤黒い肝臓が目に映つた。それから彼は白い清潔な小腸をほどいて繰り出し、湯気がゴム手袋にまつはつて立つた。彼は腸を輪切りにして、それから檸檬《レモン》いろの汁を絞り出してみせた」でリアリズムの極致を見せ、腸を切りながら「フランネルみたいな切り心地だぜ」と、傲然とうそぶく首領のせりふで止めを刺す惨殺の光景である。

ちなみに三島の猫好きは有名で、『裸体と衣裳』には、「私は書斎の一隅の椅子に眠つてゐる猫を眺める」で始まる一節がある、——「私はいつも猫のやうでありたい。その運動の巧緻、機敏、無類の柔軟性、絶対の非妥協性と絶妙の媚態、絶対の休息と目的にむかつて駈け出すときのおそるべき精力、卑しさを物ともせぬ優雅と、優雅を物ともせぬ卑しさ、いつも卑怯であることを怖れない勇気、高貴であつて野蛮、野性に対する絶対の誠実、完全な無関心、残忍で冷酷、……これらさまざまの猫の特性は、芸術家がそれをそのまま座右銘にして少しもをかしくない」、と最高級の讃辞《オマージュ》を猫に捧げている。

ついでにいうと、三島由紀夫と好一対の村上春樹だが、春樹の猫好きも有名である。最近出た『職業としての小説家』には、「もし人間を『犬的人格』と『猫的人格』に分類するなら、僕はほぼ完全に猫的人格になると思います。『右を向け』と言われたら、つい左を向いてしまう傾向があります」と、私のような（犬派ならざる）猫派が大喜びしそうなことを書いている（猫派、犬派の作家の分類については、鈴村著『村上春樹とネコの話』参照）。猫という補助線を引けば、三島と春樹は綺麗な等号で結ばれるのである。

話が逸れたが、ここでの要点は、猫を殺す話を書いたからといって、その作家が猫嫌いということにはならない。むしろ、逆だということである。猫にはそもそも残虐な行為を呼び寄せる被虐《マゾ》の資質があるのではないか。

『午後の曳航』で首領が猫を解体する手つきは、行為の残酷さとは裏腹に、優雅といってよいほどの繊細さに欠けていなくて、この首領が、「外套のポケットから、厚いふかふかした裏地のついた革手袋をとり出してはめ、はめ了つたのち、燃えるやうな朱い裏地をちらと返して形をつけた」とか、「鋭い小さな光る前歯で、革手袋の朱い裏地を噛んで」といった仕種に窺われる、ダンディなテロリストのスタイリストぶりをきわだたせるものだ。

テロリストの首領は登たちの前で龍二の死刑をこう宣告する、——「三号〔登はこう呼ばれる〕。おぼえてゐるかね。僕が山下埠頭で、そいつをもう一度英雄にしてやれる方法が一つだけある、やがてそれを言へる時期が来るだらう、と言つたのを」。

11・25の蹶起を遡るある日にも、三島由紀夫は自決を共にする森田必勝並びに数名の同志に、「自分たちがもう一度英雄になれる方法が一つだけある、やがてそれを言える時期が来る」と言っただろう。そして『午後の曳航』の首領は、『金閣寺』の「その日が来た」を言い換えて、こう言うのである、——「今その時期が来たんだ」と。

三島にとっては、蹶起も自決も、介錯も斬首も、実行に移す段階ではなく、それを〈言う〉時期の問題だった。陽明学に言う〈知行合一〉、とはいえ、作家三島においては、知が行に、〈言〉が〈行動〉に先行したのである。

世界を転覆する動乱を（『奔馬』）

さて、三島由紀夫が〈知行合一〉をもっとも純粋に追求した、最終にして最大のテロ小説として**『奔馬』**を扱いたい。

これは輪廻転生を主題とする四部作の遺作長篇『豊饒の海』第二巻に当たる。自決の前年の昭和四十四年（一九六九年）、漆黒の絹張りの装丁に、「墨跡は神風連加屋霽堅の書より」とあるカヴァーをつけて刊行された。加屋霽堅《かやはるかた》は本書の巻頭近くで全文が引用される「神風連《しんぷうれん》史話」に登場する四人の壮士の一人。「神風連史話」は三島の創作であるが、太田黒伴雄を中心として結成された熊本の復古主義の不平士族が、明治九年（一八七六年）の廃刀令をきっかけに挙兵し、鎮圧された史実に基づく。

『奔馬』の主人公・飯沼勲は、昭和の神風連たらんとして、世直しの蹶起を企図している。『金閣寺』が小林秀雄の言ったように「［テロを］やるまでの小説」であったとすれば、これはもう「テロをやる小説」である。それだけ時は切迫しているのだ。執筆は11・25の自決テロまで、あと二年のことであった。

勲は『豊饒の海』四部作の輪廻転生する四人の主人公の一人で、第一巻『春の雪』で夭折したヒーロー、松枝清顕の生まれ変わりである。勲は飯沼茂之の長子。飯沼茂之は第一巻では松枝侯爵家の清顕附きの書生であったが、現在は国粋団体「飯沼塾」の塾長である。その塾生の飯沼勲は、第三巻『暁の寺』ではタイの王女ジン・ジャン（月光姫）に転生し、第四巻『天人五衰』では透に転生する、――と思われるが、透は贋物であることが最後に判明する。とはいえ「転生」ということが――『美しい星』で見た「空飛ぶ円盤」同様、――透を養子にした本多繁邦の幻想・幻覚にすぎないかもしれないのだから、「贋物」ということもまた、必ずしも客観的真実とはいえない。村松剛も「透が本物だったか偽物だったかは、軽々には断定できない」と言う（『三島由紀夫の世界』）。これを転生、あるいは真贋のスパイラルと考えよう。

『豊饒の海』には勲の他にもう一人、重要な主人公がいて、それが輪廻転生の証人となる清顕の学友・本多繁邦である。本多は『奔馬』の物語の始まる昭和七年（一九三二年）、三十八歳になって、大阪地方裁判所詰の判事として、妻の梨枝と二人で大阪に暮らしている。

時は、本多が「やれやれ。ついこの間血盟団事件〔昭和七年に発生した連続テロ事件。天皇主義にもとづく国家革新を目ざし、「一人一殺」を唱えた〕が起つたばかりだといふのに」と嘆く、犬養首相が海軍将校たちに撃たれる五・一五事件（同年）の号外が出た日のことである。

二〇一五、六年の今日の世相と似通った、テロの頻発する時代であった。「社会が何事かの起るのを怖れながら待つてゐるとき、もはやその機が熟して、どうしても何かが起らなければならぬといふ状態にあるとき、人々にかういふ一様の表情が泛ぶのではあるまいか」と本多の感じる、そんな剣呑《けんのん》な世相である。

ここには、昭和七年という時代と、三島が『奔馬』を書いている一九六七年一月～六八年六月（昭和四十二年～四十三年）の新左翼の暴走する時代が、ぴったりと重ね合わされている。

とりわけ昭和四十三年（一九六八年）十月二十一日の国際反戦デーには、激しいデモが吹き荒れ、新宿は騒乱状態に入った。村上春樹の『風の歌を聴け』に、「それは新宿で最も激しいデモが吹き荒れた夜で、電車もバスも何もかもが完全に止まっていた」とあるのは、この日のことである。三島がノーベル文学賞を逸し、川端康成に受賞が決まった十月十七日の四日後のことだった。

三島は新宿区内の大通りから首相官邸までの道筋を、暴徒と化した学生らの後を追って一進一退し、暴動の現場を観察しノートを取った。澁澤龍彥はこう書いている、――「［六本木の小料理屋に］三島はカーキ色の戦闘服に身をかため、ヘルメットと長靴といったいでたちで現われた。この東京都内に騒乱があって、それに自分が参加しうるということに浮き浮きしているらしく、長靴をぬいで畳の座敷にあがりこんでからも、しきりに電話で情報をキャッチしては、時々刻々、デモ隊が東京のどの方面へ流れていったかを確認しようとしていた」（『三島由紀夫おぼえがき』）。

母の平岡倭文重《しずえ》によれば、「公威［由紀夫］の行動に駆り立てられるのが顕著になったのが何時からかと、振返って考えて見ると、新宿駅デモ事件（昭和四十三年十月）からである。あの日、デモを見に行ってからの彼の興奮ぶりは手がつけられない程で、身振り手振り宜しく事細かに話す彼の話を、私は面白いと思いつつもうす気味悪く聞いた。彼の心の底深く沈潜していたものが一挙に噴出した勢いが感じられた」（「暴流のごとく」）。

三島と時代の激動が共振するさまがよく窺える、澁澤の覚書であり、母の回想である。

この68・10・21国際反戦デーについては、松本徹編著『年表作家読本　三島由紀夫』が詳しいので、最後にこれを引く、――「この日、新左翼各派が、大掛かりな動員をかけ、新宿に騒乱状態をつくりだす計画だといわれ、当日に向かって緊張がたかまっていた。そして、実際にこの日のデモは荒れ、火炎ビンが投げられ、催涙弾が発射され、学生ら七三四人が逮捕された。／三島と楯の会会員は、山本舜勝《きよかつ》の指揮で、お茶ノ水から銀座にかけて、その様子もつぶさに見て回った。／昼前、興奮した様子で三島は、外務省に弟千之《ちゆき》を訪ね、持参の弁当を使った。／銀座四丁目では、三島は交番の屋根によじのぼり、身体を小刻みにふるわせながら、飛んでくる石もものともせずに見守った。／そして、三島らは、一段と危機感を強めた」。

しかし翌六九年の反戦デーのデモは不発に終わり、七〇年の日米安保条約は何事もなく自動延長された。この一連の学生運動とデモでは一人の死者も出ず、このことが三島の深い失望と侮蔑を買うことになる。

昭和四十五年（一九七〇年）六月、自決まであと五か月のことだが、日米安保条約が自動延長された日、国会議事堂周辺の夜は森閑としていた。三島はドナルド・キーンと車で議事堂周辺を見て回った。「その日、自動車かタクシー、その前通りましたら」とキーンは最近のNHK「Eテレ」で語っている、――「お巡りさんがたくさん並んでいましたが、学生は一人もいなかった。誰もいない。彼［三島］は笑った。どんな笑い、分からない。自分の失望を隠す笑いかもしれない。あるいは彼はニヒリストとして、これもゼロだ、学生たちの情熱も夢だと」。

三島はさらに、こうも語っている。昭和四十四年（一九六九年）一月「文藝春秋」誌上の発言である。蹶起まで残り一年と十か月のことだった、――「だいたい、いま〝革命だ、革命だ〟つていつてる連中、命かけてないよ。新宿騒動のとき、ぼくは武器がどうエスカレートしてゐるかを見にいつたんだ。エスカレートしてなかつたね。竹槍すら出てない。遠くから機動隊へ投石したり、電車のガラス割つたり……あんなことならオレにだつて出来る。楽なもんだよ、あぶなくなつたら逃げちまへばいいんだからね。／何が革命だといふ感じだな。一種の自己欺瞞だよ。七十年への予備行動だといふ。何度も騒乱をくり返して、次第にエスカレートしてゆくといふ。さういつて自己催眠にかけてゐるんだね、あれは。／命を賭けるなら一生に一度、といふ古い考へがあるけれども、彼らのやつてることはといへば、テンタウ虫の群れのやうにヘルメットの群れを集めてワイワイガヤガヤ、電車のガラスを割つて〝革命です、命賭けです〟といつたつて誰が信じるものかね。革命は殺すか殺されるか、どちらかだよ。／羽田事件のときつくづくと思つたね。佐藤首相をアメリカへやりたくなきや、殺せばいいぢやないか。簡単なことだよ。テロは単独行動で、大衆を組織するといふ彼らの理論に反するかもしれんが、要は度胸がねェんだよ。一人でやる度胸がねェんだ」（「東大を動物園にしろ」）。

『奔馬』の時代背景となった一九三二年（昭和七年）から、『奔馬』が書かれた一九六八年（昭和四十三年）を経て、二〇一五、六年のテロの時代へ、シンクロする時代のスパイラルが渦巻いている。

三島は一九六九年十月二十一日の反戦デーには、自衛隊が治安出動し、「楯の会」蜂起のチャンスが来ることを期待したが、機動隊の前にデモ隊はなすすべもなく鎮圧された。11・25の三島の蹶起を促す契機は、そんなところにもあった。彼は何よりも不正な世界を転覆する動乱を求めたのである。

荒ぶる神、魔神の出現

『奔馬』に戻ると、奈良県桜井の大神《おおみわ》神社で催される、神前奉納剣道試合に祝辞を頼まれた本多繁邦は、気の進まぬままにスピーチを引き受ける。「剣道の試合なんぞを見るのは、学習院以来二十年ぶりのことである」と本多は慨嘆する、――「そのむかしは清顕と共に〔『春の雪』参照〕、剣道部の連中や、あの稽古のファナティックな懸声を憎んだものだ。あの懸声は少年期の感受性にとつて、自分の内臓を裏返して鼻先へ押しつけられるやうな、なまぐさい、窒息的な、恥しらずの狂気が神聖な狂気を気取つてゐると謂つた趣きがあつて、苦痛なしには聴くことのできないものであつた」。

ここには三島自身の心境の変化が映されている。昭和三十三年（一九五八年）には剣道の稽古を始め、三十五年には映画『憂国』で「自分の内臓を裏返して鼻先へ押し」つけるような演技を披露し、四十五年にはついに「ファナティックな懸声」を発して、実際に腹を掻き切り、

「なまぐさい、窒息的な、恥しらずの狂気」を衆人環視の下にさらし、「神聖な狂気」に身を挺するにいたる、三島の精神史とその変遷を窺うことができる。

三島において肝心な点は、彼はこうしたピエロと見紛う自伝のエピソードを完全に血肉化していることで、アイロニーやユーモアに身をやつそうとはしなかった。ごく最近「群像」二〇一五年九月号に発表された三輪太郎の長篇小説『憂国者たち』に、一登場人物の言として、「[兵役の]入隊検査までの期間、入隊検査から終戦までの期間、そして、終戦から自決にいたるまでの期間、彼[三島]がずっと依拠しつづけた精神態度が、『アイロニー』でした」とあるが、三島のアイロニーないしはユーモアは、もしあったとしても、あの有名な豪傑笑いによって解消される体《てい》のものであった。『仮面の告白』の「仮面」は、爆笑とともに微塵になった。そこに三島の三島たる面目があった。『奔馬』には、その間の消息が如実に見えるのである。

本多の招待された奈良県桜井の神前試合に、本篇のヒーロー、飯沼勲が出場していたのである。飯沼選手の面から発せられる叫びを聞いた本多は、「一挙に自分の少年の日へ」突き戻される。「自分にとつて意外なことは、その愚神を今では懐しみ、かつて自分があいまいに信じたもつと高尚な神よりも、愚かな神のはうが美しく見えるといふ気持が、いつのまにか芽生えてきたことである」。

「二・二六事件と私」(昭和四十一年)に、こうある、――「私の中の故しれぬ鬱屈は日ましにつのり、かつて若かりし日の私が、それこそ頽廃の条件と考へてゐた永い倦怠が、まるで頽廃と反対のものへ向つて、しやにむに私を促すのに私はおどろいてゐた。（政治的立場を異にする人たちは、もちろんこれをも頽廃の一種と考へるだらうことは目に見えてゐる）私は剣道に凝り、竹刀の鳴動と、あの烈しいファナティックな懸声だけに、やうやう生甲斐を見出してゐた」。これは『英霊の聲』の長文の跋文だが、この本の単行本を担当した河出書房の編集者、藤田三男によると、「［三島には］ものすごくオーラがあった。せっかちで、単行本化の際はゲラを直さなかった。あの本は、最後の原稿をいただいてから25日で作りました」（「読売新聞」二〇一五年七月二十一日）。

「『ありやありやありやア！』／と飯沼少年は嚠喨《りうりやう》たる気合を響かせた。／敵が抜胴《ぬきどう》を狙つて来たのを、飯沼は竹刀を右に立てて支へ、爆竹のやうな音が爆ぜた」

この瞬間、理智の人・本多は勲の魔神にふれたのである。かつて勲の前身である清顕が、『春の雪』で夢を見て、白装束を身に纏《まと》い榊《さかき》の玉串《たまぐし》を振る書生の飯沼茂之（勲の父、当時清顕の附人）に、こう言われた、――「あなたは荒ぶる神だ。それにちがひない」という、その「荒ぶる神」にふれたのだ。

その後、三光の滝へ行った本多は、滝に打たれる勲の上膊《じやうはく》に清顕と同じ黒子《ほくろ》をみとめ、彼を清顕の転生と信じるようになる、――「滝へ近づいた本多は、ふと少年の左の脇腹のところへ目をやつた。そして左の乳首より外側の、ふだんは上膊に隠されてゐる部分に、集まつてゐる三つの小さな黒子《ほくろ》をはつきりと見た」。

本多は『春の雪』ラストにおける清顕が、今はの間際に呟いた別れの言葉を思い出す、――「又、会ふぜ。きつと会ふ。滝の下で」。

テロと死のスパイラル

この小説は本多が、勲少年の魔力によって法の秩序と理性の軛《くびき》を脱し、輪廻転生の神秘へ引きずり込まれる物語なのだが（「勲が清顕のたしかな転生であるといふことは、彼［本多］にとつてはすでに一種の法を超える法的な真理に見えて来てゐた」）、そこで重要な役割を果たすのが、本多が勲から借りる『神風連史話』という小冊子である。

「いかで手弱女のごときふるまひあらんや」の一語で終わるこの物語は、熊本鎮台の奪取に失敗した烈士たちが、ひたぶるに死に急ぐありさまが列挙される、――「腹搔き切つて死んだ」、「いさぎよく切腹した」、「短刀をとりあげて、腹を割き、喉を貫ぬいた」、「見事に腹を切つた」、「つぎつぎに刃に伏した」、「端然と屠腹してゐた」、「懐剣をわが喉に突き立てた」、「腹一文字に切り、田代の介錯で身首その所を異にした」、「自ら喉を貫ぬいて果てた」と、自決テロの死屍累々のありさまである。

勲少年は理屈よりも何よりも、この潔い死の迅速さが身上なのだ。彼は洞院宮《とういんのみや》に問われて、こう答える、――「神風連のやうに、すぐ腹を切ります」、「はい、その場合も直ちに腹を切ります」。

「すぐ腹を切る」の、その「すぐ」が肝要なのだ。テロと死の後先が決められない。テロと死が競合する。そんなスパイラルが起こる。何よりも両者が隣接し、交錯して、迷宮のスパイラルを描くことが望まれたのである。

その場合、テロが成功するか、失敗するかは、一義的な問題ではなくなる。三島は11・25のテロが成功しても、失敗しても、死ぬことに決めていたはずだ。テロ自体はそのとき括弧に入れられる。

諫死《かんし》が三島のテロの目的だったと言われる。ただの諫死ではない。割腹と介錯による自殺である。三島由紀夫の自決テロには、そういう行動と目的の倒錯したパラドクスが避けられない。これが三島のテロの特殊性である。

「『道義的革命』の論理」に、こう言う、――「日本テロリズムの思想が自刃の思想と表裏一体をなしてゐることは特徴的である〔……〕」。

『葉隠入門』にも、――「〔『葉隠』の著者・常朝の思考は〕行動的な死（斬り死）と自殺（切腹）とを同列に置く日本独特の考へ方であり、切腹といふ積極的な自殺は、西洋の自殺のやうに敗北ではなく、名誉を守るための自由意思の極限的なあらはれである」。

じっと息を凝らす優雅の核心

勲はまた彼のテロリズムについて、こう考える、――「純粋とは、花のやうな観念、薄荷をよく利かした含嗽《うがひ》薬の味のやうな観念、やさしい母の胸にすがりつくやうな観念を、ただちに、血の観念、不正を薙ぎ倒す刀の観念、袈裟がけに斬り下げると同時に飛び散る血しぶきの観念、あるひは切腹の観念に結びつけるものだつた。『花と散る』といふときに、血みどろの屍体はたちまち匂ひやかな桜の花に化した。純粋とは、正反対の観念のほしいままな転換だつた。だから、純粋は詩なのである」。

『大菩薩峠』の机龍之助においてもそうだったが、勲少年においても、益荒男《ますらお》振りが手弱女《たおやめ》振りと、斬殺のテロリズムが桜の花の散る優雅と、たちどころに結ばれてしまう。そこに日本のテロの精華があり、花がある。それを三島は「詩」と名づける。市ヶ谷台における11・25の自刃は、一篇の詩として読まれることを三島は求めたのである。

であるから勲はテロ蹶起のために陸軍の堀中尉の力を借りようとして、北崎という麻布の軍人下宿へ行くと、彼の心に不思議な既視感《デジャ・ヴュ》が過《よ》ぎるのを感じるのである。彼にはその家を見るのは初めてではないという気がする。「この陰鬱な家全体が、かつて何かきはめて甘美な、心の奥底に湧き出る暗い蜜のやうな記憶とかかはりがあるやうな心地がする」。

このとき勲は前世の清顕とすれ違っている。手弱女振りの人生を送った『春の雪』の清顕が、「いかで手弱女のごときふるまひあらんや」を信条とする、益荒男振りの勲に憑依するのである。

北崎の下宿で清顕にかつて何が起こったのか、『春の雪』を振り返ってみよう。三島の求めた禁忌と侵犯のエロティシズムがもっとも稠密《ちゆうみつ》にあらはれる件《くだ》りである、――「清顕は聡子の裾をひらき、友禅の長襦袢の裾は、紗綾形《さやがた》と亀甲の雲の上をとびめぐる鳳凰の、五色の尾の乱れを左右へはねのけて、幾重に包まれた聡子の腿を遠く窺はせた。しかし清顕は、まだ、まだ遠いと感じてゐた。まだかきわけて行かねばならぬ幾重の雲があつた。あとからあとから押し寄せるこの煩雑さを、奥深い遠いところで、狡猾に支へてゐる核心があつて、それがじつと息を凝らしてゐるのが感じられる」。

ここに言う「核心」とは「優雅」の核心と三島が考えるもので、勅許が下りて天皇家の女性となった、神聖な聡子であるからこそ、清顕はこの優雅の核心、この「狡猾」なもの、この女性的なるものの精髄を犯さなくてならないと考える。

そこに三島のいわゆる「恋闕」の核心があった。清顕が聡子と密会した二十年後に、同じ軍人下宿を訪れた勲は、「一度たしかにここへ来たことがあるといふ感銘の神秘」のなかで、彼に憑依《ひようい》した清顕と聡子の性の交わりにふれたのだ。

この勲による幻覚とも幻視とも言える清顕の顕現は、清顕と聡子の逢引に無関係な、第三者によって、客観的に目撃され、証言されることがある。

勲を首謀者とする「一人一殺」の蹶起が事前にリークされ、アジトを襲われて、同志たちが一斉検挙された後のことである。公判が始まり、証人として、勲が堀中尉と会った軍人下宿の北崎という老人が呼ばれる。

北崎老人はそのとき勲に面通しされ、目の前の飯沼勲が、「どうも以前、家の離れ座敷へ女連れで来た若い人がありますが、それではないかと……」と奇怪なことを言い出す、「何でも、二十年あまり前に来たことがあるやうな気がします」と。

検事は「二十年前に、飯沼が、女連れでですか」と呆れ返るが、弁護士として飯沼勲の弁護に当たっている本多繁邦（彼は依頼して判事を退職し、弁護士になっていた）は、その光景に震撼され、「目前にいかめしくその精巧な機構を誇示してゐる法秩序が、あたかも氷の城のやうに、その［裁判所の窓外の］夏の光りに強く射られて、みるみる融解してゆく心地」がするのである。「北崎はたしかに、常人の目には見えない巨大な光りの絆を瞥見した」のだ、と。

勲の益荒男振りの外観に潜む手弱女振りは、転生以前の清顕の姿を借りて、白日の下に見えたのである。

それだけではない。勲は転生後の自分をも幻視することがある。転生後の自分とは、『暁の寺』のタイの王女、月光姫《ジン・ジャン》である。

一斉検挙され、市ヶ谷刑務所の独房に収監された勲は、こんな夢を見る。まず、どこか熱帯で緑の蛇があらわれる。スコット＝ストークスは『三島由紀夫　死と真実』で、三島が死の三か月前の一九七〇年九月三日、いつもと違う暗い口調で、「日本は緑色の蛇の呪いにかかっている」と語ったという、――「日本の胸には、緑色の蛇が食いついている。この呪いから逃れる道はない」。

緑の蛇の夢を見た後で、勲はまた別の、やはり熱帯とおぼしい密林にいる夢を見る、――「それは勲が女に変身した夢である」。勲はなよなよした女の身体の持ち主になっている。「どこかで世界が裏返つた感じがあつて、自分は午睡からさめたところか、ほのかに汗をかいて、窓ぎはの寝椅子にしなだれてゐる。／以前の蛇の夢が重複してゐるのであらう。耳にきこえるのは、密林の鳥の声、蠅の飛翔、雨のやうな落葉のぞめきである」。ついには、「春泥が徐々に形をなして、子宮になつた。自分はやがて生むことをはじめるのだ、と思つて勲は慄然《りつぜん》とした」。

村上龍の『コインロッカー・ベイビーズ』でキクがアネモネの手ほどきを受けて女に変成する場面を思わせるが、これは男らしさの権化であった勲という青年が、自分とは似ても似つかぬ女に変容して慄然としたというだけの話ではない。

ここには三島自身の変身の体験が入っている。三島のうちには、ちょうど同性愛の作家プルーストの『ソドムとゴモラ』に出て来る稀代の男色家、シャルリュス男爵のように、あるいは『花咲く娘たちの陰に』に出て来るゴモラの女、アルベルチーヌのように、奇怪な男女《おとこおんな》の怪物が眠っているのである。

三島をボディビルで鍛えた筋骨隆々たるマッチョな男と決めつけてはならない。同性愛者であった彼は、『三島由紀夫――剣と寒紅』の福島次郎によると、女役のホモセクシャルであった、――「三島さんは、身悶《みもだ》えし、小さな声で、私の耳元にささやいた。／『ぼく……幸せ……』／歓びに濡れそぼった、甘え切った優しい声だった。今まで聞いてきた三島さんの声音とはあまりに違う。どこから出る声か。／その瞬間、私は、なぜか灰かぐらをかぶったような気持になった。だが、ことはもうすすんでいる。私は、頭に灰かぐらをかぶったまま、キスを続けた。私の体よりずっと小さく細い三島さんの体は、腰が抜けそうに、私の両腕の中で、柔かく、ぐにゃぐにゃになっていた」。

こういう女性を自分の中に住まわせていた、両性具有のエルマフロディットの三島由紀夫を忘れないようにしよう。サイデンステッカーによれば、「性的傾向についての世間の意見はまちまちで、一番親しい友人の中にも同性愛的な趣を否定する者もいたが、私は案外はっきりしていたと思っている。ニューヨークでは、そうした傾向を隠そうとはしなかった」（『全集』第35巻月報「鮮明な人物像」）。

女になる夢に揺すぶられながら、『奔馬』の勲はさらに次の弁別をする、――「何かへ到達することはもはや問題ではなかつた。向うがこちらへ到達するのだつた」と。『金閣寺』でも、『美しい星』でも、『午後の曳航』でも、三島のヒーローたちは、善人も悪人も、彼らの見果てぬ夢に〈到達〉するべく、冒険に身を投じて行ったのだった。

その到達の方向が変わった。到達する者が、到達される者になった。すなわち女になった。到達する者から到達される者へ、――これが男と女のスパイラルでなくして何であろうか。

そのスパイラルを勲は、――勲とともに三島は――演じたのである。女は男に、男は女に、相互に貫入して、夢の中で勲は、「眠る女」を見つめる男になる。眠る女になる。先の獄中の勲の夢はこう続く、――「肌理《きめ》のこまかさが絶頂に達すると、環礁のまはりに寄せる波のやうに、けば立つて来るのは乳暈《にゆううん》のすぐかたはらだつた。乳暈は、静かな行き届いた悪意に充ちた蘭科植物の色、人々の口に含ませるための毒素の色で彩られてゐた。その暗い紫から、乳頭はめづらかに、栗鼠《りす》のやうに小賢《こざか》しく頭をもたげてゐた」。

透明なテロの兇器

こういう薔薇色の肉のたゆたう女の夢の中から、やおら一人の筋骨逞しい益荒男《ますらお》の若者が身を起こし、勇躍、テロへと蹶起するのである。

この間の事情を理解するためには、「文化防衛論」（昭和四十三年）の次の一節を参照したい、――「『みやび』は、宮廷の文化的精華であり、それへのあこがれであつたが、非常の時には、『みやび』はテロリズムの形態をさへとつた」。「みやび」とは〈到達される者〉であり、文化の女性的形態である。テロリストとは〈到達する者〉であり、文化の男性的形態である。「みやび」はすなわち「国家権力と秩序の側だけにあるのみではなく、無秩序の側へも手をさしのべてゐたのである」、――すなわちテロリズムの側へと。

「動機は純粋で、憂国の至情にかられた結果であることが明らか」との理由によって刑を免除され、釈放されて自由の身となった勲は、数日して熱海行の汽車に乗る。熱海伊豆山の蔵原の別荘に向かうのである。

テロの標的は、日本の金融資本の頂点に立つ蔵原武介《ぶすけ》。実をいうと、勲はテロの相手にそんなにこだわってはいない。その前日に、飯沼塾の若い塾生が、「勲さん、蔵原が実にけしからんことをやつたのを御存知ですか」と囁いたのが、テロの直接の動機といえば動機といえる。

蔵原武介は関西銀行協会の会合に出た帰り、伊勢に遊んで好物の松阪肉をたらふく食べ、知事と共に伊勢神宮内宮に参拝したはよいが、自分の床几《しようぎ》に置かれた玉串をお尻に敷いてしまつたのである。

きっかけは何でもよい。テロの標的は「なるたけ遠い抽象的な悪であるべきだつた」と勲は考える。右でも左でもよい。スパイラルするテロの大渦巻《マエロストローム》のなかでは、右顧左眄《さべん》する余裕はない。「正義の刃、それが一度闇にひらめけばそれでいいのだ」。

蔵原をテロのターゲットと定めてからの勲の行動は迅速である。小林秀雄流にモーツァルト的神速といってもよい。「自分は物語の中の人になつた。ずつと後世の人に記憶される栄光の瞬間に、正にゐるのかもしれない」。こうして勲は「記念碑の青銅の冷たさ」を身に帯びた存在に変わる。あるいは、「理智がつけ込む隙もないほどの固い殺戮《さつりく》の玉髄になつたのだ」。「殺戮の玉髄」とはテロの核である。勲は「透明な兇器」（「独楽」）と化する。

「暗殺者は孤独でなければならぬ」という信条に従い、彼は一人で伊豆山の別荘に忍び込む。「勲は短刀を抜いて、鞘を捨てた。抜身はそれ自身が光りを放つかのやうに蒼然と光つた」。

「一たん鞘を抜けた以上は、物、あるひは人を斬るといふ目的なしには鞘に納まることができない」、――『行動学入門』に言う日本テロリズムの条理が、このときほど活かされたことはない。

紛れもなく蔵原と思われる男に向かって、勲が放つ言葉、――「伊勢神宮で犯した不敬の神罰を受けろ」が、何よりも雄弁に勲のテロの真実を語っている。そのことは蔵原の顔に浮かんだ「理解しかねる表情」を見れば明らかだ。

常識人である蔵原には、自分が殺される理由が理解できない。「何一つ思ひ当らぬといふ心持がありありとわかつた。それと同時に、忌はしい隔絶した恐怖が、はつきり狂人を見る目で勲を見てゐる心を語つてゐた」。

蔵原と勲、テロの敵手とテロリストの間には、「忌はしい隔絶した恐怖」があるだけである。この「忌はしい隔絶した恐怖」が勲のテロの核心を衝いている。勲はすぐさま行動に移る、――「猫のやうに背を丸め、右肱《みぎひぢ》をしつかり脇腹につけ、短刀の柄を握つた右手の手首を、刃が上向かぬやうに左手で押へつけたまま、勲は体ごと蔵原の体に打ちつけた」。

この小説のラストはよく知られている。いくつかの短篇――「中世に於ける一殺人常習者の遺せる哲学的日記の抜萃」（昭和十九年）、「縄手事件」（同）、「軽王子《かるのみこ》と衣通姫《そとおりひめ》」（昭和二十二年）など――は別として、テロを主題とした長篇としては初めて、『奔馬』で自決テロを実行する主人公を三島は描いたのである。

蔵原を刺した後、夜の海（三島の愛した伊豆の海）と空にひらけた断崖に走った勲は、「日の出には遠い。それまで待つことはできない。昇る日輪はなく、けだかい松の樹蔭もなく、かがやく海もない」と思いながら、「深く呼吸をして、左手で腹を撫でると、瞑目して、右手の小刀の刃先をそこへ押しあて、左手の指さきで位置を定め」と、映画『憂国』の中尉の振舞いをなぞるようにして、そして11・25の割腹の予行演習のようにして、「右腕に力をこめて突っ込んだ」。

そして『奔馬』の最後の一行、人口に膾炙《かいしゃ》した「正に刀を腹へ突き立てた瞬間、日輪は瞼の裏に赫奕《かくやく》と昇った」が来る。

このとき作者の脳裏に、アポリネールの詩集『アルコール』巻頭の「ゾーン」、——「とうとうお前はこの古い世界に倦き果てたのだ」で始まり、「さようなら　さようならAdieu Adieu」で終わる詩の最終行、——「日輪　斬られた首Soleil cou coupé」が一閃したのである。

エピローグ

生首考——三島VS大江健三郎、松浦寿輝

みずからの生首を表象した作家

三島由紀夫の最初期の短篇に**「縄手事件」**と題した作品がある。「一九・一〇・二二」（一九四四年十月二十二日）と脱稿日が末尾に記され、単行本に未収録のまま、『全集』第16巻に初めて収録された。四百字詰原稿紙十四枚ほどの掌篇である。作者による前書に、「明治元年［一八六八年］二月廿九日新政府成立に際し謁見を賜はるにより宿舎知恩院を出発せる英国公使パークス等の一行が参内の途次四条縄手通にて逢着せる一事件の記録」とあり、この小説が史実に基づくものであることが知れる。

ここでは英国公使一行を襲った、攘夷派の志士二名（史実によれば、刺客は朱雀操《すざくみさお》と三枝蓊《さえぐさしげる》）の立場に立った作者の記述は一行もない。もっぱらテロリストの首級《しるし》が挙げられる光景に、一篇の興味は集中する、――「首はパークスの前に置かれた。その場の人々には異教的な歓喜が蘇つた。頭蓋骨の左側にある三角の傷から脳髄が露出してゐた。右顎にも切傷が印せられてゐた。しかし頸骨だけが混濁した白さを以てやや高低ある断面を示して居る。首全体が血漿《けつしやう》に濡れそぼつてゐるのが却つて不気味な印象を和らげてゐるやうに思はれる」。

この描写のなまなましさ、どぎつさ、精細さは、特筆に値する。「三角の傷」は新感覚派的表現で、「頭蓋骨」、「脳髄」、「血漿」等の新即物主義的《ノイエ・ザハリヒカイト》で医学的な表現もリアルである。

これが三島の小説に初めて現れた生首の描写である、というより、三島は最後まで人間の生首が主題として出て来る小説は、この小短篇を除いて一篇も書かなかった。昭和二十五年の短篇「日曜日」の場合、作品のラストに出て来て一篇を集約する運命的なオブジェであるとはいえ、「生首」と言うには余りにあっさりとした、事故でホームに落ちて電車に轢《ひ》かれた「首」であるにすぎないし、昭和二十三年の短篇の名作**「山羊の首」**は、女たらしの辰三が田舎娘と遊んでいると、草むらから切断された山羊の首に見つめられて、以来、その首にとり憑かれてしまう話だが、これは人間の生首ではない。

むろん、「縄手事件」のテロリストの生首が山羊の首に姿を変えてあらわれた、と解釈するのはスリリングだろう。「あの山羊の何の意味もない見詰め方に出会つては、この世界で太刀討できる人間があらうとも思はれない」とあるように、山羊の首は将来の三島自身の生首に重ねることもできよう。あるいは作者はあらかじめ先手を打って、俺の生首には「何の意味もない」という意味を含ませたのかもしれない、——。

いずれにせよ、「憂国」（小説と映画）でも、『奔馬』でも、映画『人斬り』でも、ついに果たさなかった生首を、彼はその小説家としてのキャリアの出発の時期に、すでに実現してしまったのである。

急いでつけ加えなくてはならないが、これはあるテロリスト（史実によれば朱雀操）の生首であって、三島自身の生首ではない。生前に自身の生首を表象できる作家はいない。三島は彼自身の生首は、死後の写真のために取っておいたのだ。

いや、一件だけ例外がある。「プロローグ」で取り上げたウエルベックの長篇『地図と領土』である。二〇一〇年に刊行され、ゴンクール賞を受賞したこの小説で、ウエルベックは自分をモデルにした「ウエルベック」なる小説家を登場させ、「ウエルベック」がサイコパスのシリアルキラーの手にかかり、斬首された光景を記述している、――「被害者の頭は無傷だったが、切断されて暖炉の前の椅子の上に置かれ、濃い緑のビロードの上に小さな血溜まりができていた」。ウエルベックならではの手の込んだ自分の生首の演出だが、これは例外中の例外とみるべきだろう。

生首、この日本的なるもの

昭和十九年十月二十二日に書き終えたというから、「縄手事件」の舞台となる明治元年の京都はまだしも、当時十九歳の作者・平岡公威《きみたけ》の暮らしていた首都東京は、四割方がアメリカ軍B29爆撃機の大空襲（昭和二十年三月十日）で焦土となる、その惨劇を五か月後に控えた危急存亡の状況にあった。三島が「この世へ残す形見」として書いた短篇集『花ざかりの森』出版直後の執筆だろう。「縄手事件」完成後二十日ほどして、『花ざかりの森』出版記念会が上野池之端の雨月荘で開かれている。敗戦は焦眉の急で、〈世界の終り〉は目前だった。そんな時節に書かれた一文に、「〔「兇漢」の〕首はパークスの前に置かれた。その場の人々には異教的な歓喜が蘇つた」とある。

これをどう解するべきか？ 二名のテロリストは尊王攘夷の徒である。11・25の三島の自決テロも、単純に判断すれば、尊王攘夷の蹶起《けっき》と選ぶところがない。彼は割腹の直前、「天皇陛下万歳」と叫んでいる。昭和四十五年十月、自決の一か月半ほど前に、フランス文学者の村松剛に向かって、「きみは頭の中の攘夷を、まず行なう必要がある」と「血走った目」で言った、というのは有名な話だ（村松『三島由紀夫の世界』）。三島の信条からすれば当然、〈兇漢《テロリスト》〉の視点で記述されて然るべき、英国公使襲撃のテロである。

こういうところにも、テロのスパイラル現象があらわれていると考えることができる。「*Stage-left is right from audience*」と題した三島のエッセイでは、この現象が明確に分析されている。I章で映画『人斬り』を論じたところと重複する内容だが、より整理されたこちらも見てみよう、――「明治維新前の日本には、四つのイデオロギーが、四つ巴になつてゐた。すなはち、佐幕、開国、尊王、攘夷である。外国の植民地主義に抗して、近代的統一国家を独力で創らうと苦悶してゐたこの混乱期の日本では、すべての人間が、佐幕開国か、尊王攘夷かに分れて論争し、時には殺し合つてゐた。そのうちに循環作用がはじまつた。四つのイデオロギーは、順列組合せをはじめた。尊王開国、佐幕攘夷、尊王佐幕、（さすがに開国攘夷だけはなかつたが）、などといふ各派があらはれ、しかもこの各派を、短期間に廻りあるく人間まであらはれた」と、一筋縄ではいかなかったのである。こうした「イデオロギーの循環作用」（同）、党派のスパイラル現象を、よく体現したのが、「各派を廻りあるく」『大菩薩峠』のテロリスト、かの机龍之助であった。

『縄手事件』に話を戻そう。白刃を振りかざして斬りまくる刺客、算を乱して逃走する騎兵たち。一名のテロリストは、椿の花を「釦《ボタン》穴に挿して意気揚々と」馬を駆る英国騎兵の胴を斬って、騎兵は「腹部が裂けて腸は泥に塗《まみ》れた」と、三島好みの腸を見せて斃《たお》れる。「腹部の真紅色の裂け目が異常に広く、人間のものでないほど広く見えた」。

真紅の傷口が「広く見えた」というところに、後年の三島の流血癖が顕著で、とりわけ「群衆の叫喚と動揺」の描写には、三島ならではのスタイルがすでに表れている、——「要之《これをようするに》凡《すべ》ての人が一種の麻痺的緊張の中に居た。それは統一的な透明な雰囲気といふべきであつた。辻を堺として或る心理的な絶壁が切り立つてゐたのである」。

切り立った「心理的な絶壁」とはテロリズムの絶壁であろう。それが「統一的な透明な雰囲気」、「一種の麻痺的緊張」のなかにあったという。「プロローグ」で見たウエルベックのいわゆる〈プラットフォーム〉の麻痺的状態である。テロのスパイラル現象に十九歳の三島は早くも感応し、着目しているのである。

尊王攘夷のテロリストも、英国公使の一団も、敵味方あい乱れ、あい討つなかで、両者の区別がつかない。いっさいが瞬時に眩暈《めまい》のうちに巻き込まれる。テロのスパイラルとはそういうものである。そういう乱闘を三島は見事に活写している。

結局、兇漢の一人の首は中井弘蔵（史実によれば中井弘）という侍によって討ち取られ、もう一人の兇漢も銃で顎を撃たれ、捕縛される。「巌のやうな」逞しい腕を持つ、中井弘蔵の勲功はめざましい。テロリストの首がパークスの前に置かれると、公使の一行は「異教的な歓喜」をもってこれを迎えた、というのである。

「異教的な」とは、もっぱらイギリス人の目から見た生首の形容である。生首は彼らにはエキゾティックな日本の風物に見えたのだ。テロリスト朱雀操の生首を前に、英国公使の一行に「歓喜が蘇つた」と。

ここには首都にひしひしと迫る大空襲の「麻痺的緊張」があり、「統一的な透明な雰囲気」を通して、みずからの二十六年後のテロと生首を透視する、少壮気鋭の青年作家・三島由紀夫がいる。

11・25の運命的な日に、市ヶ谷自衛隊の総監室の床に転がった自分の生首を、なまなましく喚起するリアリズムの筆致である。まさに予言の言葉を三島は用いている。〈見者〉（ランボー）の目といってもいいだろう。彼は自分の生首を目の当たりにしているようだ。

もう一度、同じ文章を三島の霊を鎮めるように引用してみよう、——「頭蓋骨の左側にある三角の傷から脳髄が露出してゐた。右顎にも切傷が印せられてゐた。しかし頸骨だけが混濁した白さを以てやや高低ある断面を示して居る。首全体が血漿に濡れそぼつてゐるのが却つて不気味な印象を和らげてゐるやうに思はれる」。

ほとんど写真で撮ったような実在感がある。市ヶ谷台の総監室に転がった自分の生首を、弱冠十九歳の作家がカメラで撮影したかのようである。『大菩薩峠』の中里介山も、『オールド・テロリスト』の村上龍も、『ある島の可能性』や『地図と領土』のミシェル・ウエルベックも、ここまでリアルな生首を写生してはいない。

「縄手事件」はこう結ばれる、——「パークスは執拗な恐怖と共に或る子供じみた満足で足をぴくぴくと震はせた。何故なれば彼は人間の首といふものを初めて見たからである」。

ここで明らかになるのは、生首というものは日本的な表象だということだろう。パークスはこれに「恐怖」（テロ）の出現を見て戦慄《せんりつ》している。しかし鎌倉や室町、そして戦国時代の人々にとっては、人間の生首を見ることは日常茶飯だった。芥川龍之介の「羅生門」にも、死人の首はごろごろ転がっている。敵将の首級を挙げることは、侍の武勲の筆頭と考えられた。谷崎潤一郎の『武州公秘話』では、そうした首が若い娘たちの手で美しく化粧される情景が、妖しい筆致で描写される。

誘惑するサロメ

むろん西洋にあっても、斬首される首は図像学の対象となるほど多岐にわたって表象されてきた。三島はとりわけビアズレーの描くサロメと洗礼者ヨハネの絵を愛した。

ヘロデ大王の孫娘ヘロディアは、おのれの権力を脅かす洗礼者ヨハネを誘惑するために、娘のサロメの美しい容姿を利用する。娘は艶麗なダンスを披露した。サロメの舞踊に魅了された大王は、「ほしいものを言いなさい、それを上げよう」と言う。サロメがヘロディアに「何をお願いしましょうか」と訊ねると、母は「洗礼者ヨハネの首を」と答える。「衛兵は行って獄中でヨハネの首を斬り、盆に載せて持参し、これを姫に与えた」（「マルコによる福音書」）。

ビアズレーの黒と白の魔的世界の絵では、「舞姫の褒美」と「お前の口に口づけしたよ」と題した二枚が有名である。オスカー・ワイルドの『サロメ』では、血の滴るヨハネの首を抱いたサロメが、「お前は、死んでしまつて、お前の首はもうあたしのものだもの。どうにでも出来るのだよ、あたしの気のすむやうに」（福田恒存訳）と語りかける。

ジュリア・クリステヴァは『斬首の光景』のなかで、アンドレア・ソラリオの描いた、盆の上のヨハネの首のデッサンについて、「彼の描く斬られた頭部はすでに法悦《エクスタシー》の境地にある。昇華されたサド＝マゾヒズムの勝利？　献身的な自己観想？」と問いかけている。

サロメがヨハネの首に魅せられるように、ヨハネの首もエクスタシーの境地にある。死のエクスタシーである。谷崎の『武州公秘話』における、武将の首と、化粧する娘と、両者を見守る幼少の武州公についても、同じことが言えるだろう。三者は同じ恍惚のスパイラルのなかにいる。

三島は矢野峰人や岸田今日子らとの座談会「『サロメ』とその舞台」で、生首になったヨハネの唇の色について、「唇も初めメイキャップで白くしていたのですよ。ですが唇も赤くして貰いました。死骸になったらこれも亦《また》リアリズムでね、唇は赤くないだろうというのですが、これはやっぱり死骸になっても綺麗な顔をしてなきゃならないと思うので口紅をつけたのですよ、首にも」と言って、まるで谷崎の『武州公秘話』を思い出しでもするように、生首に口紅を塗るエロティックな効用を、死体愛好《ネクロフィル》的な口調で説くのである。「テラコッタの人形のやうな、東洋の神秘と西洋の神秘との混合体である古拙な美にあふれたサロメの肢体が、身悶《みもだ》えてほしいのである」、と彼はワイルド『サロメ』の演出に際して書いている（「わが夢の『サロメ』」）。やはりサロメとヨハネの「斬首の光景」は、西洋の図像学ではなく、東洋の図像学に属するもののようである。澁澤龍彥もサロメを「東洋の妖姫」と呼んだのであった（『三島由紀夫おぼえがき』）。

ビアズレーにおいても、ワイルドにおいても、そして三島においても、サロメと、彼女の手中にあるヨハネの斬られた首は、「東洋の神秘と西洋の神秘との混合体」として互いに魅了し合っている。

同じように、ヨハネの首ではないが、三島の首に魅せられた人に、フランスの作家マルグリット・ユルスナールと、意外なことに、三島の久しいライヴァルとして知られる大江健三郎がいる。

三島の問題は生首に回帰する

ユルスナールは彼女の『**三島あるいは空虚のヴィジョン**』を、「終幕のために残しておいた最後のもっとも衝撃的なイメージ、あまりにショッキングなので転載されることも滅多になかったイメージ」で締め括る、――「それは総監室のたぶんアクリルの敷物の上に、ボーリングのピンのようにほとんどすれすれに二つ並べて置かれた、〔三島由紀夫と森田必勝の〕二つの首である。二つの首、動かない二つの球、もはや血の流れない二つの脳、仕事を中止した二つのコンピューターである」（澁澤龍彥訳）。

そう、三島の問題は最後にここへ帰る。亡霊のようにここへ戻って来る。

11・25の事件の渦中にあっても、総監室につめかけた記者たちは口々に、「首は胴を離れたんですか」と真っ先に訊いている。「ハイッ、首は胴を離れました」というのが、その返事である。

この「斬首の光景」（三島の首は絵画になっていないので、クリステヴァは同題の本で、これにふれていない）に、誰しもくり返し、何度でも戻ってゆくのである。

大江健三郎も「Mの『生首』」に戻ってゆく。

大江において、「Mの『生首』」はまず、三島テロ蹶起の二年後、一九七二年に刊行された

『**みずから我が涙をぬぐいたまう日**』で、「私兵の軍服をまとった割腹首なし死体が、純粋天皇の胎水しぶく暗黒星雲を下降する……という光景」とともに回帰する。

「私兵の軍服をまとった割腹首なし死体」とは、11・25の三島由紀夫の死体を指し、「純粋天皇」とは、二・二六事件の将校たちや、神風特攻隊の兵士たちが、みずからの命を捧げた「すめろぎ」（「人間天皇」を宣言する以前の現人神《あらひとがみ》としての天皇）の謂いである。これらの「英霊」としての「軍神」たちが、「ああ、ああ、嘆かはし、憤《いきどほ》ろし」、「などてすめろぎは人間《ひと》となりたまひし」と号泣する。これが三島「英霊の聲」の主題であった。大江はそれら英霊を統《す》べる三島の「首なし死体」が、「純粋天皇の胎水しぶく暗黒星雲を下降する」というのである。大江にとり憑いた〈英霊・三島〉のオブセッションであろう。三輪太郎も言うように（『憂国者たち』）、「三島の『天皇』は他の右翼のいう『天皇』と見かけは同じだが、まったく異る」「純粋天皇」であることに注意したい。

ついで、およそ十年後、連作短篇集『**新しい人よ眼ざめよ**』（一九八三年）の一篇「**落ちる、落ちる、叫びながら……**」に来て、「Mの『生首』」はその恐怖の実体を明らかにする。

大江をモデルにした主人公の「僕」と、イーヨーという「中学校の特殊学級に在籍していた息子」の二人で、プールに通っていた頃、朱牟田という右翼グループのリーダーが、「先生、M先生［三島］の自決十周年前後にでも」講演会に出てくれないか、と持ちかける。そばにいた「僕」の友人の南という助教授が朱牟田に、「Mの最後の際の『生首』写真をポスターにして集会を開いてね、市ヶ谷蹶起十周年の記念に、なにか企てている連中がいるとも、大学では噂してますよ」と、牽制するようなことを言って、朱牟田と「僕」の対立を際立たせる。南は大江（「僕」）に、「あなたは生前のMから、あいつの政治思想は大嫌いだといわれていたでしょう？　Mの死後は、その死に方を批判しもしたでしょう？　のんびりと講演に行ったりしたら、蹶起の前哨戦の、血祭りにあげられるのじゃないか？」と煽るようなことも言うのである。

ここまでなら、〈三島vs大江〉のお定まりの対立を浮き彫りにした短篇ということになるが、この作品がそういう括りには収まらないユーモラスな転回を見せるのは、問題の11・25蹶起十周年の記念日に起こった出来事である。

むろんアンチ・ミシマの「僕」は講演会には出ないで、息子のイーヨーとプールへ出かける。そこへ朱牟田と彼の引率する青年たちもやって来る。両者の衝突が危ぶまれるところだが、——「突然、正会員専用プールのガラス仕切りのすぐ向うで、無音の大騒ぎが持ちあがってい た。カーキ色のパンツの青年らが、ひしめきつつガラス戸脇へ殺到して、緊迫した身ぶりを、こちらへ向けて示す。［……］なにが起ったのか？　僕はその時の、自分をとらえたもっとも緊迫した思いを、前後の脈絡なしに覚えているのだが——あのMの『生首』の力が青年らをかりたてているのならば、おれとしても逆に『生首』の力の前でたじろぐわけにはゆかないぞ、避けはせず、逃げ出しはせず、『生首』の力に対抗して立っていなければならぬぞ、この屈強な私兵どもによく対抗しうるのでないにしても、イーヨーの前で打ちのめされることになるのだとしても——という強い思いにとらえられていた」。

こうして滑稽にして勇猛果敢な父親としての「僕」のキャラを充分立たせ、「生首」をめぐる左右両翼（大江vs朱牟田）の緊張をピークに持っていった上で、短篇は急転直下、大江流のあざやかな宙返りを演じる、——「次の一瞬、ガラス仕切りの向うでひしめく者らのひとりが、決然とした具合に、拳でガラス戸の枠をひとつ叩き割った。そこから突き出されるはずみに肱まで赤く染った腕が、こちらを指さす。［……］僕は自分でも卑しく感じるほどのノロノロした動作でふりかえり、イーヨーがベンチに坐っていないのに気づいた。その自分の脇を——はじめて僕は、ああ、ミシュランのタイヤ人間に似ているのだ、と懸案を解いたようにして感じとっていたのだが（村上春樹の短篇「ハンティング・ナイフ」［一九八四年］に、ビキニを着た太った女性を「まるでミシュラン・タイヤの看板のタイヤ男みたいだった」と評する場面がある。同じミシュラン・タイヤの比喩が用いられるが、大江が春樹に少なくとも一年は先行することに注意）、全身筋肉でふくらませた朱牟田さんが、異様な敏捷さで走り抜けた」。

そのまま朱牟田さんは水に飛び込み、「大口を開けたイーヨーが宇宙遊泳でもする恰好で沈んで行くのを」、危機一髪で救出してくれたのだった。

かくしてこの逆転劇において、〈右翼vs左翼〉、〈三島vs大江〉の対立が、鮮烈なスパイラルを描いて回転するのを、私たちは目撃するのである。

『新しい人よ眼ざめよ』所収の次の短篇**「蚤《のみ》の幽霊」**に来ると、「Mの『生首』」は連作の正面に置かれる。この短篇で狂言回しの役を演ずるのは若いアメリカ人、「ヴァージニア大学で、日本の作家ふたり、自決したMさん［三島］と僕［大江］について修士論文を書いている女子学生［マリオン］」である。

あるとき、「Mさんがボディ・ビルできたえたことでも名高いのではあるが、背は日本人としても低い方に属した」という話になる。そばで聞いていたイーヨーが突然、「本当に背の低い人でしたよ、これくらいの人間でした！」（原文ゴチック）と大声の注釈を入れる。「つづいてかれは食卓の脇にしゃがみこんで、床から三十センチほどの高さに水平に掌をさしのべ、その下を覗きこんで、具体的ななにものかを見まもるふうである」

イーヨーの振舞いが眼前にほうふつとする息子のポートレイトである。短篇の表題「蚤の幽霊」は、ブレイクの一篇の詩に由来しながら、ここでイーヨーが水平にさしのべた掌の下に見まもった、三十センチほどの高さの三島の首を指す。

この「生首」が「蚤の幽霊」として、イーヨーに憑き、アメリカ人の女子学生マリオンに憑き、大江に憑くのである。「僕」はこう問いかける、——「Mさんが市ヶ谷にある陸上自衛隊の東部総監部というところに闖入《ちんにゅう》し割腹自殺した、その際の新聞写真の、床に直立していた血まみれの首を息子は思い描いているのだ。十年以上もの間、息子の障害のある頭のなかで、あの写真の記憶はどのように保たれてきたのだろう？　これまではMさんについてなにごとかをいうことはいっさいなかったのに、いまは自分の掌の下に『生首』の実在感をしっかり確かめているようにさえ見える……」。

〈三島vs大江〉対談

たしかに「生首」に関していえば、その実在感が問題なのだ。ここで時間を巻き戻して、昭和三十九年（一九六四年）九月号の「群像」誌上でおこなわれた、**「現代作家はかく考える」**（Ⅴ章で『金閣寺』を論じる際にふれたが、ここで詳論する）と題した〈三島vs大江〉の対談に論点を移すと、性犯罪の話が出て、大江がジョン・ファウルズの小説『コレクター』（対談の時点ではまだ映画化されていない）の話をする、――「それは性犯罪者がある家の地下室に女をつかまえてきて閉じこめ、それにいろいろ奉仕する。女の方で肉体的に結ばれればなんとか助かるかと思って、裸になって誘惑すると、その瞬間にいままでやさしかった男が冷淡にサディックになって、女が肺炎で死ぬのを見殺す。そのあとでもう一度新しい犠牲者をつかまえようとしているところで終わる小説ですが、非常に面白い」、と大江が独特のヴォキャブラリーと話術（「女をつかまえてきて」、「裸になって誘惑する」など）を駆使して発言するのに対して、三島は自分の書いた「魔」という評論を引き合いに出し、「女の腿切り」、「自転車でサッと来てパッと切る」と切り返し、まるで〈三島vs大江〉のテロリスト両雄が、刃物を手に斬り合っているようである。

ちなみに三島の評論**「魔」**（Ⅲ章で紹介した短文「魔」を発展させた論考）から、さわりを引用すると、――「私はかねがねいはゆる通り魔の心理に興味を抱いてゐる。夜、自転車で疾走しながら、通行中の女性を刃物で刺し、そのままあとをも見ずに、夜の中へ逃走する、といふ一連の行動の表象には、ありきたりの情熱や必要から出た犯罪以上の意味がひそんでゐる」と、かなり突っ込んだ危険なテロリストの心情を告白している。

「自分が知られない存在として、全く未知の女性と、刺傷の一瞬に於てだけ結ばれるといふ、この戦慄的なほど高度なエロティシズムの表象は、大都会のみが与へることのできる諸条件の上に成立つてゐるが、彼は暗い衝動に動かされながら、自ら知らずして、現代的状況の象徴的構図を、自分の裡に形づくつてゐたのである」（「魔」）

これは本稿の「テロの定義」（「プロローグ」）に使いたいくらいの、二〇一六年の今日に当てはめても至言といえる。「もつとも興味があるのは、彼がわが目で殺傷の現場をたしかめる余裕もなく、被害者の顔を見もせぬことだ。遠くから若い女と夜目に知るだけで十分なのだ。一瞬の刃物の擦過、その手ごたへだけが残る」と、これはボードレールの詩「通りすがりの女に」の三島テロリスト版である。

そして次の結論は三島ならではの極めつけに〈反動的〉なものになる、――「彼［通り魔］は過酷な法制を要求し、なまぬるい社会構造の根本的な模様替へを要求し、テロルの政治形態を、つひには史上究極の恐怖の王国を要請する」と、通り魔がローマ皇帝ネロかヒットラーを召喚する、倒錯した悪の心理が分析される。

〈三島vs大江〉の対談に戻ると、大江がつけた結論が、「生首」問題を考える上で興味深い。

大江はこう言っている、――「僕はいつか腿切りがつかまったときに、かれ自身の手が剃刀で切れて血でいっぱいだったという話を警官に聞いて、感動した」と、流血大好きの三島とかなり波長の合ったところを見せて、「攻撃がなかなかむずかしくて、自分の手が切れてしまったのですね。常習の屍姦者の記録でも、一番最初に死体を掘り出したときに、どうしていいかわからなくて泣き声をあげたという、そういうところには感動させるものがありますね」。

屍姦者が掘り起こした死体を前に、「どうしていいかわからなくて泣き声をあげた」というところなど、まるで大江の小説（一例が対談でも三島が絶賛した中篇「性的人間」の、とくにラストで主人公のJが地下鉄に下りて行き、痴漢になって娘の外套を精液で汚す場面）を読んでいるような、気合いの入った文章である。

三島は想像裡で自分が通り魔になった評論の話をして、大江は現実にあった腿切り事件の話をしている。三島より大江のほうが「生首」の実在感に近いところに行っているようだが、実際は三島は自分の生首を切断して衆人環視の下におき、大江（とイーヨー）はその生首の映像（写真）に憑依されることになった。I章で見た〈川端vs三島〉のバトルにおけるように、〈三島vs大江〉のバトルにおいても、憑く者が憑かれるという憑依のスパイラルが起こっている。

「蚤の幽霊」は、「僕」の妻の次の言葉で終わる、――「マリオンさんの私あての手紙には、イーヨーがMさんの『生首』の幽霊を見るというより、一緒にプロフェッサー［大江］までそれを見ているようなのが恐かったのだと、そう書いてあったわ」。

11・25で死ななかった三島

同じように三島の生首にとり憑かれた作家に、『**不可能**』（二〇一一年）の松浦寿輝がいる。これは11・25で死ななかった（あるいは、死ななかった）三島由紀夫の話である。

こういう非現実な仮定はすでにサイデンステッカーもしていて、三島が「生きていたなら彼も八十に近い。八十歳の三島はどういう人物になっていたか、その予測は三島がゆるさなかった」（「鮮明な人物像」）という、その「不可能」な予測をあえて試みた作品といえよう。小説『憂国者たち』の三輪太郎も、同じような仮説を立てている、——「失敗して生き残れば、刑罰が科せられます。三島さんにどれほどの懲役がつくか、執行猶予がつくか、わかりませんが、死刑にはならないし、無期懲役にもならなかったでしょう。ということは、いずれ娑婆へもどる。一度ならず二度までも、彼は死にそこなう。死にそこなった彼は、どんな余生を送ればよいか、これが問題です」。

この章の主役である大江健三郎も、『**さようなら、私の本よ!**』（二〇〇五年）のなかで、ある登場人物（ウラジーミル）にこんな仮定を立てさせている、——「ミシマが総監を人質にしてある部屋に引き揚げ、かれを救出しようとする自衛隊員と戦闘になって、ついに逮捕されたとしたら、どうだったか？　それなりにかれの考えと行動は本気なものだった、こう受けとめる民衆はいたのじゃないですか？／その一方、確信犯ミシマの裁判での陳述が報道され、有罪判決後の獄中生活も、時をおいて報道され続けるでしょう。そのうちミシマは、政治的指導者として確固とした評価をかちとってゆくのじゃないですか？　刑期を終えたミシマが白髪になって、しかし獄中でもやり続けたボディビルの成果はあきらかに、堂々とシャバに戻って来るんです。／バブル経済で日本中が浮かれているところへミシマが社会復帰して、『タテの会』を再組織する。そういうことになっていたら、どうだったでしょう？　新しい『タテの会』が実力をたくわえたところへ、バブル崩壊が来る。そういう事態をお考えになりますか？　その上での、二度目のクーデタ計画もまた、自衛隊員は真面目に受けとらなかったでしょうか？」。

大江（ウラジーミル）の仮定はおもしろいが、松浦の小説では平岡（三島の本名は平岡公威）は、そういうユーモラスな延命の仕方をするわけではない。

あの自決で死ななかったとすれば、『不可能』の主人公・平岡は、それこそ大江の「蚤の幽霊」に出て来るような、三島の幽霊ということになるが、松浦の小説では必ずしもそういうふうには書かれてはいない。

『不可能』と題されているが、これは〈あったかもしれない可能世界〉の話で、三島の死後を生き延びてゆく平岡の物語である。デリダの『デッサンと肖像』というアルトーのデッサン集の翻訳者としても知られるフランス文学者のこと、デリダの〈差延〉、あるいは〈遅延〉の哲学を三島由紀夫に適用したともいえる。

「無期懲役の判決で入監してたしか二十七年経って仮出獄になったのだった」とあるから、自決の年に四十五歳だった三島は、この小説では七十二歳を越えた高齢になっている。ドミニク・ノゲーズが『三人のランボー』という一種のメタフィクションで、一八九一年、三十七歳で死んだランボーが、八十歳を越えても生きていて、アカデミー・フランセーズの会員になり、詩人で駐日大使としても知られるクローデルの妹と結婚するという小説をものした、それと似た趣向である。

たしかに三島が11・25の自決テロで死ななかったとすれば、市ヶ谷の自衛隊駐屯地に闖入し、総監を椅子に縛りつけ、人質に取って、駆けつけた自衛隊員に刀を振るって乱暴をはたらき、自身は自決を謀《はか》っただけではなく、早稲田大学の学生だった森田必勝に介錯を強い、森田を無理心中の道連れにしようとした（他に、三島が森田に自決を思い止まらせようとした、という証言もある、――「三島はその後、上半身裸になり、バルコニーに向かうように正座して短刀を両手に持ち、背後の森田を見上げ、「君はやめろ」と三言ばかり殉死を思いとどまらせようとした」［ウェブサイト「三島由紀夫　割腹自殺の全容」］）。そう考えれば、三島に「無期懲役の判決」が下りて、その後「仮出獄」になったとしても、おかしくはなかったかもしれない。

11・25、斬首の光景

彼が自決に失敗して生き延びる可能性はあった。いま改めてその場の状況を再現してみると、おおよそこんなふうである、――11・25の蹶起に起《た》ったのは、三島由紀夫、森田必勝、小賀正義、小川正洋、古賀浩靖の五名。昼の十二時十分頃、市ヶ谷台バルコニーで自衛隊員に蹶起を呼びかける演説を終えた三島は、総監室に戻ると、上半身裸になり、バルコニーに向かって緋絨毯の上に正座した。

三島は鎧通しの短剣を両手で握り、左後ろに森田必勝が名刀「関ノ孫六」を構えて立った。森田は三島の呼吸と間合いを計り、右足を一歩前に踏み出しつつ刀を頭上に振りかぶった。

三島は凄まじい気合いを込めて一声叫び、鎧通しを左脇腹に深々と突き立て、いっきに右へ引きまわした。映画『憂国』の一場面さながら、腸がなまなましく裂けた腹から迸《ほとばし》り出た。小説「憂国」から引くと、「中尉がやうやく右の脇腹まで引き廻したとき、すでに刃はやや浅くなつて、膏《あぶら》と血に辷《すべ》る刀身をあらはしてゐたが、突然嘔吐に襲はれた中尉は、かすれた叫びをあげた。嘔吐が激痛をさらに攪拌《かくはん》して、今まで固く締つてゐた腹が急に波打ち、その傷口が大きくひらけて、あたかも傷口がせい一ぱい吐瀉するやうに、腸が弾《はじ》け出て来たのである。腸は主《あるじ》の苦痛も知らぬげに、健康な、いやらしいほどいきいきとした姿で、喜々として辷り出て股間にあふれた」。

三島の愛読者だったガルシア＝マルケスの『予告された殺人の記録』（これもテロ小説である）の主人公サンティアゴ・ナサールが惨殺される情景、——「腸が残らず飛び出した」とか「日光に当った自分のきれいな青い腸を見ると」とか「あの、おっそろしいくそみたいな臭いだけはどうしても忘れられなかったよ」とか「まだ、腸に泥がついたのを気にして、手でゆすって落したほどだったよ」（野谷文昭訳）といった表現には、三島の小説「憂国」の影響が読みとられる。澁澤龍彥『三島由紀夫おぼえがき』収録の出口裕弘との対談から引くと、──出口が「腹部を切る、腸を切るというのは、死に方としてひどく時間がかかるんだ。すぐには死ねないんだよ」と切腹の話を持ち出し、澁澤が村上彦四郎義光の例を挙げ、出口が「［自分の腸を］ちぎっては投げ、ちぎっては投げ」と合いの手を入れる。以後、「日本人だけかね」「ま、日本人だけでしょう」「日本人だけ」と二人が意気投合して、ハラキリが日本人に固有の「儀式」であることを確認し合っている。出口が「伝統はあるよな。様式というか」、澁澤が「うん。様式があるから。だって、何人も集団でやることあるわけでしょう。四十七士だってやったし。それから神風連とか、あのころはいっぱいいたわけだよ」、と切腹談義が続く。

以下、いよいよ「憂国」にも書かれていない斬首の場面になる、──

「介錯するな」と益田総監が椅子に縛られ、猿轡《さるぐつわ》を嚙まされたまま叫んだ。森田は刀を三島の首に振り下ろした。首は半分ほど切れ、三島の身体は前屈みに倒れた。

「もう一太刀」と古賀が言った。さらに二度続けて森田が斬りつけたが、介錯し切れなかった。一太刀は頸部から右肩にかけて、一太刀は顎に当たり、大臼歯が砕けた。

古賀が森田から刀を受け取ると、一太刀で三島の介錯を果たした。小賀が三島の握りしめている鎧通しを受け取り、血を拭って、古式に従って首と胴をつなぐ一枚の皮を切り離した。

ついで森田が制服を脱ぎ、三島の遺体のかたわらに正座した。三島が割腹した鎧通しを手にすると、森田は一息に腹に突き立てた。介錯は古賀がおこなった。古賀による森田の介錯は一太刀で果たされた。

残った三人は、三島と森田の遺体を仰向けにし、制服をかけ、首を並べて床に安置した。

「思い切り泣け」と総監が言った。

鋼鉄の tenderness（やさしさ）

——この途中で、森田と古賀による三島の介錯が終わらないうちに、自衛隊員が乱入し、三島らを逮捕、拘束し、自決を未遂に終わらせたとすれば、三島のその後の人生は、どのようなものになっただろう？

松浦の『不可能』はこの問いの下に成立している。「いつもの癖で首筋をさわと撫で、そこに残っている二筋の醜い瘢痕を指先で確かめながら、しかし俺は九十まででも百まででも生きてやると心の中で呟いて薄く笑った」りするところを見ると、介錯に使った真剣「関ノ孫六」が、首に閃《ひらめ》いたことは確かなようなのだが、……。

「いずれにせよ」と『不可能』に、——「鉄などという異物とはもう縁がない。平岡はそれが癖になっている無意識の身振りで首筋に残った二筋の瘢痕を撫で、改めてかすかな驚きとともにかつてここに鋼の刃が食い入ったのだなと他人事のように考えた」。

ここで思い出されるのは、死の二年前の昭和四十三年一月二十日付で三島が澁澤龍彥に書いた手紙である。澁澤が「貴兄もずいぶん遠いところへ行ってしまわれたような気がします」と書いたのに対する返事で、「澁澤塾から破門された感あり」と例によって冗談にまぎらした後で、三島はこう言っている、——「小生がこのごろ一心に『鋼鉄のやさしさ』とでもいふべきtendernessを追求してゐるのがわかつていただけないかなあ?」。野坂昭如も、三島が割腹した腹を母親の膣に喩えて、「三島は［……］形を整えたあげく、自らに膣を開くことで、生れようとした。きっと赫奕たる生の輝きを確め得たと思う。世間にとって、それは『死』であったとしても、三島は、この時生きた」と、『赫奕たる逆光』を結んでいる。三島にとって剣はそれが斬る肉のやさしさと表裏一体であったようである。

『不可能』の松浦が三島の生首に憑かれていることは、主人公の平岡がオブセッションのように、自分の首筋の「瘢痕」を確かめてみることでも、明らかである。平岡はこうも考える、——「あのとき、距離は完全に零になった。あの研ぎ澄まされた硬い冷たい刃は俺の首にたしかに喰い入った。距離どころか、俺の軀は世界に激突した……。いや、逆か、世界の方が……。まあ何でもいいや、とにかくそこですべての距離が消えた」。

三島のテロ小説として本稿で取り上げた『金閣寺』や『美しい星』などでくり返し問題になる、あの三島の「到達」の理念が、一瞬、剣が首筋に当たったとき、成就したというのである。

その後、小説はミステリー仕立ての急展開を見せる。あらましだけを言うと、東京の地下室に住む平岡は、西伊豆に——ここには当然、三島の愛した西伊豆の海が念頭にあるのだろう

――別邸として「塔」を建立し、一夜その塔でパーティを開いて、地下室には「血まみれの生首」（ここで「エピローグ生首考」のテーマが鳴る）を、塔には平岡がバタイユ風に「無頭人《アセファル》」と呼ぶ「首なし死体」を置き、本人は「中米の某国の高原地帯に建つ豪壮なヴィラ」に遁走する、あるいは亡命する、という破天荒な結末を迎える。

そこで平岡の言う次のせりふが、本稿に打ってつけの銘句になると思われるので、ここに引いておこう、――「わたしはオサマ・ビンラディンみたいな存在になるのかね」。

決闘の記憶に生きる

なぜこのように、大江健三郎、マルグリット・ユルスナール、松浦寿輝（ここに『地図と領土』でミシェル・ウエルベックの生首を暖炉の前の椅子の上に置いたミシェル・ウエルベックや、『オールド・テロリスト』で血の滴る自分の生首を宙に飛ばせた村上龍を加えてもよい）と、ポスト三島の作家たちは三島の「生首」に憑依されるのだろう?

三島は大江との先の対談で作家の「傷跡」ということを語る、――「僕はいつもこの人は文学者である、この人は文学者でないという基準の一つとして、その人の顔に決闘の傷跡があるかということをいう。それはセンチメンタルな表現ですけれども、日本の作家で決闘の傷跡のある作家は作家と認める。大江さんにはありますよ。だからあなたは立派な作家だと思う」。

これはテロリスト三島の遺言のような言葉である。「僕たちは一度決闘した記憶に生きるほかない」（同）。先にも述べたとおり、三島と大江の対談は「決闘」だったのである。両者が肝胆相照らすということは、その意味で成り立つ。言えることは、三島の文学には、——事後のこととしてではあったが——その首に明らかな「決闘の傷跡」があるということだ（松浦の『不可能』で、平岡がくり返し自分の首の「瘢痕」にさわるように）。

両人はまたセックスについて語っている。大江が「セックスについては自分で行動しながら観察できるところがあると思います」と言うのに対して、三島が「そうですか。あなたはずいぶん自意識が強いね」と応じるところでは、三島の大江に対する皮肉の切っ先が一閃している。

ここで思い出すのは三島の**「太陽と鉄」**で有名な「林檎の比喩」である。すこし長いが引用しよう。三島は肉体に閉じこめられた精神が「見る」というのは、どういうことか、と問うている、——「林檎の中心で、果肉に閉ぢこめられた芯は、蒼白な闇に盲《めし》ひ、身を慄《ふる》はせて焦躁し、自分がまつたうな林檎であることを何とかわが目で確かめたいと望んでゐる。林檎はたしかに存在してゐる筈であるが、芯にとつては、まだその存在は不十分に思はれ、言葉がそれを保証しないならば、目が保証する他はないと思つてゐる。事実、芯にとつて確実な存在様態とは、存在し、且《かつ》、見ることなのだ」。

『英霊の聲』のあの「見て、見て、見て、見破るのだ」をここに重ねてもよい。これは神風特攻隊の霊が、敵機に突っ込む瞬間を語る言葉である。「……そして命中の瞬間を、つひに意識は知ることがなかつた」。

澁澤龍彦の『三島由紀夫おぼえがき』も、三島が「見るということに執拗にこだわった形跡がある」と述べ、「もう一つ。三島は死ぬまで、見られるということに執拗にこだわった形跡がある」。そう言われてみれば、不謹慎を承知であえて言うなら、『英霊の聲』の「見て、見て、見て」は別の意味を帯びるようである。澁澤は言う、――「見ることから見られることへ。ということは、手袋を裏返しにするように、内面と外面とをくるりと裏返しにすることにほかならぬ」。11・25の三島の割腹自殺は、この「裏返し」にほかならなかった。

大江は「自分で行動しながら観察できる」と言い、三島は「あなたはずいぶん自意識が強いね」と応じた。大江は「見るまえに跳べ」と言うが、なんといっても「見る」人である。跳びながらも、見つづける人である。三島はぎりぎりの瞬間には、目を閉じる人であった。

介錯される瞬間まで「見て、見て、見て、見破る」ことのできる人はいない。三島にとっては、「命中の瞬間を、つひに意識は知ることがなかつた」のである。『太陽と鉄』は、こう続けられる、――「しかしこの矛盾を解決する方法は一つしかない。外からナイフが深く入れられて、林檎が割《さ》かれ、芯が光りの中に、すなはち半分に切られてころがつた林檎の赤い表皮と同等に享《う》ける光りの中に、さらされることなのだ」。

それこそ自決の瞬間、剣の刃が首を斬る瞬間だろう。三島は**「中世に於ける一殺人常習者の遺せる哲学的日記の抜萃」**（昭和十九年［一九四四年］）と題した掌篇に、これは斬首ではないが、室町時代のテロリストが遊女を斬った情景を、こう書いている、――「朱肉のやうな死の匂ひのなかで彼女は無礙《むげ》であつたのだ。彼女が無礙であればあるほど、私の刃はます〳〵深く彼女の死へわけ入つた。そのとき刃は新しい意味をもつた。内部へ入らずに、内部へ出たのだ」。

私たちは三島の言う、「内部へ入らずに、内部へ出た」剣によって、「光りの中に、さらされる」生首を、本稿のラストで見ることになる。「太陽と鉄」には、「事実、芯にとつて確実な存在様態とは、存在し、且、見ることなのだ」とある。しかし、この首が見ている、ということは言えるだろうか?

心中、あるいは剣のスパイラル

生首そのものなら、先にふれたように、世界に多くの先例がある。しかし三島の生首はワイルドの『サロメ』や谷崎潤一郎の『武州公秘話』、クリステヴァの『斬首の光景』など、数多くの芝居や小説や絵のなかで表象された生首とは、本来的に類を異にする特質を持っている。

そこには決定的な違いがある。すなわち三島の生首は彼自身の生首であった、ということ。それも誰か他の者(敵)によって挙げられた首級ではない。もちろん、三島の首を刎《は》ねたのは森田必勝である。しかし、ここには世界に例のない「介錯」という自決の作法があった。

森田必勝は三島にとって自分とは違う他人の手であったが、三島その人の手でもあった。そういう逆説が成立した。三島の首を介錯したのは三島自身の剣であった。森田の腕が三島の腕と交錯し、ひと振りの剣が手渡された。剣のスパイラルである。ここには剣による心中のセレモニーがある。ただの心中ではない。割腹と介錯による血の心中である。死の瞬間において他人が消える。迸る血のなかで二者は一体になる。生首とともに幻の〈愛の死〉《リーベストート》が一閃する。そのとき森田必勝は他人ではなかった。森田必勝は三島由紀夫であった。そういう憑依の背理が実現してしまう。

三島と森田の情死を否定する作家もいる。『「三島由紀夫」とはなにものだったのか』の橋本治である、――「昭和四十五年の十一月に市ヶ谷の自衛隊駐屯地で自決した際にも、彼の切腹を森田必勝という学生が介錯したことから、これを『森田必勝との情死』と言う人さえもいた。しかし私は、そうは思わない。自決のその日、夕刊紙には『三島由紀夫の生首の写真』が載った。介錯された三島由紀夫の首は、ただ一つ床の上に置かれ、目を瞑って、孤独だった。私は、その写真の中に『三島由紀夫の孤独』しか見なかった。孤独のまま人生を終えてしまった人の、あまりにも無残な寂寥がそこにはあって、私は『二度と見たくない』と思った。あまりにも可哀想だったからである」。

ここには事実誤認がある。ラストで見るように、少なくとも「アサヒグラフ」に載った三島の生首は「ただ一つ床の上に置かれ」てはいない。かたわらに森田必勝の首が寄り添っている。写真のキャプションにも「はねられた二人の首」とある。

橋本は「ただ一つ床の上に置かれ」た三島の首に、「孤独」を見、「無残な寂寥」を見ているが、一つであれ、複数であれ、死が孤独であることには変わりがない。心中においても、最後に人は一人で死んでいくしかない。二人の人が同時に死ぬことはできない。「憂国」でも、妻は夫に死に遅れている。妻は夫の死を見届けてから、自分の喉を懐剣で突いて死ぬ。ここにはいつでも死の遅延ということがある。三島は初期（昭和二十三年）のエッセイ「情死について」で、「『同時性』が心中の本質であります」と述べ、近松門左衛門の浄瑠璃では、「愛する者同志が死へ急がされたあらゆる動機を深い洞察と直感でゑがきましたが、心中の刹那の心理にはふれてはならないことを知つてゐました」と書いている。「同時」とは幻想であり、心の領域に属するというのである。『天人五衰』の聡子の言葉にある「心々《こころごころ》ですさかい」といってもよい。「二つの事象の同時に起るといふ蓋然性は、いつも内に保たれ、秘められてゐる筈です」（「情死について」）と。ましてや、死者が斬首されているのであれば、その光景に「無残な寂寥」を覚えるのは当然であろうが、その心理は「秘められてゐ」て、他の者が穿鑿《せんさく》することはできない、と言うのである。芭蕉が、討死した実盛の兜を見て詠んだ、「むざんやな甲《かぶと》の下のきり〴〵す」という句を思い浮かべるまでもない。「孤独」、「寂寥」、「可哀想」を云々する以上に、その死の「型」に目を止めたほうがいい。生首の孤独感、寂寥感を見て、三島の自決を情死ではないとする橋本の論には、説得力が感じられない。

ここで出口裕弘『三島由紀夫・昭和の迷宮』から次の一文を引用しよう。橋本の本と同年（二〇〇二年）に刊行されたが、橋本の本は一月刊、出口の本は十月刊だから、出口は橋本の本を読んで、それに対する反論を書いたのだろう、——「完璧な信頼を森田必勝という青年に対し抱いたからこそ、市谷で三島は先に割腹することができた。森田青年のほうに三島との情死という意識があったとは、私は思っていない。あの青年こそは、尊敬する同志三島由紀夫と『共に起つて義のために共に死』〔「檄」〕んだのだと私は信じている。しかし、三島の主観は違う。あれは最大限に演劇的で、おびただしい流血を伴う凶変としての情死だった」。

本稿の論旨も、三島の「主観」に即して介錯という儀式を解釈している。誰しも自分の首を自分で斬り落とすことはできない（村上龍の『オールド・テロリスト』に刈払機で自分の首を斬る場面があるが、電動機器というものはすでに人間にとって無関係なモノである）。介錯という方法によってのみ、それは可能になる。三島はこの古式の作法に則って自決し、この作法の持つ深い意味を実践したのだ。そして彼は自決というテロリズムの意味を徹底的に問いつめ、介錯という日本にしか例のない、特殊日本的な作法にゆき着いたのである。

三島と剣の関わりについて、野坂昭如が『赫奕たる逆光』で興味深いことを書いている。三島が母・倭文重《しずえ》より祖母・なつの圧倒的な支配下に幼時を送ったことは、はやく奥野健男『三島由紀夫伝説』などに指摘されているが、野坂によるとこうである、――「なつは、いわば文治から武断派へ変った。気が昂ぶると刃物をふりまわし、〔祖父定太郎の財産処分による〕差押えを免れた一振は、来物《らいもの》と伝えられる古刀の鞘巻、尺に足りぬ懐刀、なつは時に姿勢を正し、刀に見入り、侍る看護婦を恐怖せしめた」。

イスラムの自爆テロなどという、火器を用いた粗雑な死に方と比較すれば、介錯による自決テロの繊細さ、静けさ、姿の美しさは比類のないものだろう。谷崎は『陰翳礼讃』で日本の美を称揚したが、介錯という死の「型」は、もっと〈真剣に〉考察されてよいはずである。

「この東京で連日、自爆テロが起る」（大江）

イラク、シリア、イエメンなど、中東の「イスラム国」から、北アフリカのエジプト、チュニジア、アフリカのナイジェリア、ソマリア、南アジアのパキスタン、アフガニスタン、東アジアのインドネシア、中国新疆ウイグル自治区まで、イスラム過激派のテロは燎原《りょうげん》の火のように全世界に伝播していく。村上龍『オールド・テロリスト』のジャーナリストはこう言っている、――「組織としてのアル・カイーダですけど、ほんと、ユニークだと思ったんですね。先端的なんですよ。システム、組織論としては、高等動物の生体システムに近いほど進化しているという常識があるんですが、アル・カイーダは、前世紀まで主流だったピラミッド型ではなく、アメーバのように独立して分散する小グループの集合体なんですよ。免疫システムにちょっと似てるんです」。あるいは、「アッラー・アクバルと叫び目標に突っ込む殉教者はですね、その車両がどこで準備されたか、そして爆弾がどこで誰によって作られたか知らないんです。そういった分散型の組織は、仮にテロがどこかのタイミングで発覚しても組織的な被害が最小で済みますね。全体が壊滅することがないです」。

ツリー状ではなく、網目状に分散するイスラム原理主義テロ組織の蜂起はとどまることを知らない。今日ではヨーロッパや日本も例外ではない。ロンドンでも、パリでも、東京でも、「今はどこでもテロが起こる。逃げ場所がないじゃないか」と憤る声が聞かれる。

日本については大江健三郎の『さようなら、私の本よ！』が伝える、次のメッセージがある。主人公の長江古義人《ちょうこうこぎと》（大江をモデルとする）が語る、——

「この国にいままで無かった煽動家が現われて、かれのもとに、やはりかつてなかったタイプの若者が集結するということになれば、とぼくも考えずにはいられないよ……とくにおかしなところのある若いやつに、自分のなかからせっつかれるとね。そいつに揺さぶられて目をさましては、寝酒をやり直しながら、考えずにいられないだろう。／この若い実行者のタイプはね、革命的なものであれ、反動的なものであれ、大義に動かされてなにかやるというのじゃない。煽動家に示されたテロの手法が面白いというだけで、それをやってしまう連中じゃないか、と感じる。／しかもそのテロは、自爆テロであるほかないだろう、そういう気もする。なにかやってやろうという若者らが、テレビで毎日見ているんだからね、実際のテロの報道を。ＢＳの世界ニュースを見ているなら、まさに昼夜を問わずだよ。なにより成功率の高いテロは、自爆テロだとかれらは知っている。／ある日、かれらに声がかかる。かれらは受けて立つ。示された目標を見定めて、いそいそとかつ周到に準備するんだ。頭の悪いやつ、粗暴なやつじゃない、むしろスマートな若者なんだ。そのうち煽動者がいなくても、自前で発案して、ということにすらなるだろう……／そして、これらの連中が、選りどり見どり気に入った自動車を盗んでは、それに積めるだけの爆薬を積んで突っ走る。それは幾らでも起りうることだ。この東京で連日、自爆テロが起る、そういう時が来るのじゃないか？／鬱屈したフリーターが大都市に集中しているこの国で、なぜそれがこれまで起らなかったか？　むしろそれこそが、不思議な国ニッポンで起るべきことじゃないかと、ぼくにくっついたおかしなところのある若いやつは、無邪気なような目つきでいうんだ」

するとウラジーミルが話柄を三島に戻して、——

「またミシマ問題に戻る、というわけですが、長江さんの恐れていられる個人のテロより、主張のある組織のテロを考えるべきじゃないですか？　たとえば、自衛隊のクーデタを、なぜ考えないのですか？　ミシマの市ヶ谷蹶起以来、もう三十年を越えていますよ。どうして今なお、自衛隊のクーデタが起らないのですか？」

どうしてミシマが帰って来ないでしょう？　というウラジーミルの問いに、別の登場人物がこう答える、——「いまはまだ陽が高いんだ、おかしなところのある若いやつもまだコギー［古義人］にとりついてはいないだろう［……］。ウラジーミル、きみのいうような事態になれば、まず亡命先を探さねばならないのは、コギーのような民主主義者だからね、そのうちかれも考えるだろうさ」。

パリでは二〇一五年一月、政治週刊誌〈シャルリ・エブド〉などを狙った連続銃撃テロが発生、十七人が死亡した。フランスの地方でも、こんな生首の出るテロの報道があった、——

「フランス南東部サンカンタンファラビエの化学工場で26日起きたテロ事件で、仏メディアは28日、拘束されたヤシン・サリ容疑者（35）が警察の調べに対し、勤務先の配達会社幹部（54）の頭部を切断したことを認めたと一斉に伝えた」

「AFP通信によると、仏国内でのテロで首を切られた被害者が出たのは初めてで、『イスラム国』などイスラム過激派が敵を殺害する際に使う手口をほうふつとさせる。首の近くには、アラビア語が書かれた白色と黒色の2枚の旗が見つかった。サリ容疑者は、幹部の頭部を切断後、車両で工場内に突っ込み、爆発を起こしたとみられている」

「今回の犯行でスマートフォンを使って、切断された頭部と自分自身の画像をカナダに送信していたことも判明。カナダを経由し、中東の過激派に向けて犯行をアピールする画像を送る狙いだったともいわれる」（「読売新聞」二〇一五年六月二十九日）

しかしながら、イスラム過激派が公開したどんな頭部の画像も三島由紀夫の生首を越えることはできない。なぜならそれは、介錯によって刎ねられた、割腹テロの生首だったからである。

そしてごく最近、11・13パリ同時多発テロが勃発して、一三〇名以上の死者が出る怖るべき惨事を呈したことは、これまで何度か述べてきたとおりである。

黙示する生首

一枚の写真がある。「アサヒグラフ」一九七〇年十二月十一日号に掲載された報道写真である。11・25自決テロの現場を撮影した大判の写真。ユルスナールが「あまりにショッキングなので転載されることも滅多になかったイメージ」と言った一枚の写真である。

見る者の視線は左下隅の二つの生首に注がれる。三島由紀夫と森田必勝の頭部が安置されている。二人の頭部のうち、向こう側が三島で、こちら側が森田だろう。その識別ははっきりとしない。死が両人をふしぎな混濁のうちに結びつけたのである。とはいえ、向こう側に置かれた首が、その秀でた鼻梁、濃い太い眉、閉じた瞼などによって、三島のものではないかと思われる。こちら側の森田のものと思われる首は、三島の首に寄り添うように、三島のほうに向けられている（三島と森田を置き換えてもよい。両者は互いに「心中」して一体になり、首と人の名の関係は恣意的なものになっている）。

生首の顔には苦痛の痕は見られない。おだやかというのではない。瞑目し、沈思しているように見える。顔というものの究極のかたちをしている。それは深みと静けさの深淵へ降りて行った人の顔だ。

二人の顔は窓から射した大きな長方形の光線の枠のなかに置かれている。太陽の光線にさらされた首である。生首の前に剣の鞘が放置されている。血に塗《まみ》れた刀はもう片づけられたのだろう。首のない遺体も運び去られた後である。卓上の黒い電話は受話器が外れて、コードが下に垂れ下がり、惨劇の跡を伝えている。

衝立《ついたて》の右手に三人の男性が立っている。ネクタイをした、背広姿の男たちである。三人とも、こういう場合には、こういう顔しかできない、と思われるような、敬虔な驚きと、沈痛な面持ちと、死者に対する深い礼節を、面に浮かべている。

11・25の午後の日だまりのなかで、三島と森田の寄り添った首は、なにごとか秘密の睦言を囁きあっているように見える、——「記憶もなければ何もないところへ、自分は来てしまつた」、「庭は夏の日ざかりの日を浴びてしんとしてゐる。……」（『天人五衰』）。

ナイフで割かれた林檎（「太陽と鉄」）のような生首たちの言葉が聞こえる。

大江健三郎も、ユルスナールも、松浦寿輝も、この生首から出発して、彼らの『新しい人よ眼ざめよ』、『三島あるいは空虚のヴィジョン』、『不可能』を書いたように思われる。

「縄手事件」のテロリストの首級から、「山羊の首」で作者の生首を透視しているような、「あの目つきで見つめられたら最後、人間の幸福も希望も愛情も、迅速で巧妙な殺人のやうに、即座に消し去られてしまふ」黙示録の首を経て、大江の「蚤の幽霊」、松浦の「不可能」な平岡の首の傷痕を受けて、市ヶ谷台の総監室に置かれた三島自身の生首まで、さまざまな人や場所に憑依する首を考えてきたが、ポスト三島の時代の文学は、一枚の写真が今も突きつける問いから、ついに逃れることはできそうにない。

であるから、本章で疑問形のままにしておいた、「この首が見ている、ということは言えるだろうか？」には、「そうだ、この首は見ている」という答が返されるのである。

跋文

11・25の生首

最初に一枚の写真があった。

三島由紀夫の割腹自決の現場写真である。一九七〇年十一月二十五日、三島は〈楯の会〉の同志四名とともに、市ヶ谷の自衛隊駐屯地に乗り込んで、総監を縛り上げ、バルコニーから檄文を撒いて、自衛隊の蹶起を促す演説をおこない、聞き入れられないと分かると、総監室に引きあげ、切腹し、介錯されて、四十五歳の生涯を閉じた。いまからちょうど四十五年前のことである。総監室の床には、三島由紀夫と森田必勝の首が残された。

三島の小説を私はくり返し読んできたが、新聞に載った事件現場の写真、とりわけ三島と森田の二人の生首の写真が、彼の本のページに透けて見えるような気がしてならなかった。

今度、三島由紀夫の蹶起を〈テロ〉として捉える本を書こうとして、私は図書館で新聞や雑誌を閲覧し、「アサヒグラフ」で自決現場を撮影した大判の写真と出会った。私はそのページをコピーにとり、仕事部屋に生首の写真を拡げてPCに向かった。事件の混乱もなまなましい総監室の、十一月の午後の光りにさらされた生首が、いまも語りかけてくるところに耳を傾けようとした。

今日では一般に封印されている生首の映像から、語り得ぬ秘密が語り出されるようだった。そこには汲めども尽きせぬ謎があった。これこそ新種のリアル、新種のテロだと思った。

私はテロリズムという鍵を使い、三島由紀夫の生首の封印を解こうと決意した。

なお、本書は太田出版の穂原俊二氏の甚大なご尽力の賜物である。記して厚く感謝の辞を表したい。

二〇一五年十一月二十五日

鈴村和成

参考資料リスト
（本稿で言及・引用した主要なものに限る）

1　三島関連・一次資料

『三島由紀夫全集』全42巻、補巻、別巻（映画『憂国』）、検索CD-ROM、新潮社、二〇〇一年〜二〇〇六年
三島由紀夫『初版本完全復刻版　仮面の告白』（月報）河出書房新社、一九九六年
『川端康成・三島由紀夫　往復書簡』新潮社、一九九七年
『川端康成全集』全19巻、新潮社、一九六九年〜一九七四年
――全35巻、新潮社、一九八〇年〜一九八四年
伊吹和子『川端康成　瞳の伝説』PHP、一九九七年
『谷崎潤一郎全集』全30巻、中央公論社、一九八一年〜一九八三年
中里介山『大菩薩峠〈都新聞版〉』全9巻、論創社、二〇一四年〜二〇一五年
五社英雄監督『人斬り』（VHS）ポニー、一九六九年度作品
細江英公写真集『薔薇刑』集英社、一九六三年
「三島由紀夫　割腹す」「アサヒグラフ」一九七〇年十二月十一日号
川端康成「三島由紀夫」（追悼文）「新潮」一九七一年一月号
Marguerite Yourcenar, *Mishima ou la vision du vide*, Gallimard, 1980
マルグリット・ユルスナール『三島あるいは空虚のヴィジョン』澁澤龍彥訳、河出書房新社、一九八二年
澁澤龍彥『三島由紀夫おぼえがき』立風書房、一九八三年

——文庫版（出口裕弘との対談「三島由紀夫　世紀末デカダンスの文学」を付す）、中公文庫、一九八六年
野坂昭如『赫奕たる逆光——私説・三島由紀夫』文藝春秋、一九八七年
石原慎太郎『三島由紀夫の日蝕』新潮社、一九九一年
橋本治『「三島由紀夫」とはなにものだったのか』新潮社、二〇〇二年
出口裕弘『三島由紀夫・昭和の迷宮』新潮社、二〇〇二年
平野啓一郎『モノローグ』講談社、二〇〇七年
松浦寿輝『不可能』講談社、二〇一一年
三輪太郎「憂国者たち」「群像」二〇一五年九月号
高橋睦郎「在りし、在らまほしかりし三島由紀夫」「文學界」二〇一六年一月号

2　三島関連・研究資料

高橋英郎「優雅なる復讐『春の雪』」「新劇」一九七一年七月号
平岡梓『伜・三島由紀夫』文藝春秋、一九七二年
——『伜・三島由紀夫　没後』文藝春秋、一九七四年
徳岡孝夫、ドナルド・キーン『悼友紀行　三島由紀夫の作品風土』中央公論社、一九七三年
平岡倭文重「暴流のごとく」「新潮」一九七六年十二月号
ヘンリー・スコット＝ストークス『三島由紀夫　死と真実』ダイヤモンド社、一九八五年
——『三島由紀夫　生と死』清流出版、一九九八年
清水昶『三島由紀夫　荒野からの黙示』小沢書店、一九八六年

村松剛『三島由紀夫の世界』新潮社、一九九〇年
松本徹編著『年表作家読本　三島由紀夫』河出書房新社、一九九〇年
奥野健男『三島由紀夫伝説』新潮社、一九九三年
川島勝『三島由紀夫』文藝春秋、一九九六年
福島次郎『三島由紀夫　剣と寒紅』文藝春秋、一九九八年
飯島洋一『〈ミシマ〉から〈オウム〉へ　三島由紀夫と近代』平凡社、一九九八年
ジョン・ネイスン『新版・三島由紀夫―ある評伝―』野口武彦訳、新潮社、二〇〇〇年
山内由紀人『三島由紀夫、左手に映画』河出書房新社、二〇一二年
『三島由紀夫読本』「新潮」一九七一年一月臨時増刊
『三島由紀夫没後三十年』「新潮」二〇〇〇年十一月臨時増刊
『三島由紀夫と戦後』中央公論新社、二〇一〇年

3　テロ文学史の作家たち

ミシェル・ウエルベック『闘争領域の拡大』中村佳子訳、角川書店、二〇〇四年
――『素粒子』野崎歓訳、筑摩書房、二〇〇一年
――『ランサローテ島』野崎歓訳、河出書房新社、二〇一四年
――『プラットフォーム』中村佳子訳、角川書店、二〇〇二年
――『ある島の可能性』中村佳子訳、角川書店、二〇〇七年
――『地図と領土』野崎歓訳、筑摩書房、二〇一三年

――『服従』大塚桃訳、河出書房新社、二〇一五年
Michel Houellebecq, *Soumission*, Flammarion, 2015
大江健三郎『性的人間』新潮社、一九六三年
――『みずから我が涙をぬぐいたまう日』講談社、一九七二年
――『新しい人よ眼ざめよ』講談社、一九八三年
――『さようなら、私の本よ！』講談社、二〇〇五年
村上龍『コインロッカー・ベイビーズ』講談社、一九八〇年
――『イビサ』角川書店、一九九二年
――『イン ザ・ミソスープ』読売新聞社、一九九七年
――『共生虫』講談社、二〇〇〇年
――『半島を出よ』幻冬舎、二〇〇五年
――『オールド・テロリスト』文藝春秋、二〇一五年
村上春樹『風の歌を聴け』講談社、一九七九年
――「中国行きのスロウ・ボート」「海」一九八〇年四月号
――『1973年のピンボール』講談社、一九八〇年
――『羊をめぐる冒険』講談社、一九八二年
――『世界の終りとハードボイルド・ワンダーランド』新潮社、一九八五年
――『ねじまき鳥クロニクル』新潮社、一九九四年、一九九五年
――『アンダーグラウンド』講談社、一九九七年

――『約束された場所で underground 2』文藝春秋、一九九八年
――『村上ラヂオ』マガジンハウス、二〇〇一年
――『海辺のカフカ』新潮社、二〇〇二年
――『アフターダーク』講談社、二〇〇四年
――『走ることについて語るときに僕の語ること』文藝春秋、二〇〇七年
――『1Q84』新潮社、二〇〇九年、二〇一〇年
――『職業としての小説家』スイッチ・パブリッシング、二〇一五年
――『村上さんのところ』新潮社、二〇一五年
――『ラオスにいったい何があるというんですか？　紀行文集』文藝春秋、二〇一五年
鈴村和成『村上春樹とネコの話』彩流社、二〇〇四年
桐野夏生『水の眠り　灰の夢』文藝春秋、一九九五年
――『残虐記』新潮社、二〇〇四年
髙村薫『神の火』新潮社、一九九六年
――『太陽を曳く馬』新潮社、二〇〇九年
車谷長吉『漂流物』新潮社、一九九六年
――『赤目四十八瀧心中未遂』文藝春秋、一九九八年
――『白痴群』新潮社、二〇〇〇年
――『文士の魂』新潮社、二〇〇一年
――『銭金について』朝日新聞社、二〇〇二年

――『雲雀の巣を捜した日』講談社、二〇〇五年
『車谷長吉全集』全3巻、新書館、二〇一〇年
沢木耕太郎『テロルの決算』文藝春秋、一九七八年
町田康『告白』中央公論新社、二〇〇五年
辻仁成『日付変更線』集英社、二〇一五年
阿部和重『インディヴィジュアル・プロジェクション』新潮社、一九九七年
――『ニッポニアニッポン』新潮社、二〇〇一年
中村文則『銃』新潮社、二〇〇三年
――『遮光』新潮社、二〇〇四年
――『悪と仮面のルール』講談社、二〇一〇年
――『あなたが消えた夜に』毎日新聞社、二〇一五年
上田岳弘『太陽・惑星』新潮社、二〇一四年
――『私の恋人』新潮社、二〇一五年

4 その他の資料

Baudelaire, *Œuvres complètes*, Bibliothèque de la Pléiade, Gallimard, 1961
『ボードレール全詩集』全2巻、阿部良雄訳、ちくま文庫、一九九八年
Rimbaud, *Œuvres complètes*, Bibliothèque de la Pléiade, Gallimard, 2009
『ランボー全集　個人新訳』鈴村和成訳、みすず書房、二〇一一年

鈴村和成『ランボー、砂漠を行く　アフリカ書簡の謎』岩波書店、二〇〇〇年
ドミニク・ノゲーズ『二人のランボー』鈴村和成訳、ダゲレオ出版、一九九一年
オスカー・ワイルド『サロメ』福田恆存訳、岩波文庫、一九五九年
Marcel Proust, *À la recherche du temps perdu*, 4 volumes, Bibliothèque de la Pléiade, Gallimard, 1987-1989
マルセル・プルースト『失われた時を求めて』全13巻、鈴木道彦訳、集英社文庫、二〇〇六年〜二〇〇七年
Beardsley, Phaidon, 1976
Apollinaire, *Œuvres poétiques*, Bibliothèque de la Pléiade, Gallimard, 1965
『アポリネール全集』鈴木信太郎ほか訳、紀伊國屋書店、一九六四年
『カフカ全集』全12巻、新潮社、一九八〇年〜一九八一年
筑摩世界文學大系65『カフカ』辻瑆、原田義人訳、筑摩書房、一九七二年
トリスタン・ツァラ『ダダ宣言』小海永二、鈴村和成訳、竹内書店、一九七〇年
Albert Camus, *Œuvres complètes*, 4 volumes, Bibliothèque de la Pléiade, Gallimard, 2006-2008
現代世界文學全集22『異邦人・ペスト』窪田啓作、宮崎嶺雄訳、新潮社、一九五二年
Pauline Réage, *Histoire d'O*, Jean-Jacques Pauvert, 1954
ポーリーヌ・レアージュ『O嬢の物語』澁澤龍彥訳、河出文庫、一九九二年
深沢七郎「風流夢譚」「中央公論」一九六〇年十二月号
Marguerite Duras, *Le ravissement de Lol V. Stein*, Gallimard, 1964
——*L'Amant*, Minuit, 1984
マルグリット・デュラス『ロル・V・シュタインの歓喜』平岡篤頼訳、河出書房新社、一九九七年

――『愛人（ラマン）』清水徹訳、河出文庫、一九九二年
Roland Barthes, *L'Empire des Signes*, Skira, 1970
ロラン・バルト『表徴の帝国』宗左近訳、ちくま学芸文庫、一九九六年
Gilles Deleuze, Félix Guattari, *Mille plateaux*, Minuit, 1980
ジル・ドゥルーズ、フェリックス・ガタリ『千のプラトー』宇野邦一ほか訳、河出書房新社、一九九四年
ガルシア＝マルケス『予告された殺人の記録』野谷文昭訳、新潮社、一九八三年
Jacques Derrida, *Parages*, Galilée, 1986
――*Voyous*, Galilée, 2003
ジャック・デリダ『境域』若森栄樹訳、書肆心水、二〇一〇年
――『ならず者たち』鵜飼哲、高橋哲哉訳、みすず書房、二〇〇九年
Julia Kristeva, *Visions Capitales*, catalogue au Louvre, 1998
――*Visions Capitales: Arts et rituels de la décapitation*, Martinière, 2013
ジュリア・クリステヴァ『斬首の光景』塚本昌則、星埜守之訳、みすず書房、二〇〇五年
中田考『私はなぜイスラーム教徒になったのか』太田出版、二〇一五年

鈴村和成《すずむら・かずなり》

一九四四年名古屋市生まれ。東京大学仏文科卒。同修士課程修了。

横浜市立大学教授を経て、同名誉教授。評論家、フランス文学者、紀行作家、詩人。

評論に——『写真とフィクション』（編著、洋泉社）、『幻の映像』（青土社）、

『バルト　テクストの快楽』（講談社）、『小説の「私」を探して』（未來社）、

『ランボー、砂漠を行く　アフリカ書簡の謎』（岩波書店）、

『愛について　プルースト、デュラスと』（紀伊國屋書店）など。

紀行に——『ランボーのスティーマー・ポイント』（集英社）、

『金子光晴、ランボーと会う　マレー・ジャワ紀行』（弘文堂）、

『ヴェネツィアでプルーストを読む』（集英社）、『アジア、幻境の旅　日野啓三と楼蘭美女』（同）、
紀行小説『ランボーとアフリカの8枚の写真』（河出書房新社、藤村記念歴程賞）など。

村上春樹論に——『村上春樹とネコの話』（彩流社）、『紀行せよ、と村上春樹は言う』（未來社）ほか。

翻訳に——ツァラ『ダダ宣言』（共訳、竹内書店）、デリダ『視線の権利』（哲学書房）、
ドミニク・ノゲーズ『三人のランボー』（ダゲレオ出版）、『ランボー全集　個人新訳』（みすず書房）ほか。

詩集に——『ケルビンの誘惑者』（思潮社）、『黒い破線、廃市の愛』（書肆山田）など。

テロの文学史
三島由紀夫にはじまる

二〇一六年二月二日　初版第一刷発行

著者　鈴村和成

編集・発行人　穂原俊二
編集　北村啓悟
発行所　株式会社太田出版
〒一六〇-八五七一　東京都新宿区愛住町二二　第三山田ビル四階
電話〇三-三三五九-六二六二　FAX〇三-三三五九-〇〇四〇
振替〇〇一二〇-六-一六二一六六
ホームページ http://www.ohtabooks.com/
印刷・製本　中央精版印刷株式会社

©Kazunari Suzumura 2016　Printed in Japan.
ISBN978-4-7783-1496-5 C0095
乱丁・落丁はお取替えします。
本書の一部あるいは全部を利用（コピー等）する際には、著作権法上の例外を除き、著作権者の許諾が必要です。